Johannes Wilkes

Nachts im Watt

Spiekeroog-Krimi

Prolibris Verlag

Ein herzliches **Dankeschön**
an Katharina Jerke, Katrin Tönshoff
und an das Team der *Linde*!

Der Autor

Johannes Wilkes, in Dortmund geboren, als der Pott noch rauchte, entwickelte erste Mordfantasien beim Sezieren einer formalingetränkten Leiche während seines Medizinstudiums in München. Er arbeitet heute als Jugendpsychiater, ist Autor zahlreicher unblutiger Bücher (u. a. Der kleine Kindertherapeut, Ich singe dir mit Herz und Mund, Der Aldi-Äquator) und leidenschaftlicher Strandgänger auf Spiekeroog. Hier spielt sein erster Kriminalroman: Der Tod der Meerjungfrau. Danach widmete er sich einer Gaunerkomödie (Ein Terrorist im Gepäck), veröffentlichte einen zweiten Krimi mit dem Pärchen Karl-Dieter und Mütze auf Spiekeroog im Prolibris Verlag (Strandkorb 513) und lässt die beiden unterschiedlichen Helden nun erneut auf der Insel ermitteln.

Sand. Feinster Nordseesand. Ein eigenartiger, zauberhafter Stoff, immer neu, immer anders. Herrlich leicht rieselt er dir an heißen Tagen durch die Finger; hart wie Beton wird er, wenn sich das Meer zurückzieht und alles mit einer Salzkruste überzieht; weich wie Daunen schmiegt er sich an die Hänge der sonnigen Dünen; schmerzlich peitschen dir die Körner ins Gesicht, wenn die Nordseestürme toben. Zu schlammigem Brei aber wird der Sand im Schlickwatt, wenn er sich mit dem Meerwasser mischt. Dann geben die Füße hilflos nach, dann sinkt man tiefer, dann müht man sich, seine Beine wieder herauszuziehen, dann tritt man hastig einen Schritt beiseite, versinkt erneut in dem morastigen Grund, schlimmer noch als zuvor. Dumm, wenn man sich zu weit hinausgewagt hat, wenn der rettende Strand in weiter Ferne liegt. Dann schaut man sich immer hektischer um, sieht, wie die Meereswüste immer größer wird, spürt die Wellen die Knie erreichen, die Hüfte, den Bauch. Dann fängt man zu schreien an, dann ruft man laut nach Hilfe. Bald schlagen einem die Wellen vor die Brust, bald sind Mund und Nase schon fast auf Meereshöhe. Verzweifelt versucht man wohl noch, sich auf die Zehenspitzen zu stellen, doch der Sand, der verteufelte Sand ist so weich, ist viel zu weich, viel zu …

Sonntag

Windiges Wetter, bewegte See. Alles drängte sich zur Reling, als der Fischkutter die Taue anzog, um das Netz zu bergen. Ächzend legte sich das Boot zur Seite, der Fang schien sich gelohnt zu haben. Zwischen die buntgekleideten Familien gequetscht stand Karl-Dieter. Gestern erst war er mit seinem Freund auf Spiekeroog angekommen, nach einer elend langen Zugreise, und gleich heute hatte ihm Mütze die Überraschung mit der Fischkutterfahrt gemacht. Wie sehr hatte er sich darüber gefreut! Jetzt waren sie bereits zum vierten Mal auf der Insel, nie jedoch hatte Karl-Dieter den Fischern über die Schulter schauen können.

Während alles gespannt darauf wartete, dass das gefüllte Netz aus den Wellen auftauchte, hatte sich Mütze auf die andere Seite des Bootes begeben. Der Kommissar hielt nichts von solchen touristischen Aktionen; Gästebespaßungen, nannte er sie spöttisch. Umso dankbarer war Karl-Dieter dem Freund für dieses Geschenk. Die See steckte doch voller Geheimnisse. Was lebte nicht alles in dem feuchten Element! Was würde man zu sehen bekommen an Meeresgetier, an Fischen, Muscheln und Krabben! War es nicht wunderbar, dass sich überall Leben regte, in den höchsten Höhen des Gebirges ebenso wie in den Tiefen der Ozeane? Die Erde war ein großartiger Planet.

Endlich war es so weit, die Taue zogen an, zogen das Netz aus dem Wasser, prall gefüllt begann es, sich aus der Gischt zu erheben. Im selben Moment jedoch ertönte entsetztes Geschrei. Was war das? Was hing da zwischen den zappelnden Fischen und Krebsen im Netz? Im Sturmwind schaukelten drei alte Damen und starrten mit toten Augen durch die Maschen.

Das ABC-Geschwader! Karl-Dieter hatte es auf den ersten Blick erkannt, trotz der derangierten Frisuren, aus denen das Salzwasser troff. Mit panischem Blick klammerte er sich der an die Reling. Das durfte nicht wahr sein! Nicht seine alten Freundinnen, die netten Damen aus Bottrop, nicht Agathe, Bertha und Cecilie, die drei letzten Trümmerfrauen des Ruhrgebiets, mit denen er so viele schöne Inselstunden verbracht hatte! Tot hingen sie im Netz. Was für ein Unglück! Wie hatte das geschehen können?

Alles schrie und kreischte durcheinander. Mit kalkweißen Gesichtern zogen die Eltern ihre Kinder hinunter in die Kajüte des Bootes. Erst als die Kleinen außer Sichtweite waren, schwenkte der Kapitän das Netz an Bord und ließ es klatschend auf die Planken fallen. Heftig tanzten die Fische auf den durchnässten Damen herum, die noch ihre gelben Gummistiefel trugen. Die drei blieben nebeneinander liegen und hielten sich noch an den Händen gefasst, als wären sie im Tode vereint gestorben. Ein unendlich trauriges, ein unendlich anrührendes Bild.

Sofort waren Mütze und auch Karl-Dieter zur Stelle. Die alten Damen mussten ertrunken sein, das war offensichtlich. Äußere Verletzungszeichen waren keine zu erkennen. Hatten sie sich zu weit vorgewagt und waren von der Flut überrascht worden? Karl-Dieter fing an zu zittern. Stumme Tränen rollten aus seinen Augen, und selbst Mütze, der knallharte Kommissar, konnte eine gewisse Rührung nicht verbergen. Ein solches Ende, wie schrecklich! Auch wenn er zu den drei Damen ein recht gespaltenes Verhältnis besaß, hatten sie sich doch stets in seine Ermittlungen einmischen müssen, so etwas gönnte man seinem schlimmsten Feinde nicht. Karl-Dieter faltete die Hände und wollte ein stilles Gebet sprechen, um der Situation Würde zu geben, als es zwischen den Brüsten der Toten zu zappeln begann. Aus dem Ausschnitt ihrer durchnässten Trevirajacken wühlten sich drei Seezungen ans Licht und glitten über die toten Gesichter hinweg auf den Schiffsboden. Karl-Dieter wandte sich ab und musste würgen. Was zu viel ist, ist zu viel!

* * *

In der Gepäckhalle des Spiekerooger Hafens stand schon die XXL-Apfelsinenkiste bereit. Spiekeroog-Kenner wissen, in ihr werden die Inseltoten an Bord der Fähre transportiert. Der provisorische Sarg hatte sich bewährt, kein Urlaubsgast vermutete eine Leiche darin. Neben der Kiste lag das ABC-Geschwader, immer noch hielt es sie sich an den Händen. »Wie traurig«, dachte Karl-Dieter bei sich, »um sie in die Kiste zu stecken, muss man sie gewaltsam trennen.« Ahsen schien seine Gedanken erraten zu haben.

»Ne, ne«, sagte der Inselpolizist in seiner bedächtigen Art, »in diesem Fall brauchen wir unsere Obstkiste nicht. Die drei Damen haben verfügt, auf Spiekeroog bestattet zu werden.«

»Du kennst das Testament?«, fragte Mütze überrascht, während Max, der schlaksige Inselarzt, die Totenscheine ausfüllte.

»Das Testament nicht, aber den letzten Wunsch der drei.«

»Wie das?«

»Haben die Damen mir gestern erst erzählt, in der Schlange vor der *Bunten Kuh*.«

In der *Bunten Kuh* wurde Eis der Extraklasse angerührt, es glitt wie Sahne über den Knorpel. In diesem Jahr war Kaktuseis der Renner, Pistazienkugeln, die in dunkelgrüne Streusel getaucht und zu kunstvollen Gebilden übereinander getürmt wurden.

»Dann haben sie ihren Tod erahnt, ihn vielleicht sogar selbst ...«

»Ne, ne, Mütze, unmöglich Selbstmord! Die drei waren so munter wie drei Quietscheenten«, erwiderte Ahsen.

»Aber wieso sind sie auf ihre Beerdigungswünsche zu sprechen gekommen?«

»Hat sich so ergeben. Was man sich so erzählt, wenn man in einer Schlange vor 'ner Eisbude steht. Ich hab gemeint, wie schön, dass sie immer noch reisen und jedes Jahr treu nach Spiekeroog kommen. Darauf haben sie nur gekichert und gesagt, wenn sie nicht mehr reisen könnten, würden sie erst recht kommen. Wie das, habe ich gefragt, und dann haben sie mir erzählt, dass sie sich auf Spiekeroog begraben lassen wollten. Sie hätten alles schon mit dem Inselpastor geklärt und sich eine Grabstelle reservieren lassen. Auch ihre letzte Reise würde sie also nach Spiekeroog führen, aber nur, wenn Tote keine Kurtaxe zahlen müssten, sonst könnten sie sich das sandige Plätzchen nämlich nur eine Saison leisten.«

Das klang nun wirklich nicht wie jemand, der freiwillig in den Tod gehen will, fand Mütze. Auch Karl-Dieter, sein Partner, den er lieber seinen Freund nannte, konnte sich einen Selbstmord nicht vorstellen, nicht beim ABC-Geschwader, das doch alles schon erlebt und überstanden hatte. Die drei Damen waren trotz ihres Alters stets fidel wie Eichhörnchen aus dem Bottroper Stadtpark. Warum sollten sie sich umbringen?

»Der Wirt des *Buschwindröschens* hat mir erzählt, die drei seien bereits um kurz vor sechs los. Eine kleine Wattwanderung, gut für den Teint, hätten sie augenzwinkernd gemeint, dann seien sie los«, sagte Ahsen und verscheuchte mit seiner Dienstmütze eine Fliege, die auf der Nase von Agathe herumspazierte.

»War denn heute früh eine Wattführung?«

»Eben nicht. Dann wären die drei ja noch am Leben. Sie sind offensichtlich auf eigene Faust losgezogen, ein tödlicher Fehler.«

Betrübt schaute Karl-Dieter auf das ABC-Geschwader hinab und fingerte in seiner Jackentasche herum. Dann zog er drei Herzmuscheln hervor, die er beim gestrigen Nordsee-Begrüßungsspaziergang aufgelesen hatte, und legte den Toten zärtlich eine auf die Brust. Jede Muschel war einzigartig. Es gab keine, die der anderen glich. Wie die Muscheln, so der Mensch. Deshalb war der Verlust so unglaublich traurig. Niemand war zu ersetzen, schon gar nicht die Busenfreundinnen. Mütze seufzte still. Busenfreundinnen! Wie sich das anhörte! Karl-Dieter hatte echt Seele.

* * *

»Ich glaub nicht dran.«

»Woran glaubst du nicht?«

Die beiden Freunde standen an *Mausis Hafenbude* und Mütze ließ sich ein Jever schmecken. Der Wind hatte nachgelassen, zwischen den tief fliegenden Wolken blitzte es blau auf.

»Ich glaub nicht an einen Unfall.«

»Woran glaubst du denn?«, fragte Mütze amüsiert.

»Ich weiß nicht, so dumm sind die drei doch nicht. Sie kommen jedes Jahr nach Spiekeroog, sie kennen die Insel wie ihre Handtasche, kennen auch alle Gefahren. Warum sollten sie so blöd sein, allein ins Watt zu spazieren?«

»Vielleicht wollten sie Wattwürmer ausbuddeln.«

»Wattwürmer, wozu das?«

»Vielleicht, um zu angeln.«

»Angeln? Das ABC-Geschwader?«

»Was weiß denn ich. Etwas verschroben waren die Alten doch schon immer.«

»Du konntest sie eben noch nie leiden.«

»Komm, hör auf! Ganz normal waren die doch nicht.«

»Di mortus nisi nil bene.«

Mütze nahm einen tiefen Schluck. De mortuis nil nisi bene, hieß das. In Latein machte ihm keiner was vor. Über Tote nichts außer Gutes, das war die gängige, aber völlig falsche Übersetzung. Wäre ja auch ein Irrsinn! Was gab es beispielsweise über Hitler Gutes zu reden? »Bene« war ein Adverb und bezog sich auf die Art des Sprechens. Also hieß das Sprichwort richtig übersetzt »Von den Toten nichts außer in guter Weise«, das bedeutete, man solle fair von ihnen sprechen. Was war unfair daran, das ABC-Geschwader als nicht ganz normal zu bezeichnen? Dennoch, so ein Ende war natürlich tragisch.

»Ich seh sie vor mir, wie sie im Watt stehen und winken«, sagte Karl-Dieter mit belegter Stimme und blickte über das silbern glänzende Wattenmeer, »bestimmt haben sie noch nach uns gerufen. Hilfe, Karl-Dieter!, haben sie geschrien, während das Wasser immer höher stieg. Zuletzt haben nur noch ihre Köpfe aus dem Wasser geguckt.«

Karl-Dieter schüttelte es. Mütze hielt ihm seine Bierflasche hin und Karl-Dieter nahm tatsächlich einen Schluck.

»Gibt's hier auch Schnaps?«, fragte Mütze.

Mausi, die wettergegerbte Imbiss-Chefin, nickte. »Aber klaro! Einen Küstennebel?«

»Egal. Hauptsache, es rappelt in der Zentrale.«

* * *

Wie sehr hatte sich Karl-Dieter auf diese Ferien gefreut. Er war mehr als urlaubsreif. In den letzten Wochen war er nur noch auf dem Zahnfleisch durchs Theater gekrochen, ja, fast schon auf dem nackten Kiefer. Ein junger Regisseur, ein Typ aus Berlin, hatte gemeint, Shakespeares komplette Werke aufführen zu müssen, 38 Dramen, jeden Abend ein anderes Stück. Natürlich brauchte jedes Stück ein eigenes Bühnenbild. Und das an einem kleinen Stadttheater wie dem von Erlangen. Karl-Dieter hatte kaum eine Nacht ausreichend geschlafen. Zu allem Unglück hatte es sich bei dem jugendlichen Maestro auch noch um ein Genie gehandelt. Selbst an manchem Premierenmorgen waren ihm noch neue Ideen gekommen, die Karl-Dieter als Bühnenbildner husch, husch zu verwirklichen hatte. Beim Sommernachtstraum war dem Kerl der Tannenwald plötzlich zu statisch erschienen, deshalb sollte bis zum Abend eine fränkische Streuobstwiese daraus werden und zwar exakt so eine, wie die, von der er in der Nacht geträumt hatte. Er war so verliebt in seine eigenen Einfälle. Zähneknirschend hatte Karl-Dieter die Tannen gefällt und Äpfel an grüne Laubscheiben genagelt … Nur die Aussicht auf zwei Wochen Nordseeluft hatten ihn durchhalten lassen.

Wie hatte er sich auf Spiekeroog gefreut und nun dieser Schock!

Stumm ging er an der Seite von Mütze am Meeressaum entlang. Die Weite des Horizonts, das ewige Spiel der sich übermütig überschlagenden Wellen, der Muschelteppich zu ihren Füßen, all das erfreute ihn jetzt nicht mehr. Konnte es nicht einen Urlaub ohne Leiche geben? Schweigend schritten sie voran, bis sie am Badestrand vorbeikamen. Alle Strandkörbe waren vergittert, kein Wunder bei dem Wetter. Der Wind hatte wieder zugenommen, trieb feine Regenschauer über die Insel. Morgen sollte es sonnig werden, aber selbst diese erfreuliche Aussicht konnte Karl-Dieters Stimmung kaum heben.

»Schau mal«, sagte Mütze plötzlich und blieb stehen. Er deutete auf einen der Strandkörbe in der vorderen Reihe, der von einem Sandwall umgeben war. Karl-Dieter, der auf die Ferne nicht gut sah, kniff die Augen zusammen. »Ich werd nicht mehr«, sagte Mütze kopfschüttelnd, »komm mit!«

Die beiden traten näher heran. Jetzt erkannte auch Karl-Dieter, was auf dem Sandwall geschrieben stand. Fein säuberlich hatte jemand mit kleinen Muscheln einen Gruß gelegt: »Moin, Mütze! Moin, Karl-Dieter!« – Das ABC-Geschwader! Das konnte nur vom ABC-Geschwader stammen. Erneut spürte Karl-Dieter, wie ihm die Tränen in die Augen schossen. Wie sehr hatten sich die drei auf das Wiedersehen gefreut und nun lagen sie kalt und steif in der dunklen Gepäckhalle. Nie wieder würden sie den Sonnenuntergang auf Spiekeroog erleben, nie wieder ihre Zehen in den heißen Sand bohren. In diesem Moment schwor sich Karl-Dieter, alles dafür zu tun, ihnen einen letzten Freundschaftsdienst zu erweisen.

* * *

»Karl-Dieter, ich bitte dich, halt dich zurück«, sagte Mütze während sie gegen den Wind ankämpfend weiterschritten, »wir gehören schließlich nicht zur Verwandtschaft.«

»Sie haben doch niemanden außer uns, das weißt du doch«, erwiderte Karl-Dieter, »nein, wenn sie schon so tragisch sterben mussten, so sollen sie wenigstens eine schöne Beerdigung bekommen.«

Karl-Dieter ging es nun besser. So war es immer. Nichts war schlimmer, als einer Situation passiv ausgeliefert zu sein. Konnte man sich einbringen und Pläne machen, war alles nur noch halb so schlimm. Das sah man doch überall, zuletzt beim Umgang mit den Flüchtlingen, der so viele ratlos gemacht hatte. Die einen hatten die Ärmel aufgekrempelt und geholfen, die anderen hatten stumm vor der Glotze verharrt und die Bilder der einreisenden Menschengruppen wieder und wieder an sich vorüberziehen lassen. Aktivität war die beste Therapie. Nichts half besser, Ängste und düstere Gedanken zu verscheuchen, davon war Karl-Dieter überzeugt.

Mit lebhaftem Schritt ging er nun den Strand entlang, viele Ideen kamen ihm, wie man die Feier zu einem Fest werden lassen konnte. Immerhin handelte es sich um eine dreifache Beerdigung, schon deshalb war ein besonderer Aufwand gerechtfertigt. Und als Bühnenbildner verfügte er über reichlich Erfahrung und Ideen für die Inszenierung einer solchen Feierlichkeit. Gleich morgen wollte er sich mit dem Inselpastor zusammensetzen. Beschwingt bückte er sich und griff nach einer glänzenden Schwertmuschel. Die Insulaner würden staunen!

* * *

Aus den Fenstern von *Kap Horn,* dem Restaurant der *Linde* drang sanft und warm das Licht. Die oberen Fensterfelder waren bunt verglast, was den anheimelnden Eindruck noch verstärkte. Das alte Inselhotel, das auf eine über 150-jährige Geschichte zurückblicken konnte, atmete noch den Geist längst vergangener Zeiten, ein Refugium für Nostalgiker, die dennoch nicht auf moderne Annehmlichkeiten verzichten wollten. Als die Freunde die *Norderloog* entlangschlenderten und schon zum Eingang der *Linde* abbiegen wollten, kam ihnen ein alter Freund entgegen. Ahsen. Dem Wetter zum Trotze schleckte er an einem Mega-Eis, das aus kunstvoll aufeinandergesetzten stacheligen Kugeln bestand, die sich oben sogar verzweigten. Das war doch nicht etwa …

»Den Kaktus müsst ihr unbedingt probieren«, lachte er, während seine Oberlippe bereits von grünen Bartstoppeln geziert wurde. Er wollte schon weitergehen, da fiel ihm etwas ein. »Ach übrigens, ihr geht doch morgen früh sicher zum Strand, könnt ihr mir einen Gefallen tun?«

»Na sicher, Herr Kollege, was ist es denn?«, sagte Mütze jovial.

Ahsen griff in seine Dienstjacke und zog einen kleinen Schlüssel mit Bart hervor, an dem ein grüner Plastikanhänger befestigt war. »Der Strandkorbschlüssel der drei Toten. Könntet ihr ihn bitte zurückgeben? Ich muss morgen früh zum Festland, Fortbildung für Inselpolizisten in Harlesiel.«

»Fortbildung? Was steht auf dem Programm?«

»Nur der übliche Kram. Umgang mit herrenlosen Strandsachen und Neuerungen zur Straßenverkehrsordnung auf Strandwegen.«

Mütze musste grinsen. Klang wirklich spannend.

»Keine Sorge, Ahsen, bilde dich nur in aller Ruhe fort! Wir kümmern uns um den Schlüssel.«

* * *

Nacht über Spiekeroog. Nur das gedämpfte Rauschen der Brandungswellen war zu hören. Wie herrlich schläft man doch auf der Insel. Vor allem, wenn man weiß, dass die alten Hexen nicht mehr sind. Was mussten sie auch in Dingen herumschnüffeln, die sie nichts angingen? Nun hat das Meer seine Arbeit getan, lautlos und gründlich, sehr gründlich. Und niemand wird je den geringsten Verdacht schöpfen. Was für eine wunderbare Nacht!

Montag

»Um Himmels willen, Karl-Dieter! Was ist los?«Mütze fingerte nach dem Schalter und knipste die Bettlampe an.

Schweißnass hing Karl-Dieter an seinem Hals. Nur mühsam begriff der Ärmste, wo er war.

»Ich hab was Schreckliches geträumt«, murmelte er.

»Bestimmt, dass die Waage wieder ein Kilo zu viel anzeigt«, gähnte Mütze.

»Idiot!«, protestierte Karl-Dieter.

»Es waren doch wohl nicht zwei?«

Beleidigt warf sich Karl-Dieter auf die andere Bettseite, dass die Federn quietschten.

»Nun sag schon, Knuffi, was ist es denn gewesen?«

Doch Karl-Dieter hatte keine Lust mehr, Mütze seinen Traum zu erzählen. Er hätte sich wohl auch nur lustig darüber gemacht. Manchmal könnte er ihn an die Wand knallen. Ob das bei allen Beziehungen so war, nach so vielen Jahren?

Was für ein entsetzlicher Traum! Ganz deutlich hatte Karl-Dieter seine alten Freundinnen vor sich gesehen. Völlig durchnässt und mit toten Augen hatten sie auf einer schmalen Sandbank gestanden und mit ihren gichtigen Händchen verzweifelt gewunken, während die Flut unaufhaltsam stieg. Immer noch klangen ihm ihre Stimmen im Ohr. »Karl-Dieter, räche uns!«, hatten sie gerufen, »Karl-Dieter, räche uns!«

»Rette uns, werden sie gerufen haben«, sagte Mütze. Natürlich hatte Karl-Dieter ihm nach einer Schmollminute doch alles erzählt.

»Nein, ich bin doch nicht blöd! Räche uns!, haben sie gerufen.«

»Knuffi, sei nicht dumm. Was soll denn das für einen Sinn geben? Wie willst du sie denn rächen? Willst du auf die böse Flut eindreschen?«

»Ich weiß es doch auch nicht, ich erzähl doch nur, wie's war.«

»Und jetzt wollen wir hübsch weiterschlafen«, gähnte Mütze und knipste das Licht wieder aus. Wie spät mochte es sein? Höchstens drei. Während Mütze wieder zu schnarchen begann, lag Karl-Dieter aber noch lange wach. Der Traum ging ihm nicht aus dem Sinn. Karl-Dieter glaubte noch an Träume.

* * *

»Du spinnst!«

»Tu ich nicht.«

»Und ob!«

»Ich spinne nicht, ich betreibe Trauerarbeit!«

»Wir werfen den Schlüssel jetzt hübsch in den Kasten.«

»Mensch, Mütze, jetzt sei doch nicht so! Drei Menschen sind auf entsetzliche Weise gestorben, drei gute Bekannte von uns, die ich sogar als Freundinnen bezeichnen würde. Und du willst einfach so zur Tagesordnung übergehen?«

»Also, meine Freundinnen waren sie nicht! Und deine Spinnereien machen die drei doch auch nicht wieder lebendig.«

Die Freunde standen im schönsten Mittagssonnenschein am hölzernen Räderwagen des Strandschlüsselverleihers, während sich alles an ihnen vorbeidrängte: fröhliche Familien mit Bollerwagen, den jüngsten Spross zwischen den Handtüchern verstaut, strandtaschenschleppende Väter, hüpfende Kinder mit erwartungsfrohen Käschern in der Hand, lachende Freundinnen mit schicken Sonnenbrillen, sich einen Volleyball zuwerfende Jungs, besorgte Großmütter, die mit gezückter Sonnenmilch auf Enkelkinderjagd gingen, und sehnige Opas mit verbeulten Strohhüten und verbrannten Nasen.

Mütze und Karl-Dieter bildeten einen Fels in der Brandung, strandhungrig schob sich alles links und rechts an ihnen vorbei. An der Schmalseite des Schlüsselwagens war ein kleiner Briefkasten angebracht, durch dessen Schlitz man nicht mehr benötigte Strandkorbschlüssel einwarf.

»Du wirfst den Schlüssel jetzt brav in den Kasten«, versuchte es Mütze ein letztes Mal, »denk daran, was wir Ahsen versprochen haben!«

Karl-Dieter setzte sich durch. Wieder einmal. Zu grausam erschien ihm die Vorstellung, dass in dem Strandkorb der armen Toten bereits heute wieder das lustigste Strandleben einkehren würde. Sicher, das Leben würde weitergehen, irgendwann würde in dem verwaisten Strandkorb wieder jemand sitzen und das Meer genießen. Aber eine kleine Zeit des Innehaltens, des Trauerns war jetzt eine Notwendigkeit. Nach dem Frühstück hatte Karl-Dieter ein altes schwarzes T-Shirt aus der Schublade gezogen und mit seiner Nagelschere in schmale Streifen geschnitten, die er am Strandkorb des ABC-Geschwaders anbringen wollte, sein ganz persönlicher Trauerflor.

»Trauerflor am Strandkorb, du hast Ideen«, schnaubte Mütze, beschloss aber, sich nicht weiter aufzuregen, dafür war der Tag zu schön. Über das tiefe Blau des Meeres rollten schneeweiße Schaumkronen auf den Badestrand zu, die aufgezogene Fahne der Rettungsschwimmer lud flatternd zum Bade ein, zahlreiche Wasserfreunde tummelten sich bereits im salzigen Nass und auch Mütze freute sich darauf, sich in die Wellen zu stürzen. Jetzt war nicht die Zeit für überflüssige Diskussionen. Und eigentlich war er es ja auch gewesen, Mütze, der den Schlüssel nicht hatte einwerfen wollen. Auf dem Weg durch die Dünen zum Strand hatte er den Fehler begangen, Karl-Dieter vorzuschlagen, den Strandkorb des ABC-Geschwaders zu übernehmen, schließlich war es nicht leicht, zur schönsten Hochsaison noch einen zu bekommen, noch dazu in der ersten Reihe.

»Du spinnst!«, hatte Karl-Dieter protestiert, »das geht ja gar nicht! Hast du denn keinen Sinn für Pietät? Außerdem, was sollen denn die Leute denken? Sollen wir uns als Profiteure des Todes beschimpfen lassen?«

So mieteten sie sich ihren eigenen Strandkorb, den letzten, den es noch gab, vergewisserten sich, dass das ABC-Geschwader seine Miete schon im Voraus bezahlt hatte und gingen dann den Plankenweg hinunter zum Strand. Während Mütze barfuß lief, vermied es Karl-Dieter, seine Aldiletten vor dem Erreichen des Sandes auszuziehen, hatte er sich doch beim letzten Urlaub einen Spreißel in seine empfindlichen Fußsohlen eingetreten. Das Ding hatte sogar zu eitern begonnen, bis es Mütze mit brutaler Gewalt herausgezogen hatte. Mütze verspürte nicht die geringste Lust, sich an Karl-Dieters Trauerritualen zu beteiligen und verabschiedete sich schnell, um den eigenen Strandkorb zu beziehen. Am Korb des ABC-Geschwaders angekommen, der die hübsche Nummer 123 trug, stieg Karl-Dieter vorsichtig über die Sandmauer der umgebenden Burg, zog die T-Shirt-Trauerflorstreifen aus den Taschen seiner Strandhose hervor und begann, sie am Plastikgeflecht des Korbes zu befestigen.

»Was tuan denn Sie da?«, ertönte eine misstrauische Stimme in seinem Rücken.

Karl-Dieter drehte sich um. Aus dem benachbarten Strandkorb 127 beugte sich ein knochiger, älterer Mann und blickte über den Rand seiner Sonnenbrille.

»Kannten Sie sie … ich meine, kannten Sie Ihre Strandnachbarinnen?«, stotterte Karl-Dieter.

»Ja, freilich«, sagte der Mann in bayerischem Dialekt, »aber wieso *kannten*?«

»Furchtbare Geschichte, ich kann's selbst noch gar nicht richtig fassen. Die drei sind gestern auf tragische Weise ums Leben gekommen.«

»Himmel Herrgott Sakra!«, entfuhr es dem Mann, »Alle drei auf einmal?«

»Ein furchtbares Unglück, ein Unfall. Sie müssen sich bei Ebbe verlaufen haben und sind im Meer ertrunken. Die drei sind alte Bekannte von mir, wissen Sie ... wir waren befreundet.«

»Ja, mei, a solchernes Unglück!« Der Mann schüttelte entsetzt den Kopf. »Dann müssen Sie der Herr Mütze sein.«

»Nein, nein«, erwiderte Karl-Dieter und über sein gutmütiges Gesicht huschte ein schmerzliches Lächeln. Dann deutete er auf den zweiten aus Muscheln geschriebenen Namen. »Der hier bin ich, Karl-Dieter. Bring nur rasch etwas Trauerflor an.«

»Trauerflor ... freilich, freilich ... lassen Sie sich nicht stören.«

Interessiert schoben sich drei Gesichter aus dem Strandkorb 119 nach vorne und beobachteten die Szene, drei kleine Männer mit asiatischen Gesichtern, Japaner vielleicht oder Chinesen. Ein etwas überraschender Anblick, war Spiekeroog doch fest in deutschen Urlaubshänden. Aber wer weiß? Vielleicht hatte ein chinesisches Urlaubsmagazin einen Geheimtipp verraten.

Als sich Karl-Dieter wieder um seinen Trauerflor kümmerte, fiel sein Blick in das Innere des vergitterten

Strandkorbs. Auf der Sitzfläche lag eine Zeitschrift. Karl-Dieter zögerte kurz und warf einen hastigen Blick zum Nachbarstrandkorb, dann schloss er das Gitter auf. Die Zeitschrift war vom Regen durchnässt. Sie bestand aus lauter Kreuzworträtseln.

* * *

»Vielleicht das letzte Lebenszeichen unserer Freundinnen«, sagte Karl-Dieter, als er Mütze endlich gefunden hatte. Ihr Strandkorb befand sich im östlichen Teil des Badestrands, weit entfernt von der Strandburg des ABC-Geschwaders.

Ungläubig und mit leicht angewiderter Miene starrte Mütze auf das durchnässte Heft. »Würde es dir etwas ausmachen, das Lebenszeichen außerhalb unseres Korbes zu deponieren?«

»Ich wollte das Heft ohnehin in die Sonne legen«, sagte Karl-Dieter beleidigt.

Er hatte bereits versucht, die Zeitschrift durchzublättern, sehr vorsichtig und behutsam, manche der durchnässten Seiten aber waren schon zerrissen, so dass er das Heft schnell wieder zusammengelegt hatte. Vielleicht konnte man es für die Traueransprache nutzen. Um fünf Uhr war er mit dem Inselpastor verabredet, besser gesagt mit dem Inselvertretungspastor, denn der eigentliche Inselpastor machte Urlaub in den Bergen. Karl-Dieter wollte dem Pastor Material für seine Rede liefern und die Details der Beerdigung absprechen. Da man nicht viel über das Leben des

ABC-Geschwaders wusste, war jeder Hinweis wertvoll, da kam das Rätselheft wie gerufen. War ein Rätselheft nicht eine wunderbare Metapher für das Leben? Steckte nicht auch unser Leben voller Rätsel, die gelöst werden wollten? Manchmal glückte das und manchmal glückte es nicht. Und wenn es nicht glückte, war das wirklich schlimm? Erst dadurch bekam das Leben doch seine Würze. Wie langweilig, wenn sich alle Rätsel lösen ließen.

»Ich weiß nicht, was an einem durchnässten Heft eine Metapher sein soll«, sagte Mütze und rieb sich seinen trainierten Körper mit einem Frotteehandtuch trocken. Er hatte Karl-Dieter schon so oft gesagt, er solle seine Handtücher nicht bügeln. Mütze liebte es, wenn sie knochenhart waren. Aber Karl-Dieter erwiderte darauf stets nur, gebügelt würden sie besser duften, eine Argumentation, die Mütze wiederum nicht verstand. Er benutze seine Handtücher zum Trocknen und nicht, um daran zu riechen. Ach Mütze! Er war und blieb ein Prolet.

Karl-Dieter erhob sich ächzend und legte das Rätselheft zum Trocknen auf das Dach ihres Strandkorbes, nicht ohne es vorsichtshalber noch mit seinen Aldiletten zu beschweren. Wie schnell war auf Spiekeroog etwas davongeweht! Der Inselvertretungspastor würde staunen. Die schönste Metapher für die Beerdigungsrede würde sich vielleicht aus dem letzten Rätsel ergeben, mit dem sich das ABC-Geschwader beschäftigt hatte. Vielleicht war es nur zur Hälfte ausgefüllt.

»Nicht alle Geheimnisse können wir auf Erden lösen«, hörte er den Inselpastor schon sagen, »in einer anderen, einer besseren Welt aber wird uns Antwort auf all unsere Fragen gegeben werden.« Karl-Dieter sank neben Mütze in den Strandkorb und beschloss, ein Nickerchen zu halten. Kaum aber hatte er seinen Kopf zurückgelehnt, da tauchte wieder das ertrinkende ABC-Geschwader vor seinem inneren Auge auf. »Räche uns«, rief es ihm zu, »räche uns!«

* * *

Friedreich Schwertfeger, der Vertreter des Inselpastors, war ein Schwabe, den es, seitdem er sich im Ruhestand befand, jeden Sommer als Urlaubsvertretung auf die Insel zog. Er war ein Alt-68er, der keine Friedensdemo ausgelassen und sich in Mutlangen zusammen mit prominenten Anti-Atomkraft-Aktivisten festgekettet hatte. Es gab ein Pressefoto, das ihn Arm in Arm mit Heinrich Böll zeigte. Wegen des Protestes hatte man ihn, im Gegensatz zu den prominenten Teilnehmern, für einen Tag in Arrest genommen. Die Aktion hatte die kleine Gemeinde von Apfeldingen, der er vorstand, einem Bauerndorf auf der Schwäbischen Alb, für etliche Jahre tief gespalten. Die einen hatten ihn für verrückt erklärt, die anderen hätten ihn am liebsten in den Heiligenstand erhoben.

Der Pastor wohnte für die Dauer seines Inselaufenthaltes in einer Gästewohnung, die sich im schmucken Pfarrhaus in der Straße *Bi d'Utkiek* befand. Stets kam er allein nach Spiekeroog. Seine Frau hatte sich vor zehn Jahren von ihm scheiden lassen und war mit dem Fußballtrainer von Apfeldingen zusammengezogen, einem dreißig Jahre jüngeren Mann, was allgemein für Furore gesorgt hatte, vor allem, weil der Trainer zu allem Überfluss auch noch katholisch gewesen ist. Den Pastor hingegen hatte vor allem gestört, dass es sich bei seinem Nebenbuhler um einen Reserveoffizier gehandelt hatte, was er als persönlichen Angriff auf seine pazifistische Grundhaltung empfand.

Karl-Dieter fand sich pünktlich um fünf Uhr am Pfarrhaus ein. Friedreich Schwertfeger bat ihn in die kleine Wohnküche seines Gästeappartements, an deren Schmalseite Picassos Friedenstaube flatterte, und bot ihm einen Pott Kaffee an.

»Schön, dass Sie sich die Zeit nehmen, Herr …«

»Karl-Dieter. Sagen Sie doch bitte Karl-Dieter zu mir.«

»Ist mir sehr sympathisch!«, sagte der Inselpastor, streckte seine Füße unter die Küchenbank und klapperte mit seinen Birkenstocklatschen. »Ich schlage vor, dass wir uns duzen. Unter Christenmenschen sollte das Du zur allgemeinen Anrede erhoben werden. Das Sie hat der Teufel erfunden, um die Menschen voneinander zu entfremden. Unser Herr Jesus Christus jedenfalls hat jeden geduzt, selbst Pontius Pilatus, das sollte uns Vorbild sein, also nicht der Pilatus, aber das Du. Ich heiße übrigens Friedreich. Aber nun erzähl, Klaus-Dieter, was du über unsere lieben Toten weißt.«

»Karl-Dieter.«

»Entschuldige, Karl-Dieter natürlich.«

Und so begann Karl-Dieter zu erzählen. Von seiner ersten Begegnung mit den drei Bottroper Seniorinnen auf Spiekeroog, von deren Witz und Cleverness, die dazu beigetragen hatte, bereits drei Inselmorde aufzuklären, und nicht zuletzt von den vielen guten Kochrezepten, die man ausgetauscht hatte. Karl-Dieter erzählte, bis ihm die Augen feucht wurden. Nur das Rezept für den angeblich besten Schokoladenkuchen hatte er bis heute nicht ausprobiert, was er dem Inselpastor aber verschwieg. Unter die erhitzte Kuvertüre solle man schlachtfrisches, noch dampfendes Schweineblut rühren, hatte das ABC-Geschwader augenzwinkernd empfohlen, eine Vorstellung, die Karl-Dieter körperliches Unwohlsein verursacht hatte. Sonst aber hatte von der ersten Minute an eine tiefe Seelenverwandtschaft zwischen ihm und dem ABC-Geschwader bestanden. Besonders ihr großes Herz würde ihm für immer im Gedächtnis bleiben. Die drei waren weder zusammengezuckt, noch hatten sie pikiert geschaut, als sie von seiner Männerpartnerschaft erfahren hatten, ja, sie hatten Karl-Dieter sogar freudig darin bestärkt, den Bund der Ehe anzustreben und sich auf ein gemeinsames Kind zu freuen.

»Ein gemeinsames Kind? Mit den Verstorbenen?«, fragte der Pastor irritiert und ließ seinen Kugelschreiber klicken, mit dem er sich auf einem Block Notizen machte.

»Ein gemeinsames Kind mit Mütze natürlich, meinem Partner«, stellte Karl-Dieter klar.

»Natürlich, natürlich ...«, sagte der Pastor und bog sich seine John-Lennon-Brille zurecht.

»Und das hier könntest du vielleicht auch noch für deine Ansprache gebrauchen«, sagte Karl-Dieter und zog mit andächtiger Miene das sonnengetrocknete Rätselheft aus seiner Strandtasche.

»Was ist das?«, wollte der Pastor verwundert wissen.

»Das letzte Lebenszeichen der drei Damen«, sagte Karl-Dieter stolz, »ein Kreuzworträtselheft aus ihrem Strandkorb, bitte sehr!«

Mit spitzen Fingern begann der friedensbewegte Pastor in dem welligen Heft herumzublättern. Auf seiner zerfurchten Stirn formte sich ein großes Fragezeichen. Was sollte er mit den alten Kreuzworträtseln anfangen? Pikiert schob er das Heft über den Tisch zurück.

»Ich danke dir, ich werd's vielleicht erwähnen.«

Karl-Dieter war sichtlich enttäuscht, dass sich der Pastor nicht von seinem Enthusiasmus anstecken ließ, und steckte das Heft wieder ein.

Der Beerdigung sollte eine kleine Andacht im Eichenwäldchen vor dem Dünenfriedhof vorausgehen. Viele Trauergäste würde man ja kaum erwarten; für eine Extrafeier in der Inselkirche erschien der Aufwand daher zu groß, hatte Friedreich Schwertfeger gemeint. Karl-Dieter war vollkommen einverstanden.

Eine Andacht unterm freien Inselhimmel wäre sicherlich ganz nach dem Geschmack des ABC-Geschwaders. Anschließend würde man alle, die Lust darauf hätten, noch zu einer Waffel in die Teestube einladen, auf eigene Rechnung natürlich, denn Geld für ihre Beerdigung hatten die Alten wohl kaum hinterlassen. Noch besser vielleicht aber war ein kleiner Imbiss am Strandkorb gegen eine kleine Spende.

»Bis dann also, Friedrich.«

»Friedreich!«

»Friedreich, entschuldige, und Dank für alles.«

»Geh mit Gott, Klaus-Dieter.«

* * *

»Jetzt reicht es aber wirklich, Knuffi!«

Die beiden Freunde saßen im Garten der *Givtbude*, der hübschen Pizzeria neben dem Inselbuchladen. Durch das Laub der alten Linden fiel flirrend das Abendlicht auf die Tische, es war noch angenehm warm, wie überhaupt die Temperaturen an der See zum Abend hin kaum abfielen. Karl-Dieter schob die Leuchttüte mit dem Teelicht beiseite, um auf dem Tisch Platz für die dampfenden Pizzen zu schaffen. Er hatte sich schon gedacht, dass Mütze nicht begeistert sein würde und doch war er fest entschlossen, Totenwache zu halten. Sicher hatten die Alten nichts mehr davon, aber darum ging es nicht. Es ging darum, welchen Respekt man lieben Verstorbenen bezeugte. Sie nicht achtlos zu entsorgen, als sei der Tod ein Betriebsunfall, der in der Moderne nicht mehr vorkommen dürfte, darauf kam es an. Die Totenwache diente nicht der Seele der Toten, sondern der Seele der Lebenden. Abschiednehmen war ein behutsamer Prozess, dafür brauchte es Zeit.

»Und Rituale«, fügte Karl-Dieter noch hinzu, »die Moderne hat den Fehler gemacht, alle Rituale über Bord zu werfen.«

Der Kellner brachte noch zwei Salatteller. Nun wanderte die Leuchttüte auf den benachbarten Stuhl. Eine Nacht bei den Toten zu wachen, im Kerzenschein, zu beten, stille Lieder zu singen und seiner Freundinnen zu gedenken, was war daran verkehrt?

Mütze begann seine Pizza zu zersäbeln. Gut, dann eben auch noch eine Totenwache! Karl-Dieter war wirklich nicht zu stoppen. Sollte er nur! Dann würde er sich eben mit Ahsen einen lustigen Abend machen. Ahsen hatte ihn bereits gefragt, ob er Zeit habe, er käme mit der letzten Fähre vom Festland zurück. Nichts mache ihn durstiger als Fortbildungsveranstaltungen und im *Blanken Hans* stecke sicher noch das ein oder andere Pilsken in der Leitung.

* * *

Es war schon spät, als Karl-Dieter mit dem Hafenmeister am Fahrkartenschalter vorbei das Kaiufer hinunter zur Gepäckhalle ging. Längst war die Sonne untergegangen, rot blinkten die Signallampen der Windräder vom Festland über das dunkle Wattenmeer herüber. Im Nordwesten aber, zur Seeseite hin, hing noch ein lichter Schleier. Nie wurde man auf Spiekeroog von der Nacht überrascht, nicht im Sommer. Die Dämmerung ließ sich hier unendlich viel Zeit.

Der Hafenmeister hieß Kai Bornekamp, wurde aber von allen nur Borni genannt. Er war ein gemütlicher Sauerländer, den es vor Urzeiten auf die Insel verschlagen hatte. »Alle echten Seebären sind im Grunde Landratten«, pflegte er zu sagen, »denkt an Freddy Quinn, den alten Österreicher, oder an Sascha Hehn, den Kapitän des Traumschiffs, den hat man mit Isarwasser getauft.«

Jetzt zog er seinen schweren Schlüsselbund aus der Tasche und schaute Karl-Dieter an, als wäre er nicht ganz bei Trost: »Und du bist dir wirklich sicher, dass du die Nacht mit drei Leichen verbringen willst?«

Borni duzte jedermann aus Prinzip.

»Ich werde bei meinen toten Freundinnen wachen, jawohl«, erwiderte Karl-Dieter und versuchte, entschlossen zu klingen.

»Wachen, so, so«, brummte Borni, als er den Schlüssel im Schloss drehte. Er hatte schon manches erlebt, manch schräger Vogel machte auf Spiekeroog Urlaub, solch ein Wunsch aber war ihm noch nicht vorgetragen worden. Allerdings hatten auch noch nie drei Leichen in der Gepäckhalle gelegen, auf Spiekeroog wurde im Allgemeinen höchst selten gestorben. Knarrend öffnete sich die Stahltür, hohl antwortete das Echo. Bornemann ließ das Deckenlicht aufflammen.

Im hinteren Teil der Halle sah Karl-Dieter das ABC-Geschwader liegen, sechs gelbe Gummistiefel zeigten ihm ihre Sohlen. Immer noch lagen die drei Alten dicht beisammen und hielten sich an den Händen.

»Selbst als wir sie nach hinten geschleppt haben, haben sie sich nicht losgelassen«, sagte Borni, »der Insel-Doc hat gemeint, die Totenstarre sei bei alten Menschen noch ausgeprägter.«

Karl-Dieter trat näher heran. Etwas würdevoller hätte man die Toten schon betten können, dachte er sich. Zwar lagen sie nicht mehr auf dem nackten Betonboden, doch auch die untergeschobene Holzpalette sah sehr unpassend aus für ein Totenlager. Noch dazu lagen die Leichen gleich neben einem Regal voller Eierlikörflaschen. Karl-Dieter beugte sich nieder. Die Muschelherzen, die er auf ihre Brust gelegt hatte, waren nicht mehr zu sehen. Vermutlich waren sie beim Transport runtergefallen, und keiner hatte es für nötig gehalten, sie wieder auf ihren Platz zu legen.

Bornekamp glaubte zu spüren, was in Karl-Dieter vor sich ging. »Die armen Tanten«, sagte er und versuchte, mitfühlend zu klingen, »was zum Geier hatten sie aber auch im Watt zu suchen?«

»Spricht was dagegen, dass ich ein paar Kerzen anzünde?«, fragte Karl-Dieter.

»Ne, ne … wenn du nichts ankokelst … brauchst du vielleicht noch etwas?«

Der Hafenmeister war in *Sir Georg's Pub* zum Skat verabredet, er musste los.

»Ich hab alles dabei«, sagte Karl-Dieter und hob seine Strandtasche leicht an.

»Umso besser«, sagte der Exil-Sauerländer, »dann wünsche ich einen guten Wachdienst. Morgen um sechs schließe ich wieder auf, ist das okay?«

»Natürlich«, sagte Karl-Dieter hastig. Es war ihm peinlich, dass man sich seinetwegen Umstände machte.

»Ich schließ dann ab«, sagte Bornekamp, »wenn was is, die Tür lässt sich von innen öffnen.«

»Ist gut«, sagte Karl-Dieter, »danke.«

Als die Tür zugezogen wurde und das Geräusch des drehenden Schlüssels ertönte, atmete Karl-Dieter auf. Endlich allein! Vorsichtig kramte er in seiner Badetasche. Er hatte an alles gedacht, denn er verfügte über gewisse Erfahrungen mit frisch Verstorbenen. Als Zivildienstleistender hatte er im Krankenhaus von Dortmund-Aplerbeck gearbeitet. Und auch, wenn das mehr als dreißig Jahre her war, so hatte er nicht vergessen, was man für den letzten Dienst am Menschen brauchte.

Als erstes zog er ein weißes Laken hervor, das ihm Ramona, eines der netten Zimmermädchen der *Linde* ausgeliehen hatte. Das Laken rollte er eng zusammen, drehte den Körper von Agathe auf die Seite, legte das Laken längs neben sie und entrollte es in ihre Richtung, dann drehte er sie zurück, über die Rolle hinweg, und entrollte das Laken weiter bis zu Bertha, die er ebenfalls zuerst auf die Seite drehte, verfuhr genauso mit ihr weiter wie mit Agathe und wiederholte die gesamte Prozedur bei Cecilie, bis alle drei Damen auf dem blütenweißen Laken zu liegen gekommen waren. Auch hatte er darauf geachtet, dass es rundum etwas herunterhing und so die Palette auch seitlich bedeckte. Gleich sah das Totenlager doch ganz anders aus, stellte Karl-Dieter mit zufriedenem Blick fest und strich die Ränder glatt. Dumm nur, dass man versäumt hatte, die Unterkiefer mit einem Tuch um den Kopf zu binden. Vergeblich versuchte der Bühnenbildner, die offenstehenden Münder zu schließen, immer wieder schnappten die Unterkiefer energisch nach unten, die Totenstarre war noch voll ausgebildet.

Als Nächstes zog er seine Bürste aus der Strandtasche, trat an die Kopfseite des ABC-Geschwaders und begann liebevoll, die violette Dauerwelle der drei Damen wieder in Form zu bringen. Es ging nicht nur um die Nachwelt. Karl-Dieter wusste genau, dass es Frauen wichtig war, auch nach dem Tode noch einen guten Eindruck zu machen. Agathe und Bertha hatte er bereits schöngemacht, als ihm Cecilie einen Riesenschrecken einjagte. Erschrocken hielt er ihren Skalp in den Händen. Dass er das nicht bemerkt hatte! Cecilie war Perückenträgerin. Deshalb die violett gefärbte Dauerwelle von Agathe und Bertha! Als er sich von dem Schrecken wieder erholt hatte, kamen ihm Tränen der Rührung. Um Cecilie nicht zu brüskieren, hatten die beiden ihre Frisuren der Perücke ihrer Freundin angepasst. Karl-Dieter fiel ein Zeitungsartikel ein. In einer Hauptschulklasse aus Bayreuth war ein Schüler an Krebs erkrankt, die Chemotherapie hatte alle seine Haare ausfallen lassen. Aus Solidarität und um ihn zu trösten hatten seine Klassenkameraden sich ihre Köpfe glattrasiert. Das war gelebte Freundschaft!

Vorsichtig versuchte Karl-Dieter, die Perücke wieder über Cecilies Kopf zu ziehen, doch das Miststück wollte nicht mehr halten, Ständig rutschte sie wieder von dem glänzenden Schädel hinunter. Was tun? Gut, dass Karl-Dieter noch einen Kaugummi in der Hosentasche stecken hatte. Rasch schob er ihn sich in den Mund und kaute lebhaft darauf herum. Wenige Minuten später war auch das Perückenproblem gelöst.

Nun kam der unangenehmste Teil der Leichenpflege. Karl-Dieter zog aus der Strandtasche die Dose mit dem Rasierschaum hervor und begann, die nach unten geklappten Kinnladen der drei Damen einzuseifen, bei Bertha zusätzlich die Partie zwischen Nase und Oberlippe, denn auch dort spross es. Mit gekonnter Routine ließ er sodann den hervorgezogenen Einmalrasierer durch die Schaumlandschaft gleiten, ein sanftes Kratzen ertönte, elegant umkurvte er die Fleischwarze an Cecilies Kinn, dann wischte er zärtlich mit dem Handtuch hinterher: Das Werk war vollbracht.

Karl-Dieter war zufrieden. Auch dass die drei nicht in Totenhemden steckten, sondern weiter ihre Wattwanderkleidung trugen, störte ihn nicht. Im Gegenteil. So brauchte er die Leichen nicht in die mitgebrachten

Bademäntel stecken, was technisch schwer möglich gewesen wäre, weil sie sich ja nach wie vor bei den Händen hielten. Mit bewegter Geste legte Karl-Dieter jeder der drei Freundinnen eine rote Rose auf die Brust, sündhaft teuer waren Blumen auf Spiekeroog, aber wie sagte der Friese? »Wat mutt, dat mutt!« Nun konnte er darangehen, die Teelichter aufzustellen. Rings um die Toten herum platzierte er die kleinen Kerzen, zündete sie an und löschte das grelle Deckenlicht. Jetzt erst entfaltete sich der Zauber des Totenlagers. Im warmen Schein der Kerzen sah alles so unglaublich friedlich aus, der Tod hatte seinen Schrecken verloren.

Karl-Dieter war glücklich, sich für die Totenwache entschieden zu haben. Wie schwer fiel es doch, den Tod eines geliebten Menschen zu realisieren, besonders wenn er einen völlig unvorbereitet traf. Wie oft wachte man am Morgen auf und glaubte den Toten noch am Leben. Nahm man sich eine ganze Nacht Zeit, bei dem Verstorbenen zu wachen, festigte sich die Gewissheit des Unumkehrbaren, man entwickelte ein anderes, ein tieferes Bewusstsein. Außerdem konnte man dem Toten noch alle seine guten Wünsche mit auf den Weg geben und fand zudem ausreichend Gelegenheit, Dank auszusprechen. Dank für alles, was der Tote für einen getan hatte, Dank für die Bereicherung, die man durch ihn erfahren hat. Das war vielleicht das Wichtigste, dankend Abschied zu nehmen.

Karl-Dieter setzte sich auf den kleinen Hocker, die Strandtasche mit den Liedern und Gedichten neben sich, die er sich im Inselbuchladen besorgt hatte. Dann schraubte er die Thermoskanne auf und goss sich einen Schluck Kaffee ein. Wenn er den Liter gut aufteilte, würde er bis morgen früh reichen. In der Halle war es kalt, Karl-Dieter fröstelte trotz des dicken Pullovers, über den er sich noch seine gefütterte Regenjacke gezogen hatte. Mütze würde mit Ahsen vermutlich schon das dritte Bierchen killen und der Inselpolizist würde ihm die neuen Straßenverkehrsregeln für Bollerwagen zu erklären versuchen. Sollten die beiden nur ihren Spaß haben. Karl-Dieter neigte nicht zur Eifersucht, zumal Ahsen, selbst wenn der Inselbulle, wofür nichts sprach, gleichfalls schwul sein sollte, ganz und gar nicht in Mützes Beuteschema passte. Mütze und er waren jetzt so viele Jahre ein Paar, da musste man nicht mehr jeden Abend zusammen verbringen. Und zum fröhlichen Bierkumpan taugte er selbst in keiner Weise.

So machte jeder das, wonach ihm war. Nicht, dass Mütze kein Herz hatte, aber von manchen Dingen verstand der knallharte Kommissar eben nichts, und dazu gehörten eben auch die christlichen Rituale. Für Rituale war allein Karl-Dieter zuständig. Wenn er allein an Weihnachten dachte! Während er andachtsvoll Woche für Woche ein weiteres, neues Licht am Adventskranz entzündete, belehrte Mütze ihn, in welcher Reihenfolge man die Kerzen am geschicktesten abbrennen musste, damit alle vier zum Ende des Advents auf die gleiche Höhe heruntergebrannt waren. So war Mütze eben, stets der scharfe Analytiker.

Karl-Dieter stellte seinen Kaffeebecher ab und zog den Gedichtband hervor. Dann begann er, den Toten leise vorzulesen, ein Gedicht vom Sprechgenie Friedrich Rückert, das er zum Tod seiner geliebten Kinder verfasst hatte.

Du bist ein Schatten am Tage
Und in der Nacht ein Licht;
Du lebst in meiner Klage,
Und stirbst im Herzen nicht.

Karl-Dieter blickte auf. Ein leichter Windzug war zu spüren, der die Teelichter erzittern ließ. War es diese Bewegung, die unruhigen Schatten, die den Gesichtern der Toten plötzlich Leben einzuhauchen schienen? Nicht, dass sich Karl-Dieter fürchtete, aber es sah etwas unheimlich aus, und so war er froh, als sich die Kerzen wieder beruhigten. Mit einem Mal fiel Karl-Dieter ein, was er noch machen konnte. Er hatte doch ein paar Ersatzmuscheln eingesteckt, die wollte er den Freundinnen aufs Herz legen, ein letzter Gruß von ihrem geliebten Nordseestrand. Als er bei Agathe anfangen wollte, geschah das Missgeschick. Die Muschel, die neben der Rose keinen rechten Platz mehr hatte, rutschte entlang einer Falte in der Jacke ab. Karl-Dieter fluchte still. Das dumme Ding war im Brustausschnitt von Agathe verschwunden. Was nun? Als Mann, der stets auf Ordnung achtete, beugte sich

Karl-Dieter nieder und zog die Jacke ein Stück hinunter, um sich die Muschel zu angeln. Dabei legte er zwangsläufig den Halsansatz der Leiche frei – im selben Moment stockte ihm der Atem.

Verdammt, was war denn das? Da war doch was … da war was zu lesen … da hatte doch jemand etwas in Agathes Hals geritzt. Karl-Dieter zog stärker an der Jacke, dann wurde das komplette Wort sichtbar. »MORD!« Kein Zweifel, da stand »MORD!« Mit Ausrufezeichen! Zitternd erhob sich Karl-Dieter. Was hatte das zu bedeuten? Fest kniff er die Augen zusammen. Wieder sah er die drei Alten vor sich, wie sie in höchster Not im Watt standen, sah sie winken, hörte sie rufen: »Räche uns!« Als er die Augen wieder öffnete, stand die blutige Schrift immer noch dort: »MORD!«

Einer plötzlichen Intuition folgend zog Karl-Dieter nun an Berthas Jacke. Das gab's doch nicht! Auch in ihren Ausschnitt war etwas geritzt. »ES WAR«, stand dort in verkrustetem Rot zu lesen, derselbe Buchstabentypus wie bei Agathe. Atemlos machte sich Karl-Dieter nun Cecilies Jacke zu schaffen. Auch in ihrem Ausschnitt tauchten blutige Ritzspuren auf: »WA«

Fieberhaft hämmerte es in Karl-Dieters Kopf. »ES WAR WA.« Was sollte das heißen? Offensichtlich hatte das ABC-Geschwader vor seinem Ertrinkungstod noch eine Botschaft absetzen wollen, hatte sich mit einer Nadel oder einem anderen spitzen Gegenstand gegenseitig etwas in den Ausschnitt geritzt. »MORD! ES WAR WA …« Dann waren die Wellen über ihren

Köpfen zusammengeschlagen, sie hatten ihre Botschaft nicht vollenden können. »WA«, wer war »WA«?

Taumelnd sank Karl-Dieter auf den Hocker. Er musste zu Mütze, das war klar, und doch brauchte er einen Moment, um seine Gedanken zu sammeln. Warum war das keinem aufgefallen, warum nicht dem Inseldoc, der doch die Leichenschau vorgenommen hatte? Musste man hierzu nicht die Leichen entkleiden? Vielleicht hatte man darauf verzichtet, weil alles so offensichtlich erschienen war. Zu offensichtlich. Karl-Dieter wischte sich über die Stirn. Im selben Augenblick erklang ein lautes Geräusch. Jemand machte sich an der Tür zu schaffen.

Karl-Dieter hielt den Atem an. Ob das der Hafenmeister war? Kam Bornekamp zurück? Aber warum? Oder war es Mütze, der nach ihm sehen wollte? Warum aber klopfte er dann nicht, warum erklangen Hammergeräusche, warum tauchte plötzlich die Spitze eines Schraubendrehers im Türschlitz auf? Kein Zweifel, da versuchte jemand gewaltsam einzubrechen! Hektisch sah sich Karl-Dieter um. Geistesgegenwärtig zog er die Jackenkragen wieder hoch, blies die Kerzen aus, zog den Bauch ein und drückte sich hinter das Regal mit den Eierlikörflaschen, das hinter den Toten an der Hallenwand stand. Keine Sekunde zu spät!

Mit einem Knall sprang die Tür auf. Der bläuliche Schein einer Taschenlampe fuhr suchend über den Betonboden, glitt durch die Tiefe der Halle, um beim

Totenlager zitternd haften zu bleiben. Seine Lampe unverwandt auf die drei Leichen gerichtet, durchschritt eine dunkle Gestalt die Halle und blieb vor der Bahre stehen. Durch einen Spalt zwischen den Eierlikörflaschen konnte Karl-Dieter erkennen, wie sich die Gestalt niederkniete und damit begann, Agathes Jacke zu betasten. Was konnte das bedeuten? Doch wohl nur eines: Das da war der Mörder! Er kam zu seinen Opfern zurück. Was aber suchte er hier? Hatte er Angst, etwas könnte ihn verraten?

Karl-Dieters Hände fingerten über das Regal und ergriffen eine Likörflasche. Jetzt musste gehandelt werden und zwar rasch! Leise schob er sich hinter dem Regal hervor und setzte zu einem Hechtsprung an, um die Flasche auf dem Mörderschädel niedersausen zu lassen. Wie er aber die Flasche schon über dem Kopf erhoben hatte und sich vorstürzen wollte, blieb er unglücklich an einem Regalvorsprung hängen. Im Fall entglitt ihm die Flasche und zersprang unter lautem Klirren in tausend Teile. Mit einem Satz sprang die dunkle Gestalt auf und rannte aus der Halle in die Nacht hinaus.

* * *

Mütze und Ahsen hatten sich einen Spaß daraus gemacht, bei jedem frischen Pils auf die neue Bollerwagenordnung von Spiekeroog anzustoßen. Als aber Karl-Dieter in den *Blanken Hans* gestürzt war, waren sie sofort mitgekommen, stocknüchtern von einem

Moment auf den nächsten. Nun standen sie heftig schnaufend am Totenlager. Was für ein Anblick! Im fahlen Neonschein der Hallenbeleuchtung lag das ABC-Geschwader, über und über mit gelben Spritzern bekleckert.

»Eierlikör«, sagte Karl-Dieter.

Rasch kniete sich Mütze nieder und zog an den Trevirajacken. Tatsächlich! Karl-Dieter hatte nichts hinzuerfunden. Jedes seiner Worte traf zu. Mit verkrustetem Blut war die Botschaft in die faltigen Hälse eingraviert: »MORD! - ES WAR - WA« - Wahnsinn! Kein Unfall, sondern ein Verbrechen! Ertrinkend noch hatten die Alten versucht, ihren Mörder zu verraten. Wer aber war WA? Mütze schaute zu Ahsen, doch Ahsen schüttelte den Kopf. Auch ihm fiel spontan niemand ein, auf den diese Buchstaben hinweisen könnten. WA wie Walter, vielleicht? Auch Waltraud war natürlich möglich, im Prinzip. Oder stand WA für einen Nachnamen? Wagner? Wannemacher? Wawczimek? Wer auf Spiekeroog trug einen solchen Namen?

* * *

Mord! Wieder hatten sie es mit einem Mordfall zu tun, mit dem brutalsten Verbrechen vielleicht, das sich auf Spiekeroog je ereignet hatte, denn einen Dreifachmord hatte es auf der Insel soweit man sich erinnern konnte noch nicht gegeben. Karl-Dieter sprach sogar von einem Massenmord, eine Bezeichnung, die sich die beiden Polizisten allerdings nicht zu eigen machen wollten, ja, selbst von einem Serienmord könne aus kriminalistischer Sicht nicht gesprochen werden, denn die Morde seien ja nicht nacheinander sondern zeitgleich erfolgt.

Zu dritt saßen sie an Ahsens Schreibtisch, auch Karl-Dieter, der jetzt auf keinen Fall allein ins Hotel gewollt hätte. Die Polizeiwache von Spiekeroog war in einer ehemaligen Dünenkneipe in der Siedlung am *Tranpad* untergebracht, ein unauffälliges Häuschen, an dem draußen neben dem Eingang noch die alte Glasvitrine für die Getränkekarte hing. Ahsen hielt seinen grünen Telefonhörer in der Hand und versuchte, die Staatsanwaltschaft zu erreichen. Mütze kaute auf einem trockenen Keks, den er sich aus einem Kunststoffbehälter gemopst hatte, in dem Ahsen auch seine Stifte aufbewahrte. Daneben stand eine Holzmöwe mit Spiralhals und sah ihn mit giftigen gelben Augen an. Ihr eins auf den Schädel zu geben aber traute sich Mütze nicht, nachdem er schon das Vorläufermodell auf dem Gewissen hatte.

Ahsen fühlte eine leichte Unruhe in sich aufsteigen, während das Freizeichen ertönte. Mit der ostfriesischen Staatsanwältin, die von Oldenburg aus über die Inseln regierte, war nicht gut Kirschen essen. Endlich hob jemand ab. Es war aber nicht das blonde Fallbeil, wie sie die Staatsanwältin nannten, es war ein Mann namens Deichgreen. Bei der Staatsanwältin hätten vor wenigen Stunden die Wehen eingesetzt, sagte Deichgreen, er würde während des Mutterschutzes übernehmen, der aber könne länger dauern, es seien nämlich Drillinge zu erwarten. Ahsen schnaufte erleichtert durch und lobte still die Erfolge der modernen Reproduktionsmedizin. Dann berichtete er, was vorgefallen war. Der Mutterschutzersatzstaatsanwalt war alles andere als erfreut. Seine Anspannung aber legte sich, als der Name Mütze fiel, ja, Deichgreen klang plötzlich ganz begeistert. Natürlich kenne er den Kommissar! Der würde doch regelmäßig zum Kurzurlaub nach Spiekeroog kommen, und er sei über sämtliche Fälle informiert, die Mütze gelöst habe. Er solle bitte auch diesen übernehmen, sein Vertrauen in Mütze sei grenzenlos. Ja, und natürlich auch das in Ahsen, keine Frage!

»Sein Vertrauen in uns ist grenzenlos«, sagte Ahsen, als er wieder aufgelegt hatte.

Mütze nickte zufrieden. Das Schwerste war geschafft. Er hob die rechte Handfläche und Ahsen schlug dagegen, dass es klatschte. Bingo! Jetzt war das Ganze ihr Fall. Karl-Dieter spürte einen leisen Schmerz. Klar, er war Bühnenbildner, kein Polizist. Aber irgendwie gehörte doch auch er zum Team, schließlich war er es gewesen, der entdeckt hatte, dass seine Freundinnen einem Verbrechen zum Opfer gefallen waren. Hätte er nicht an ihren Trevirajacken gezogen, niemand hätte je an einem Unfall gezweifelt.

»Und nun?«, fragte Ahsen und goss den Tee auf.

»Als Erstes nehmen wir uns die Pension vor, in der die drei gewohnt haben«, sagte Mütze und sah auf die

Uhr. Es war kurz nach zwei. »Gleich morgen um sieben stehen wir dort auf der Matte.«

»Und was passiert mit den Toten?«, fragte Karl-Dieter vorsichtig.

»Ab in die Apfelsinenkiste«, sagte Mütze, »die schicken wir nach Bremen in die Rechtsmedizin.«

Karl-Dieter schauderte. Die Vorstellung, dass die Totenruhe so brutal gestört werden würde, fand er ungeheuerlich. Aber er wusste natürlich, es ging nicht anders. Wenn dies ein Mord war, so musste er auch wie einer behandelt werden und das hieß: Obduktion. Alles hätte Karl-Dieter dafür gegeben, dem ABC-Geschwader ein solches Schicksal zu ersparen. So unumgänglich die Obduktion war, so überflüssig war sie doch zugleich. Was wollte man schon finden? Der Tathergang schien doch sonnenklar. Irgendein Teufel hatte die drei ins Watt geführt und dort allein zurückgelassen. Karl-Dieter schaute ganz unglücklich. Mütze sah ihn an und versuchte, ihn zu trösten.

»Sie nähen sie hinterher wieder perfekt zusammen, sollst sehen. Deiner Beerdigungsfeier steht dann nichts mehr im Weg.«

* * *

Nichts ist friedlicher als Spiekeroog in einer lauen Sommernacht. Wenn die niedrigen Straßenlaternen die kleinen Astrid-Lindgren-Häuschen mit ihrem heimeligen Licht bescheinen, sich die alten Bäume sanft im Nachtwind wiegen, wenn die Möwen ihre Schnäbel ins Gefieder stecken, alles in den Betten liegt, die Wärme der Sonne im Schlaf noch spürend und das Auf-und-Ab der Wellen, dann ist alles Böse dieser Welt weit entfernt, unendlich weit. Wie herrlich schläft man dann, selig lächelnd wie ein satter Säugling.

Nur in einem Haus auf der Insel wollte nicht die rechte Ruhe einkehren, sank der Pegel der Schnapsflasche immer tiefer, schwirrten die Gedanken wirr durch den Raum. Wer war das gewesen, der Kerl in der Gepäckhalle? Was hatte der Typ da zu suchen gehabt? Okay, es ist ein Fehler gewesen, bei den Alten einzusteigen, man konnte es mit der Vorsicht auch übertreiben. Was sollte schon noch passieren? Die Omas dämmerten zu Recht der Ewigkeit entgegen. Schnüffler hatten nur eines verdient: den Tod.

Dienstag

Punkt sieben schellte es bei Werner Glucksmann, dem Wirt des *Buschwindröschens*, einer Gästepension, wie es sie viele auf der Insel gab. Hinter einem Lattenzaun in Spiekeroog-Grün erstreckte sich eine gepflegte, aber langweilige Wiese mit ein paar blühenden Büschen. Das Haus bestand aus einem verklinkerten Erdgeschoss und einem an den Giebelseiten mit grünem Holz verkleideten Dachgeschoss. Das rote Schindeldach war auf typisch friesische Weise verziert:

Entlang des Firstes hatten sich die Möwen als Maler betätigt und eine weiße Borte hinterlassen.

Mütze schellte ein weiteres Mal. Endlich öffnete sich die Tür. Misstrauisch blickte ein Grauschopf durch den Spalt. Werner Glucksmann führte seine Pension bereits seit über dreißig Jahren, seit dem Tod seiner Frau, die in der Neujahrsnacht 2000 auf tragische Weise verunglückt war, wurde er durch Marga unterstützt, seine kroatische Zugehfrau, die sich um die Zimmer und den Abwasch kümmerte. Alles andere besorgte der Pensionswirt allein. Wobei »alles andere« eigentlich nur im allmorgendlichen Aufbacken der Brötchenrohlinge, dem Kochen einer Thermoskanne Aldi-Kaffee und dem Anwerfen des Eierkochers bestand. Außerdem füllte Glucksmann wöchentlich die Schüssel mit den Marmeladen auf, immer mit den gleichen Portionsschälchen, deren Inhalt aus obstfarbigem Glibber bestand. Mit Extrawünschen durfte man Werner Glucksmann nicht kommen. Eher stieg ein Lenkdrachen bei Flaute in den Himmel, als dass man einen Cappuccino statt des Kaffees bekam. Mehr als die mickrige Frühstücksbasisversion gab es nicht, alle anderen Mahlzeiten mussten auswärts eingenommen werden. Dafür blieben die Übernachtungspreise auf konstant niedrigem Niveau und das war den Gästen des *Buschwindröschens* das Wichtigste.

Nur zögerlich und sichtlich ungern ließ Glucksmann die Polizisten ein und führte sie in eine dunkle Abstellkammer, die den Namen Büro nicht verdiente.

Wie immer trug er seinen alten Jogginganzug, dessen Seiten gewagte Rallyestreifen zierten, und schlurfte mit grauen Filzpantoffeln durch den Tag. Mütze grinste still in sich hinein. Karl-Dieter würde sich schrecklich darüber aufregen und Karl Lagerfeld zitieren, wonach ein Mann die Kontrolle über sein Leben verloren hat, wenn er eine Jogginghose trägt.

»Ich hab's dir doch schon am Sonntag gesagt, Ahsen«, brummte Glucksmann, »die Damen sind in aller Herrgottsfrühe weg, um einen Spaziergang zum Watt zu machen. Nur weil sie mich tags zuvor regelrecht bedroht haben, hatte ich ihnen bereits vor sechs das Frühstück serviert. Jede hat brav ihr Brötchen gegessen und ein Ei gelöffelt. Dann sind sie aus dem Haus und ich hab nichts mehr von ihnen gesehen.«

»Sind die drei regelmäßig zum Watt gegangen?«, wollte Mütze wissen.

»Regelmäßig? Was ist regelmäßig? Öfter als sonst aber schon. Die drei Damen übernachten seit fünfundzwanzig Jahren bei mir, wissen Sie, das sind echte Stammgäste. Nur einmal sind sie nicht gekommen, als sie sich bei einem Skatebordkurs die Beine gebrochen haben. Dieses Jahr haben sie sich ein neues Hobby zugelegt, Seevögel gucken. Für Vögel haben sie sich bislang nie groß interessiert, jedenfalls hab ich nichts davon mitgekriegt, und das hätte ich, weil man den dreien kaum entkommen konnte und alles mitbekam, ob man wollte oder nicht. Dieses Jahr aber hatten sie plötzlich die Leidenschaft des Vogelguckens für sich entdeckt, weiß der Geier, warum. Vielleicht wollten sie deshalb zu den Wattwiesen hinaus, wegen der Vögel. Ich hatte sie ausgelacht, weil es am Morgen, als sie aufgebrochen sind, doch so nebelig gewesen ist. Was sollte man bei der Suppe schon sehen? Bei Nebel entdeckt man die interessantesten Vögel, haben sie nur gesagt und vielsagend dazu gekichert.«

Mütze nickte. Das war das ABC-Geschwader wie es leibte und lebte. Die Sache mit dem Nebel hatte er mit Karl-Dieter gestern noch diskutiert und wie schnell man bei diesem Wetter die Orientierung verlieren kann, wenn man keinen Wattführer hatte. Oder sich dieser davonmachte. Natürlich war es den dreien zuzutrauen, dass sie sich auch ohne Führer auf den Weg gemacht hatten, warum aber hätten sie sich in diesem Fall, als ihnen das Wasser bis zum Halse gestiegen war, auf solch unübliche Weise tätowieren sollen?

»Wann sind die drei denn angereist?«

»Samstag vor einer Woche.«

»Dürfen wir einen Blick in die Zimmer werfen?«

Agathes und Berthas Fenster gingen zur Dorfseite hinaus, Cecilies Zimmer hingegen lag auf der anderen Seite des schmalen Ganges zur Wattseite hin. Auf ihrem Fensterbrett standen drei glänzende Operngläser, an denen feine goldfarbene Kettchen zum Umhängen befestigt waren. Mütze griff sich ein Opernglas und blickte zum Watt hinaus.

»Donnerwetter!«, staunte er.

»Was ist?«, wollte Ahsen wissen.

»Schau selbst«, sagte Mütze und hielt Ahsen das Glas hin.

»Donnerwetter!«

Auch Ahsen kam aus dem Staunen nicht heraus. Operngläser schienen eigentlich für die Vogelbeobachtung so geeignet, wie ein Gummiboot zum Überqueren der Nordsee, vergrößerten sie doch höchstens so stark, dass man erkennen konnte, ob der Heldentenor aus Asien stammte oder ob sich die Sopranistin beim Bühnenkuss zur Seite drehte. Genug, um das Gesicht eines Sängers zu erkennen, für ferne und kleine Objekte wie Seevögel jedoch lächerlich wenig. Diese Instrumente hier – und auch die zwei anderen, wie die beiden Polizisten schnell feststellten – aber waren keine gewöhnlichen Operngläser, das waren Hightech-Geräte. Mütze schwenkte zu den Richelwiesen hinüber. Zwei Möwen, die sich weit hinten an der Meereskante um etwas Essbares stritten, waren plötzlich mit den Händen zu greifen. Selbst den Bissen, den die eine der anderen abgejagt hatte, konnte man deutlich erkennen. Es war ein kleiner Seestern.

»Wie gibt's denn das?« Ahsen war schwer beeindruckt.

»Die optischen Signale müssen auf elektronischem Weg verstärkt werden«, sagte Mütze, während er das Opernglas von allen Seiten betrachtete. Mit einem versteckten Schräubchen konnte man sogar die Helligkeit verstellen. Donnerwetter! Das waren zugleich Nachtsichtgeräte! Mütze richtete das Glas in eine dunkle Zimmerecke, die Fädchen des karierten Teppichbodens fingen wie Urwaldlianen vor seinen Augen an zu tanzen. Mütze nickte anerkennend. Das hätte er dem ABC-Geschwader nicht zugetraut.

Auch Ahsen war perplex. »Wo haben die Alten die Dinger wohl her?«

»Mir stellt sich noch eine andere Frage«, sagte Mütze.

»Und die wäre?«

»Warum haben die Alten die Gläser daheimgelassen?«

Das gab doch keinen Sinn. Wenn das ABC-Geschwader am Sonntagmorgen tatsächlich zum Vogelgucken Richtung Watt gegangen war, warum hatte es dann seine Operngläser nicht mitgenommen? Wegen des Nebels? Oder hatte der Morgenspaziergang der drei Damen einem gänzlich anderen Zweck gegolten, einem gefährlichen, einem lebensgefährlichen Zweck? Mütze setzte das Glas wieder an und blickte zur Fährrinne hinaus, auf der gerade die *Spiekeroog II* Richtung Hafen stampfte. Sogar die Gesichter der Reisenden konnte er erkennen, die sich fröhlich Richtung Ausgang drängten und dahinten, der Mann am Kai, der mit einem jungen Glatzkopf zusammenstand, das war Bornekamp, der Hafenmeister.

Mütze kniff die Augen zusammen. Sie hatten es mit einem Mord zu tun, keine Frage. Die Alten mochten nicht ganz knusper sein, zugegeben, zum Scherz jedoch würden sie sich kaum die Hälse aufgeritzt haben. Dazu gestern der merkwürdige Einbruch in die Lagerhalle. Ob die vermummte Gestalt identisch mit dem Mörder war? Die Frage aller Fragen aber war: Warum das Ganze? Warum hatte der Täter das ABC-Geschwader ins Watt geführt und dort zurückgelassen? Was war das Motiv? Während Karl-Dieter nach einer Weile in den Schlaf gefallen war, hatte Mütze noch lange wachgelegen und darüber nachgedacht. Liebe, Leidenschaft, Habgier - die Klassiker, um jemandem sein Lebenslichtlein auszupusten, konnte man vergessen. Es gab im Grunde nur ein Motiv, das in Frage kam. Die drei hatten sterben müssen, weil sie einem Verbrechen auf der Spur gewesen waren. Die alten Schachteln waren jemandem als Zeugen lästig geworden.

Mützes Pupillen verengten sich, als er das Opernglas erneut Richtung Hafen schwenkte. O ja, ein solches Motiv war ganz und gar nicht unwahrscheinlich. Mütze konnte ein Lied davon singen. Die Alten liebten es, der Polizei ins Handwerk zu pfuschen. Sie waren nichts anderes als die Reinkarnation der legendären Miss Marple, nur schlimmer noch, weil in verdreifachter Form. Mütze setzte das Glas wieder ab und rieb sich die Augen. Warum hatten sie sich nicht wie ganz normale Omas benehmen können?

Wer sich in Gefahr begibt, kommt darin um.

Die weitere Durchsuchung der Zimmer brachte nichts, was sie weitergeführt hätte. Der übliche Reisekram, den alte Damen so mitzunehmen pflegten, in den Schränken jede Menge geblümte Blusen und wollene Röcke, in Cecilies Zimmer ein zusammenklappbares Drahtgestell in Form eines überdimensionierten Eis, wohl für ihre Perücke, bei Agathe das neue Programm der Volkshochschule Bottrop, in dem ein Karatekurs für Senioren angestrichen war und der Kurs »Mandarin Teil 2«. Die Schublade mit der Unterwäsche verschloss Mütze rasch wieder, hautfarbene Stützstrümpfe waren nicht sein Fall. Um dies und alles Weitere würden sich die Kollegen von der Spurensicherung kümmern, die vielleicht schon auf der Fähre waren. Er beneidete sie nicht wirklich.

»Haben wir Siegel für die Zimmertüren?«, fragte Mütze seinen Kollegen.

Ahsen schüttelte verlegen den Kopf. Siegel für Türen? Auf Spiekeroog? So etwas habe man bislang noch nie gebraucht. Mütze runzelte die Stirn und erbat sich ersatzweise eine Rolle Paketklebeband vom Pensionswirt, die dieser unwillig rausrückte. Dann brachte der Kommissar an den Zimmertüren der Mordopfer drei dicke braune Streifen an und ritzte »Polizeisiegel« hinein. Auf Spiekeroog musste man improvisieren, das kannte er zu Genüge.

Werner Glucksmann begleitete sie noch bis zur Haustür. »Wann kann ich die Zimmer wieder vermieten?«, wollte er wissen.

»Wenn die Spurensicherung grünes Licht gibt«, sagte Mütze. Beim Hinaustreten aber drehte er sich noch mal um. »Ach, Herr Glucksmann, kennen Sie vielleicht jemanden auf Spiekeroog, einen Insulaner oder einen Gast, dessen Namen mit Wa beginnt?«

»Mit Wa? Wer soll das sein?«

»Das wüssten wir eben gerne.«

Als die beiden Polizisten den Gartenweg entlangschritten, wurde in einem Fenster des *Buschwindröschens* eine Gardine leicht zur Seite geschoben, zwei kleine Augen schauten den Polizisten hinterher.

Am *Noorderpad* überholte sie ein kanariengelbes Elektroauto, ein windschnittiger Transporter mit dem Aufdruck *Freddys Quickie*. Der Fahrer, ein wasserstoffsuperoxydierter Blondschopf, verlangsamte seine Fahrt, während er seinen Ellenbogen lässig aus dem Fenster hängen ließ.

»Alles im Griff, Herr Polizist?«, begrüßte er Ahsen trocken.

Mütze staunte nicht schlecht. Auf dem autofreien Spiekeroog hatte es zwar immer schon Elektrokarren zum Transport gegeben, schließlich mussten Koffer, Lebensmittel und alles übrige, was man so auf der Insel benötigte, zu den Quartieren, Geschäften und Restaurants befördert werden, solch ein durchgestyltes Gefährt aber war ihm bislang noch nicht begegnet.

»Nichts Besonders, nur der neue Transport-Tesla«, rief der sonnenverbrannte Mann fröhlich durchs geöffnete Fenster und warf sich eine Lutschpastille ein, »Prototyp für Testfahrer! Schönen Tag noch!«

Dann gab er Saft und surrte blitzschnell davon. Mütze sah Ahsen an. Gut, das Ding lief elektrisch, aber das Tempo, mit dem der blondierte Typ unterwegs war, das war ja gefährlich, das war doch niemals erlaubt. Und alles direkt vor den Augen des Inselpolizisten! Ahsen verzog verlegen den Mund. Er wusste, was Mütze dachte.

»Das war Freddy, Freddy Wintergras. Der darf sich hier einiges rausnehmen, weißt schon, Big-Spender! Hat jüngst erst den Dünentoiletten berührungsfreie Händeföns spendiert, sogar welche, die den Countdown anzeigen.«

Mütze wollte etwas drauf erwidern, da schrillte sein Handy. Deichgreen war dran, die staatsanwaltschaftliche Mutterschutzvertretung. Mütze blieb stehen und sein Gesicht hellte sich auf.

»Tatsächlich? Das ist ein Ding … nein, nein, Herr Deichgreen … ist doch super, vereinfacht die Sache kolossal … selbstverständlich habe ich nichts dagegen, ganz im Gegenteil … alles klar … so gegen fünf? Wir werden dort sein. Tschüss und danke!«

»Was war denn?«, fragte Ahsen neugierig.

»Halt dich fest«, sagte Mütze, »wir müssen die lieben Alten nicht in die Apfelsinenkiste stecken.«

»Und warum nicht?«

»Sie bleiben in der Gepäckhalle.«

»Keine Obduktion?«

»Doch, schon, natürlich. Aber dieses Mal kommt das Messer zum Patienten.«

Das war tatsächlich eine Nachricht! Was für ein schöner Zufall! Auf der Nachbarinsel Langeoog fand gerade die Jahrestagung der norddeutschen Rechtsmediziner statt. Man hatte eine echte Koryphäe eingeladen, den bekannten Rechtsmediziner Doktor M. Butcher aus Chicago. Als die Nachricht von den drei Leichen auf der Nachbarinsel durchgesickert war, hatte Doktor Butcher spontan angeboten, eine Exkursion nach Spiekeroog zu machen, eine Live-Demonstration am Totenbett. Konnte es eine lebendigere Fortbildung geben? Man hatte für die Herren Doktoren ein Fischerboot gechartert, am Nachmittag sollte es bereits auf Spiekeroog eintreffen. Mützes Laune war die beste. Der Tag versprach noch manche Überraschung.

* * *

Während Mütze mit Ahsen unterwegs war, saß Karl-Dieter im gemütlichen Frühstücksraum der *Linde* und leerte das dritte Schälchen seiner selbstgeschichteten Fitnesskreation. Die Grundierung bestand aus einer Schicht cremigen Joghurts, darüber hatte er einen großen Schöpfer Obstsalat gekippt, die Krönung aber bildete eine Mischung knusprigster Cerealien. Zwischen seine Oberschenkel hatte Karl-Dieter den Griff des Zeitungshalters gesteckt, auf diese Weise konnte er die *Welt* am bequemsten studieren. Ob es zum Frühstück eine Tageszeitung gab, hing von der Tiede ab. Kam die Flut erst später, dann eben auch die Zeitung. Niemand aber regte sich darüber auf, im Gegenteil. War es nicht schön, dass auf Spiekeroog alles noch dem Rhythmus der Gezeiten folgte? Der Mensch der Moderne glaubte ja, sich von allem unabhängig machen zu müssen und unbeschränkt über Raum und Zeit zu herrschen. Machte ihn das jedoch glücklicher? Karl-Dieter hatte daran seine Zweifel. Die Allverfügbarkeit der Dinge führte doch nur zu ihrer Entwertung. Sich für eine Zeit in Demut bescheiden zu müssen, eine höhere Instanz zu akzeptieren, sich ihr dankbar unterzuordnen, war das nicht heilsam für die Seele?

Krachend biss Karl-Dieter in sein mit Lachs belegtes Fitnessbrötchen, das er mit einem Hauch Meerrettichsahnecreme bestrichen hatte. Einatmen und Ausatmen, Ying und Yang, Ebbe und Flut, wie wunderbar! »Ohne Ebbe und Flut wären deine Freundinnen noch am Leben«, hatte Mütze gesagt. Karl-Dieter seufzte und biss ein zweites Mal in sein Lachsbrötchen. Zugegeben, die Natur besaß ihre Härten. Was für ein furchtbares Ende hatten seine drei Freundinnen durchleiden müssen. Dennoch, die Natur war unschuldig daran, Schuld war einzig und allein der Mensch. Jemand hatte sich der Natur als Werkzeug bedient, um die harmlosesten Menschen der Welt zu ermorden. Und dieser Jemand würde dafür bezahlen.

Kurz bevor sich die fleißigen Geister der *Linde* daranmachten, die Reste des Frühstücksbuffets abzuräumen, kam Mütze zurück. Karl-Dieter war hocherfreut zu hören, dass man seine toten Freundinnen in der Gepäckhalle lassen wollte. Tote sollte man nicht ständig durch die Gegend fahren. Mit welchem Widerwillen hatte er die Zeremonien beim Tod von Helmut Kohl verfolgt. Auch wenn er kein Fan des Altkanzlers gewesen ist, eine solch peinliche Art des Abschiedsnehmens war unzumutbar. Von Oggersheim, seinem Wohn- und Sterbehaus, nach Straßburg ins Europaparlament, ein paar Reden, dann zack, zack zurück nach Deutschland, eilig aufgebahrt durch seine Heimatstadt Ludwigshafen, dort auf ein Boot, den Rhein hinauf nach Speyer, ausgeladen, ab in den Dom und dann endlich, endlich zur letzten Ruhestätte. Das soll man einer Leiche nicht antun. Wenn der Tod etwas Gnädiges an sich hatte - und er konnte durchaus etwas Gnädiges an sich haben -, dann war es doch, dass man endlich zur Ruhe kam. Die Hektik des Lebens hinter sich zu lassen, das war dem Tode wesenseigen, das machte seine Würde aus.

»Freut mich, dass du dich freust«, sagte Mütze, der sich in aller Schnelle noch eine Frühstückskollektion auf seinen Teller schaufelte, darunter einen Turm von Mettwurstscheiben, was Karl-Dieter, der auf gesunde Ernährung hielt, nur ungern sah. Doch heute ließ er es unkommentiert. Seine Gedanken waren bei seinen toten Freundinnen. Die Rumfahrerei blieb ihnen also erspart, aber von Freude konnte nicht die Rede sein. Dafür war die bevorstehende Prozedur einfach zu scheußlich. Tote Menschen aufzuschneiden und in ihren Eingeweiden herumzuwühlen, empfand Karl-Dieter als pietätlos, auch wenn er als Freund eines Kriminalkommissars natürlich nur zu genau wusste, dass diese blutige Prozedur lediglich der Wahrheitsfindung diente. Sicher, zu einer anständig durchgeführten Obduktion gehörte es auch, alle Spuren derselben wieder zu beseitigen und den Angehörigen zu suggerieren, dass die Körper unversehrt geblieben sind, dennoch, Karl-Dieter wusste nur zu genau, was bei einer Obduktion alles ans Licht gezerrt wurde und dieses Wissen bekam er nicht aus seinem Kopf heraus. Hoffentlich lohnte sich die Wühlerei wenigstens. Vielleicht gelang es ja mit Hilfe des Sektionsmessers, dem Mörder auf die Spur zu kommen.

Ob die vermummte Gestalt in der Gepäckhalle mit dem Mörder identisch gewesen ist? Karl-Dieter musste dauernd daran denken. Wie konnte er nur so blöd gewesen sein, am Regal hängenzubleiben? Hätte er sich nicht so ungeschickt angestellt, hätten sie den Mördervielleicht schon.

»Gräm dich nicht, Knuffi«, sagte Mütze schmatzend. Er hatte einen Mordsappetit. »Vielleicht ist es besser so. Stell dir vor, du hättest ihn nicht richtig erwischt und er hätte zurückgeschlagen. Nicht auszuschließen, dass neben unseren drei toten Freundinnen jetzt noch eine vierte Leiche läge.«

Mütze hatte bei den letzten Worten seine Stimme gesenkt und sah ganz betrübt aus, was Karl-Dieter mit einem Schwall Rührung erfüllte. So nüchtern Mütze immer tat, so abgeklärt, so unbeteiligt: In kleinen Momenten leuchtete sie immer noch strahlend auf, die große Liebe, die in seinem Herzen ruhte.

»Mensch, Mütze«, sagte er leise und schob dankbar seine Hände über den Tisch.

Mütze sah ihm mit treuem Dackelblick in die Augen. »Ich darf mir das gar nicht vorstellen«, sagte er leise, »wer würde mir denn dann die Hemden bügeln?«

Karl-Dieter ballte seine Hand zur Faust und ließ sie auf Mützes knochiger Schulter niedersausen. Zugleich aber musste er lachen. »Idiot!«, rief er.

* * *

Das Telefonbuch von Spiekeroog war höchst übersichtlich, gab es doch auf der Insel mehr Hasen als Insulaner. Ahsen blätterte in dem zerlesenen Exemplar und schob es dann mit wichtigem Gesicht zu Mütze hinüber, der an seinem Schreibtisch Platz genommen hatte. Die Einträge unter »W« waren schnell gesichtet. Nur zwei Namen begannen mit der Buchstabenkombination »Wa«. Eine Emilie Wagner, die *Bi An'd Nee Kark* wohnte, ein M. Waischenfeld, wohnhaft im *Westend*. »Janz weit draußen«, sagte Ahsen, »tief im Westen, fast schon Langeoog.« Natürlich wusste er, wer M. Waischenfeld war. Jeder kannte auf Spiekeroog jeden, was ja auch nicht weiter verwunderlich war. Selbst wenn man wollte, man konnte sich nicht aus dem Weg gehen.

»Martin ist beim Küstenschutz tätig«, sagte Ahsen, »lebt seit Ewigkeiten auf Spiekeroog. Ein Einzelgänger, den man selten im Dorf sieht. Steckt unermüdlich Reisigbündel in die Randdünen, um Spiekeroog vor dem Untergang zu bewahren. Ein wortkarger Zeitgenosse, aber extrem fleißig.«

Emilie Wagner schied von vornherein als Verdächtige aus. Die Dame war in einem noch höheren Alter, als die drei Toten. Sie hatte lange Zeit dem langjährigen NRW-Ministerpräsident und späteren Bundespräsidenten Johannes Rau den Haushalt geführt, wenn dieser in seinem Spiekerooger Ferienhaus weilte.

»Bruder Johannes war der Einzige, der regelmäßig mit dem Hubschrauber kam. Wenn er gelandet war, stand auf seinem Küchentisch immer schon eine Sanddorntorte von Emilie«, sagte Ahsen.

»Und Vornamen, die mit Wa beginnen?«

»Zwei Walter haben wir bei uns, den Betreiber des Kiosks in der *Wüppspoor* und Walter Hoppelkamp. Walter Hoppelkamp scheidet ebenfalls aus.«

»Warum?«

»Hat nur noch ein Bein. Damit wäre er niemals ins Watt gehumpelt.«

»Und der Kioskbesitzer?«

»Walter Brennecke? Dürfte das beste Alibi der Welt haben. Walter scheint hinter dem Tresen seines Kiosks festgenagelt zu sein.«

»Selbst am Sonntagmorgen?«

»An welchem Morgen auch immer. Das Wort Ruhetag kennt er nicht. Dennoch, ich frage gerne nach.«

»MORD! ES WAR … WA.« Mütze gab Ahsens Ersatzspiralhalsmöwe einen vorsichtigen Stups, so dass sie anfing, nach ihm zu hacken.

Natürlich könnte auch ein Sommergast dahinterstecken, wenngleich es unwahrscheinlich erschien. Alles deutete auf einen Ortskundigen hin, auf jemanden, der mit Spiekeroog bestens vertraut war. Wer sonst hätte sich ins Watt gewagt? Und wer sonst kannte Spiekeroogs seltsame Aussegnungshalle? Die vermummte Gestalt hatte mit dem Mord zu tun, davon mussten sie ausgehen. Aber natürlich konnte sich auch ein Urlauber Ortskenntnisse verschafft haben. Es gab genügend Stammgäste, die die Insel besser kannten als ihren Heimatort. Glücklicherweise führte die Kurverwaltung eine Liste, auf der alle Gäste verzeichnet wurden, schließlich wollte man sich keinen Euro Kurtaxe entgehen lassen. Die Insel durfte nur verlassen, wer neben einem Fährticket auch einen Nachweis über die entrichtete Kurtaxe vorzeigen konnte. Niemand konnte sich davor drücken. Das System war wasserdicht.

»An die Arbeit, Ahsen!«

»An die Arbeit, Mütze!«

Sie würden sich aufteilen. Während Ahsen beim Kiosk vorbeischaute, wollte Mütze zunächst zur Kurverwaltung und dann hinaus zum Westend, zu dem verschrobenen Dünenarbeiter. Wie hieß er noch gleich?

»Waischenfeld. Martin Waischenfeld. Am besten Mütze, du gehst gleich zum Strand. Bestimmt steckt er schon seit Stunden neue Reisigbündel. Man erkennt ihn sofort. Er trägt immer eine rote Schirmmütze.«

* * *

Während Mütze sich mit Ahsen beriet, hatte Karl-Dieter beschlossen, einen Gang zum Inselfriedhof zu machen. Er wollte die Begräbnisstätte genau inspizieren. In solchen Dingen war er Perfektionist, der klassische Bühnenbildner. Nichts wollte er dem Zufall überlassen.

Zum Inselfriedhof war es nicht weit, er lag in den Dünen, die nördlich ans Dorf grenzten. Die Sonne war bereits weit zum Himmel hinaufgeklettert, als Karl-Dieter die *Linde* verließ. Im Dorf war es auffällig ruhig. Nur noch ein paar Nachzügler bummelten Richtung Strand, wohin sich bei einem solchen Traumwetter das Inselleben verlagerte. Karl-Dieter machte noch einen Schwenk in die Inselsparkasse, einem nichtsagenden Zweckbau mit unpassend breit gepflastertem Vorplatz, fütterte den Geldautomaten mit seiner Karte und entlockte ihm zweihundert Euro. Die Beerdigung würde mit gewissen Kosten verbunden sein, das aber machte Karl-Dieter nichts aus. Es sollte eine würdevolle Feier werden und da gehörte mindestens ein schönes Blumengesteck dazu.

An den Glasscheiben der Sparkasse klebten Zettel,

die auf wichtige Inselereignisse hinwiesen, auf das Konzert des 1. Oldenburger Shantychors im Kurgarten, auf den Auftritt von Zauberer Hex-mich-weg im Kurhaus und auf einen Tangokurs, der ebenfalls im Kurhaus stattfinden sollte. - Ein Tangokurs! Ach, wenn er Mütze doch dafür gewinnen könnte. Der Tango war der sinnlichste aller Tänze, was für ein Kribbeln musste man dabei verspüren. Unwillkürlich begann Karl-Dieter ein paar Tangoschritte zu machen, dabei drehte er sich zur gegenüberliegenden Wand, an der ein Plakat für die Fahrt mit der Pferdekutsche warb.

Karl-Dieter betrachtete das Foto der Kutsche mit einem sentimentalen Lächeln. Bei ihrem letzten Spiekeroogaufenthalt hatten sie, nachdem sie den Muschelkäferfall gelöst hatten, mit dem ABC-Geschwader noch eine Fahrt gemacht. Und mit Niko, seinem kleinen Schatz, den er mehrere Tage hatte betreuen dürfen. Was für eine glückliche Zeit war das gewesen, die vielleicht glücklichste in seinem Leben. Wie schade, dass Niko nicht mehr auf der Insel lebte. Er war mit seiner Mutter aufs Festland gezogen, nach Jever. Vielleicht würde es gelingen, ihn dort zu besuchen, das aber musste äußerst diplomatisch angestellt werden, denn Mütze konnte mit kleinen Kindern nichts anfangen. Warum nur musste Mütze in solch zentralen Partnerschaftsfragen so völlig anders ticken?

Karl-Dieter riss sich vom Anblick der Pferdekutsche los. Neben dem Plakat wäre noch Platz für ein weiteres, dachte er sich. Erinnerungen stiegen auf, Erinnerungen an einen Italienurlaub. Am Ortseingang vieler Dörfer hatte er voller Anteilnahme die auf große Anschlagtafeln geklebten Traueranzeigen gelesen. Die Italiener waren ihnen voraus. Sie versteckten ihre Trauer nicht, ganz im Gegenteil, sie ließen jeden Anteil nehmen. Nicht nur ein Foto des Verstorbenen wurde ausgehängt, alle wichtigen Stationen seines Lebens, seine nächsten Angehörigen, sein Beruf, sein Einsatz für die örtliche Feuerwehr oder den Fußballverein wurden gewürdigt. Warum machte man das nicht auch in Deutschland? Karl-Dieter kam ein Gedanke. Einer müsste den Anfang machen. Wie wäre es, wenn er … Zugleich jedoch kamen ihm Bedenken. Ob der Leiter der Sparkasse mitmachen würde? Und was würde Mütze dazu sagen? Ach was, nur mutig voran! Wenn man einen wichtigen Gedanken gefasst hatte, durfte man sich nicht beirren lassen. Bedenkenträger gab es immer. Schon sah Karl-Dieter vor seinem inneren Auge die Todesanzeige neben der Pferdekutsche hängen.

Beschwingt ging er weiter. Wenige Minuten später hatte er den Inselfriedhof erreicht. Dieser wurde nur durch ein kleines grünes Tal von der letzten Häuserreihe des Dorfes getrennt. Eine Tafel wies darauf hin, dass der kleine Eichenwald im Jahre 1879 von drei mutigen Insulanerinnen gepflanzt worden war, um ihre Gemüsegärten und Heuwiesen gegen den Flugsand zu schützen. Während der Sommermonate hätten bis zum Bau der Neuen Inselkirche in diesem Wäldchen

Gottesdienste stattgefunden, daher auch der Name Kirchenwäldchen. Karl-Dieter war sogleich verzaubert. Schöner als alle steinernen Kirchen war doch eine Kirche im Freien. Die schlanken Stämme, das verzweigte Blätterdach, hatten sie nicht Modell für die Kirchenbaumeister gestanden?

Hier also wollte der Inselpfarrer ihre Trauerstunde beginnen lassen, eine wunderbare Idee! Dass seine armen Freundinnen zur Obduktion nicht ans Festland geschafft werden mussten, hatte neben der Pietät den zusätzlichen Vorteil, dass ihr Zeitplan nicht gestört wurde. Friedreich Schwertfeger hatte auf dringende Bitte des Hafenmeisters die Beerdigung bereits für Donnerstag vorgesehen, denn die Gepäckhalle verfügte über keine Klimaanlage und konnte nicht gekühlt werden. Als er an das Totenlager denken musste, wurde Karl-Dieter plötzlich siedend heiß. Um Gottes Willen, dass er daran nicht gedacht hatte! Hoffentlich hatte die Obduktion noch nicht begonnen. Er musste unbedingt noch mal zu den Freundinnen! Abrupt blieb er stehen und statt durch das Törchen den Friedhof zu betreten, kehrte er auf der Stelle um und eilte dem Hafen entgegen. Hoffentlich kam er nicht zu spät!

* * *

Im Eingangsbereich der Kurverwaltung hingen wunderbare Bilder, mit Hunderten von aufgeklebten Muscheln gestaltete Objekte, manche in dynamischer

Bewegung das Meer imitierend, manche von ruhiger, ja meditativer Strahlkraft. Bei der Künstlerin handelte es sich, so war zu lesen, um eine junge Lehrerin der Hermann-Lietz-Schule, des Inselinternats. Karl-Dieter wäre sicherlich stehen geblieben, Mütze aber hatte kein Auge für den Zauber der Muschelbilder, eilig strebte er zum Schalter. Die Mitarbeiterin der Kurverwaltung, eine aufgeweckte Auszubildende, brauchte keine Minute, um seinen Wunsch zu erfüllen. Rasant glitten ihre Finger über die Tasten, worauf sich brummend der Drucker warm machte, um dann willig Blatt für Blatt ins Ausgabefach zu werfen, ein gutes Dutzend eng bedruckter Listen.

»Bitte sehr, Herr Kommissar!«, lächelte die Nachwuchskraft und überreichte Mütze die noch warmen Blätter.

Mütze war beeindruckt. Die junge Generation war nicht nur wesentlich freundlicher, sie war ihm und seinen Altersgenossen auch technisch eindeutig überlegen. Mütze erinnerte sich an eine Diskussion, die er neulich mit Karl-Dieter geführt hatte. Es war um die erschreckenden Erfolge der rechten Parteien bei den nicht mehr ganz so jungen Menschen gegangen. Karl-Dieter hatte psychologisch argumentiert und die irregeleiteten Wähler in Schutz genommen. Viele Menschen kämen sich heutzutage bereits ab der Lebensmitte abgehängt und nutzlos vor, weil sich die Verhältnisse zwischen den Generationen ins Gegenteil verkehrt hätten. Früher habe man das Älterwerden nicht in dieser Weise gefürchtet, weil mit den Jahren die Erfahrung gewachsen sei – ein wertvoller Schatz, den man an die nächste Generation weitergeben könne. Durch den rasanten technischen Fortschritt sei diese Erfahrung jedoch kaum mehr gefragt, im Gegenteil, heute müssten die Jungen den Alten klarmachen, wie die Welt ticke und die Technik funktioniere. Es sei nicht mehr der Opa, der seinem Enkel die elektrische Eisenbahn erkläre, es sei der Enkel, der dem Opa zeige, wie man ein Smartphone bediene. Tempera mutantur!

Mütze trat mit Ausdrucken vor die Tür und setzte sich auf eine Bank beim Inselkino, um die Liste zu überfliegen. Ein einziges Mal nur tauchte ein Nachname auf, der mit Wa begann, eine Familie mit zwei Kindern, die sich, betrachtete man die ebenfalls abgedruckten Geburtsdaten, im besten Kindergartenalter befanden. Familie Wanninger war in einer Ferienwohnung in der *Wittdün* gemeldet. Vornamen mit Wa hingegen gab es keinen einzigen. Kein Walter, kein Wanja mit russischen Wurzeln oder gar Warner, diese friesische Form von Werner, der sich auf Spiekeroog im Sand räkelte. Mütze war darüber nicht unglücklich, vereinfachte das doch die Ermittlungen. So konnte man sich auf die wichtigen Dinge konzentrieren. Was aber waren die wichtigen Dinge? Neben der Suche nach dem ominösen Wa mussten sie herausfinden, wem oder was das ABC-Geschwader in Spiekeroog auf die Spur gekommen war. Dass dem so war, das war so gut wie sicher, kein Mensch kam ohne Grund auf die Idee, drei alte Damen ertrinken zu lassen. Irgendjemandes Kreise mussten Sie mit ihrer Neugier gestört haben.

»Sag das nicht«, hatte Karl-Dieter eingeworfen, »der Sadismus mancher Täter kennt keine Grenzen.«

»Oder der Idealismus«, hatte Mütze unvorsichtig gescherzt.

»Wieso Idealismus?«, hatte Karl-Dieter ungläubig nachgefragt.

»Na, jemand, der nach einer Lösung für das Rentenproblem gesucht hat.«

Oje! Für solche Witze war Karl-Dieter nicht empfänglich, nicht, wenn es um jemanden ging, der ihm nahestand, und das ABC-Geschwader gehörte nun mal dazu. Es hatte ein Weilchen gedauert, bis ihm Karl-Dieter die Zote wieder verziehen hatte. Zum Glück war sein Freund auch im Verzeihen groß, der vielleicht schwierigsten aller Künste. Was auch immer vorgefallen war, die Spur zum Täter musste ihnen das ABC-Geschwader selbst weisen. Sie kannten den Täter, das stand fest, er hatte sie ins Watt gelockt oder dort abgepasst. Wie aber und unter welchen Umständen hatten sie ihn kennengelernt?

* * *

Mütze trat kräftig in die Pedale, den Weg zum Westend kannte er gut. Glücklicherweise hatte Ahsen ihm sein Dienstrad geliehen, Spiekeroog war so was von entschleunigt, nicht mal einen Fahrradverleih gab es hier, von Autos ganz zu schweigen. Als Erstes würde er sich den Dünenarbeiter vorknöpfen, diesen Waischenfeld. Über den Deich, der das Dorf vor Sturmfluten schützen sollte, ging es schnurgeradeaus, immer parallel zu den Schienen der Pferdebahn. Links erstreckten sich saftige Wiesen, die an das Watt grenzten, viele Ponys grasten darauf. Rechts, zur Seeseite hin, erstreckten sich die Dünen, eine von Gräsern und Krüppelsträuchern überwachsene Hügellandschaft. Wie zu Land erstarrte Meereswogen sahen sie aus, pflegte Karl-Dieter träumerisch festzustellen. Karl-Dieter, der Poet! Mütze war in seinen Vergleichen deutlich prosaischer.

Nach einer knappen Viertelstunde hatte er *Laramie* erreicht, die legendäre Inselkneipe im äußersten Westen von Spiekeroog. Der Kommissar warf das Fahrrad in den Sand und lief zu Fuß weiter, eine betonierte Anhöhe hinauf zu der letzten Randdüne. Auf deren Kuppe blieb er stehen und sah sich um. Vor ihm lag das Meer, golden glitzernd im Schein der Augustsonne. An die zehn, fünfzehn Surfer trainierten in schwarzen Neoprenanzügen den Kampf gegen Wellen und Wind. Links sah man Langeoog liegen, rechts erstreckten sich die Schutzdünen. Genau hier war der wunde Punkt der Insel, an diesem Strandbereich konnten Stürme und Fluten reiche Beute machen. Am ganzen Rand der weißen Dünen entlang steckten Reisigbündel in ordentlichen Reihen hintereinander im Boden, um dem Westwind den Sand wieder abzujagen, den er der Insel entriss. Weit hinten sah Mütze einen roten Punkt, der sich in regelmäßigen Abständen senkte. Das rote Baseballkäppi. Das musste dieser Waischenfeld sein. Mütze marschierte los.

Der Küstenschützer schaute erstaunt auf, als Mütze vor ihm stehen blieb.

»Herr Waischenfeld? Martin Waischenfeld?«

»Was gibt's?« Der noch recht jugendlich wirkende Mann, dessen Haut Wind und Wetter so gegerbt hatten, dass sie wie Leder wirkte, machte einen mürrischen Eindruck.

»Mütze. Kommissar Mütze. Ich unterstütze den Inselpolizisten und hätte ein paar Fragen. Kannten Sie die drei alten Damen, die am Sonntag ertrunken sind?«

Mütze hatte es aufgegeben, davon auszugehen, dass auf der Insel irgendwelche Dinge geheim bleiben konnten. Auch ohne Google und Facebook verbreitete sich jede Neuigkeit rasend schnell, erst recht ein solch dramatisches Ereignis wie der Tod dreier Kurgäste.

»Glauben Sie wirklich, dass man hier draußen Bekanntschaften macht, Herr Kommissar?«

»Antworten Sie mir bitte, kannten Sie die drei?«

Statt zu antworten, bückte sich Waischenfeld und versenkte mit verbissenem Gesicht das nächste Reisigbündel im Sand. Dabei murmelte er etwas vor sich hin, was Mütze nicht verstand.

»Was haben Sie gesagt?«, fragte Mütze. Zorn regte sich in ihm. Was glaubte dieser Dünenbauer, wer er war?

Waischenfeld erhob sich wieder: »Ich sagte, kann sein. Kann sein, dass mir die drei zufällig mal über den Weg gelaufen sind, ich kann mich aber nicht daran erinnern. Was glauben Sie, wer alles auf Spiekeroog an einem vorbeiläuft.«

Mütze zog ein Foto aus seiner Schimanski-Jacke und hielt es dem Stoffel unter die sonnenverbrannte Nase, an der sich die Haut pellte. Der Kommissar gab es nicht gerne zu, aber in diesem Fall musste er Karl-Dieter dankbar sein, der das Foto bei ihrem letzten Spiekeroogaufenthalt geschossen hatte. Auch wenn die Aufnahme schon ein Jahr alt war, so war sie den Verstorbenen doch ähnlicher als jedes Leichenfoto. Wasserleichen gehören eben nicht zu den Favoriten auf einen Schönheitspreis.

Das Foto hatte Karl-Dieter auf einer gemeinsamen Kutschfahrt geschossen, die Stelle in der Mitte hatte Mütze geschwärzt, dort saß eigentlich Klein-Niko, der lustig auf dem Schoß der Alten krähte. Mütze hatte drei Kreuzzeichen gemacht, als er gehört hatte, dass Niko nicht mehr auf der Insel lebte. Nur deshalb hatte er einem weiteren Urlaub auf Spiekeroog zugestimmt, was er aber Karl-Dieter nicht verraten hatte. Nicht dass er dem Freund nichts gönnte, aber in Nikos Gegenwart war jeder andere völlig abgeschrieben. Mütze war zwar wirklich der Letzte, der ständige Zweisamkeit brauchte, aber unter einem gemeinsamen Urlaub stellte er sich dann doch etwas anderes vor.

»Und? Was ist jetzt? Kommt die Erinnerung zurück?«, fragte Mütze und bemühte sich, nicht zu scharf zu klingen.

Der Dünengärtner ließ sein Reisigbündel sinken und schaute sich das Foto an.

»Hm. Könnte sein, könnte auch nicht sein. Für mich sehen sie alle gleich aus, diese Touristen-Omis.«

»Herr Waischenfeld, wo waren Sie am Sonntagmorgen zwischen 6 und 9?«

»Wieso das denn? Wollen Sie mir was anhängen?«

»Ich hänge niemandem was an. Also, wo waren Sie?«

»Stellen Sie sich vor, exakt hier draußen. Hatte zu tun.«

»Am Sonntag?«

»Ja, auch am Sonntag. Sie Festlandsei meinen wohl, Sturmfluten halten sich an die Sonntagsruhe?«

»Es hat Sie sicher jemand bei Ihrer Pflanzarbeit gesehen.«

»Was weiß ich. Die Leute haben doch eher Augen für das Meer.«

»Im Nebel?«

»Nebel? Ach so, das meinen Sie, an dem Morgen war's nebelig, richtig, so ne richtige Suppe.«

»Falls Ihnen noch jemand einfallen sollte, der Sie in der Suppe hat schwimmen sehen, melden Sie's einfach der Polizei. Ein Alibi wäre nämlich nicht ganz schlecht.«

Ohne sich weiter um den Kauz zu kümmern, drehte sich Mütze um und stapfte davon. Ein bisschen Angst einjagen, konnte nicht schaden. Auch wenn der Dünenschrat unschuldig sein sollte, den kleinen Schrecken hatte er sich verdient. Festlandsei, unverschämt! Hätte Mütze nur sehen können, was Waischenfeld anstellte, als er das nächste Mal in die Knie ging. Anstatt sich das nächste Reisigbündel zu greifen, fingerte er sein Handy aus der Jacke. Kurz sah er noch mal in die Richtung, in der Mütze entschwunden war, dann tippte er etwas in die Tasten.

* * *

Schwitzend erreichte Karl-Dieter den Hafen. Es herrschte gerade Ebbe, niemand war zu sehen, nur Mausi, die in ihrer gleichnamigen Imbissbude ein einsames Zigarettchen schmauchte, und weit hinten am Kai Bornekamp, der Hafenmeister, der mit zwei seiner Hilfsarbeiter auf einer Kiste saß und eine Runde Skat drosch. Als Karl-Dieter nähertrat, machte er ihm ein Zeichen, sich einen Augenblick zu gedulden, denn er hatte gerade einen Grand mit Vieren auf der Hand und wollte nicht gestört werden. Unruhig trat Karl-Dieter von einem Bein aufs andere, bis der Hafenmeister seine letzte Karte auf die Kiste knallte: »... und den für's Vaterland!« Nun erst erhob er sich. Karl-Dieter nahm ihn beiseite und schilderte ihm sein Anliegen. Bornekamp verzog das Gesicht. Er habe der Polizei doch hoch und heilig versprochen, dass die Halle streng verschlossen bleibe und außerdem kämen doch gleich die Herrn Doktors von Langeoog herübergeschippert.

»… mit dem Messersortiment«, ergänzte er grinsend.

»Ich weiß, ich weiß«, erwiderte Karl-Dieter hastig, »das ist es ja gerade. Ich will die Toten nur vorher etwas säubern, Sie wissen schon …«

Das Grinsen des Hafenmeisters wurde noch breiter. »Muss ne lustige Totenwache gewesen sein«, sagte er.

Karl-Dieter verspürte nicht die geringste Lust, Bornekamp zu erklären, wie der Eierlikör auf die Leichen gekommen war.

»Bitte!«, sagte er nur flehend, »ich brauch auch nicht lange.«

»Nun gut«, brummte Bornekamp, »aber nur weil der Kommissar dein Freund ist, ich will keinen Ärger.«

Zusammen gingen sie zur Gepäckhalle hinüber und der Hafenmeister öffnete ein dickes Vorhängeschloss, das die aufgebrochene Tür sicherte.

»Aber beeil dich, hörst du?«, sagte er zu Karl-Dieter und ließ die Neonröhren aufflammen. Dann verschloss er die Tür wieder, Karl-Dieter war allein. Mit weichen Knien trat er ans Totenlager. Mein Gott! Es sah noch schlimmer aus, als er es in Erinnerung hatte. Was für eine Sauerei! Unmöglich konnte man das so lassen. Was sollten die Herrn Mediziner denn denken! Der Eierlikör jedoch erwies sich hartnäckiger als gedacht und widersetzte sich entschieden Karl-Dieters Reinigungsversuchen. Mit kreisenden Reibebewegungen bearbeitete er die Stirn von Agathe. Der Likör war bereits angetrocknet und bildete nun eine zähe, klebrige Masse. Karl-Dieter geriet ins Schwitzen. Gut, dass er eine ganze Küchenrolle mitgebracht hatte!

Karl-Dieter riss ein neues Blatt ab, ließ dieses Mal einen Speicheltropfen darauf fallen und wandte sich wieder der Stirn von Agathe zu. Mit Hilfe des Speichels ging es besser, der Eierlikör gab nach und begann, sich aufzulösen. Als Agathes Stirn wieder glänzte, machte Karl-Dieter bei der Nase weiter. Glücklicherweise ließen sich auch die Spritzer von der Trevirajacke entfernen, Trevira war ein pflegeleichtes Material, schade dass es kaum mehr verwendet wurde. Eine Viertelstunde später und Agathe sah wieder ganz manierlich aus, soweit man das von einer Wasserleiche sagen konnte. Der einzige Vorteil, den man als Wasserleiche hat, ist der, dass durch den Vorgang des Aufdunsens die Falten gestrafft werden. Man sah zwar etwas korpulenter aus, dafür jedoch deutlich jünger.

Nun wandte sich Karl-Dieter Bertha zu, die es besonders schlimm getroffen hatte. Ihre komplette linke Gesichtshälfte war mit der Eierlikörsauce bedeckt, sie sah aus wie das Phantom der Oper nur mit gelber, statt mit weißer Maske. Karl-Dieter war gerade dabei, ihr Auge vom Eierlikör zu befreien, was arg verstörend war, weil ihn die Tote mit jedem Öffnen des Augenlides anzublinzeln schien, als scheppernd die Tür aufgerissen wurde. Lebhaftes Stimmengewirr ertönte, dann trat eine Gruppe von etwa zwanzig Weißkitteln in die Halle. Die Rechtsmediziner! Mit energischem Schritt kamen sie auf Karl-Dieter zu, allen voran ein kleiner Mann mit silbernem Haar und dicker Hornbrille.

»What the hell are you doing?«, rief er aufgebracht.

Karl-Dieter erhob sich, das verschmierte Küchenpapier noch in der Hand. Er deutete auf die Leichen und stammelte etwas auf Englisch, seine völlig eingerosteten Sprachkenntnisse ließen sich unter dem Stress noch schwerer aktivieren.

»The eggslikör, you understand? I clean the death womans from the eggslikör.«

»What the fuck is eggslikör?«

Karl-Dieter geriet ins Schwitzen. »Eggslikör, I mean eggs-spirit, you know the yellow eggs-spirit-drink.«

Dem amerikanischen Professor war klar, dass er es offensichtlich mit einem Idioten zu tun hatte und wandte sich an seine deutschen Kollegen, die ihm zu erklären versuchten, was Karl-Dieter wohl gemeint hatte. Dieser sah sich rasch um, zog eine Flasche Eierlikör aus dem rückwertigen Regal und hielt sie dem Professor hin und deutete heftig darauf: »Eggs-spirit-drink!«

»Leave us alone«, sagte der Amerikaner darauf zu ihm, sehr langsam und sehr deutlich, »leave – us – alone!«

Mit unglücklichem Gesicht sah Karl-Dieter in die Runde und musste einsehen, dass hier nichts mehr zu machen war. Schon wollte er die Halle verlassen, da fiel ihm noch etwas Wichtiges ein.

»Please, mister doctor, just a great wish from me. Could you please let the three girlfriends keep holding their hands?«

Der Professor glotzte ihn durch seine dicke Hornbrille an. Karl-Dieter, der merkte, dass sein Englisch für so eine komplizierte Situation nicht ausreichte, wandte sich an den hochgewachsenen Nachbarn des Professors, der offensichtlich Deutscher war.

»Könnten Sie Ihrem amerikanischen Kollegen bitte erklären, dass die drei Toten enge Freundinnen von mir waren? Ich wäre Ihnen sehr verbunden, wenn man bei der Obduktion darauf achtet, dass die drei sich weiter an den Händen halten. So sind sie gestorben, so haben wir sie gefunden und so sollen sie begraben werden. Bitte!«

Der deutsche Rechtsmediziner zögerte. Sollte er das wirklich übersetzen? Nach einem Räuspern aber und weil ihn Professor Butcher fragend ansah, übersetzte er Karl-Dieters Wunsch schließlich doch, worauf die amerikanische Koryphäe noch seltsamer zu schauen begann. Er glaubte, in Chicago bereits alles erlebt zu haben, was in dem Bereich der Rechtsmedizin zu erleben ist, die brutalsten Morde, die entsetzlichsten, an Hinrichtungen gemahnenden Metzeleien. Aber das hier, womit er auf dieser deutschen Zwerginsel konfrontiert wurde, toppte alles. Drei tote alte Damen, die über und über mit gelbem Likör bespritzt waren, dazu eine dicke Reinigungskraft, die darum bat, dass die Toten weiter Händchen hielten. Wo war er nur hingeraten? Er rollte mit den Augen, zuckte mit den Schultern, schüttelte den Kopf, nickte schließlich, wollte nichts versprechen, aber auch nichts ausschließen. Dankbar lächelte Karl-Dieter und bückte sich, um das verschmierte Küchenpapier zusammenzuknüllen. Dann verließ er eilig die Halle. Als er das Eierlikörpapier am Kai in einen der Mülleimer stopfen wollte, fiel ein kleiner Zettel zu Boden, der an dem Küchenpapier geklebt haben musste. Karl-Dieter hob ihn auf und betrachtete ihn näher. Es war eine Eintrittskarte für das Inselmuseum.

* * *

Spiekeroog besaß nicht nur einen Hafen, Spiekeroog hatte auch einen Bahnhof vorzuweisen. Bevor die Fahrrinne ausgebuddelt und der neue Hafen gebaut worden war, mussten die Inselgäste weit im Westen an Land gehen. Um ihnen den beschwerlichen Weg ins Dorf zu erleichtern, hatte man Schmalspurschienen gelegt, ein paar Waggons auf die Gleise gestellt und ein Pferd davor gespannt. Die Pferdebahn gab es immer noch, die älteste, sich noch in Betrieb befindliche Pferdebahn Deutschlands, wie man auf Spiekeroog stolz behauptete, und auch den Bahnhof gab es noch, in dem nun allerdings statt Fahrkarten Pizzen ausgegeben wurden.

Draußen auf dem ehemaligen Bahnhofsvorplatz saßen drei Männer, Mütze, Ahsen und Karl-Dieter. Karl-Dieter hätte sich am liebsten neben Mütze in den

Strandkorb am Nebentisch gesetzt, Mütze aber hatte das als unpassend empfunden, schließlich war er im Dienst. Die Polizisten bestellten sich zwei Megapizzen, Karl-Dieter einen Fitnesssalat. Nicht weit entfernt, im Schatten eines ausladenden Jever-Sonnenschirms, saßen die drei Chinesen vom Nachbarstrandkorb des ABC-Geschwaders. Oder waren es Japaner? Karl-Dieter schüttelte verwundert den Kopf. Die Asiaten schnitten ihre Pizzen in kleine Stücke und zogen dann Stäbchen aus der Tasche, mit denen sie zu essen begannen. Andere Länder, andere Sitten. Aber warum nicht? Ein chinesisches Restaurant gab es auf Spiekeroog eben noch nicht.

»Und?«, fragte Mütze.

»Wie ich vermutet habe«, sagte Ahsen, »Walter Brennecke ist auch am Sonntagmorgen in seinem Kiosk gewesen.«

»Zeugen?«

»Mehr als genug sicherlich. Bei ihm geht's zu, wie im Taubenschlag. Hätte er geschlossen gehabt, hätte ich es mit Sicherheit erfahren. Und hätte er sich vertreten lassen, ebenfalls. Der Kiosktresen ohne Walter, das wäre eine Sensation auf Spiekeroog.«

»Also gut, ein Alibi per exclusio gewissermaßen«, sagte Mütze. Gelegentlich ließ er einen lateinischen Begriff mit einfließen, erstens hatte er Latein immer geliebt und zweitens kam es cool rüber. »Der Dünenkauz hingegen, den ich hinten am Weststrand getroffen habe, steht alibimäßig völlig nackt da. Gibt an, zur

Tatzeit seine Reisigbündel gepflanzt zu haben. Hat aber keine Zeugen.«

»Hm«, Ahsen blickte skeptisch, »Martin ist verschroben, gewiss. Aber ein Mörder? Glaub ich nicht.«

Mütze sagte nichts darauf. Ahsen war die Naivität in Person. Der Inselpolizist war schon zu lange auf Spiekeroog und glaubte deshalb noch an das Gute im Menschen. Keine gute Voraussetzung, um einen Mord zu lösen. Dennoch, Mütze war höchst dankbar, Ahsen zu haben. Als dieser mal kurz austreten musste, sagte Mütze zu Karl-Dieter: »Er hat zwar von den dunklen Seiten der Insulaner keine Ahnung, dafür kennt er alle ihre anderen Seiten.«

»Ich hab auch eine dunkle Seite«, sagte Karl-Dieter und versuchte, ein verruchtes Gesicht zu machen.

»Du?«, lachte Mütze.

»Na klar! Kennst du meine Schokoladenseite etwa nicht?«

Als Ahsen zurückkehrte, zog Karl-Dieter die eierlikörverschmierte Eintrittskarte hervor.

»Das hier habe ich gefunden«, sagte er und legte den Fetzen Papier neben das Glas mit dem stillen Mineralwasser, das der junge Kellner ihm gerade gebracht hatte.

Überrascht beugten sich die beiden Polizisten vor. Eine Eintrittskarte für das Inselmuseum. Mütze nahm sie in die Hand. Auf der Rückseite hatte jemand mit Kugelschreiber eine Jahreszahl notiert: 1983 Was hatte das zu bedeuten? Wo hatte Karl-Dieter die Eintrittskarte her?

»Wahrscheinlich ist sie Agathe aus der Tasche gefallen, als ich ihre Trevirajacke gesäubert habe«, sagte Karl-Dieter.

»Aber wir haben doch alle Taschen untersucht und nichts gefunden!« Mütze schüttelte den Kopf.

»Vielleicht hat sie am Futter geklebt, weil sie noch nass gewesen ist. Dann ist sie getrocknet und hat sich gelöst.«

»Hm.«

Auszuschließen war das nicht. Was aber stellten sie mit dem Fund an? Das ABC-Geschwader schien das Inselmuseum besucht zu haben. Und? Was machten sie mit dieser bahnbrechenden Erkenntnis? Mützes Stirn legte sich in Falten. Auf Spiekeroog waren die Museen so rar, wie Strandkörbe auf der Zugspitze, der Besuch des kleinen Inselmuseums gehörte zum Pflichtprogramm, zumal, wenn mal kein Badewetter herrschte.

»Zum Pflichtprogramm? Und warum sind wir dann noch nicht dort gewesen?«, wandte Karl-Dieter ein. In seiner Stimme schwang ein leichter Vorwurf mit.

Mütze war eben kein Museumsgänger. »Friedhöfe und Museen sind im Grunde das Gleiche«, pflegte er gähnend zu sagen, »hier zu Staub zerfallene Menschen, dort verstaubte Gegenstände.« Langsam drehte er die Eintrittskarte zwischen den Fingern hin und her. Karl-Dieter hatte schon Recht, ihn zu tadeln. Schließlich wollten sie doch rekonstruieren, was die drei Alten in der Woche gemacht hatten, seit sie auf der Insel waren.

Im Museum also waren sie gewesen. Warum aber hatten sie das Jahr notiert? 1983? Was war da geschehen?

»1983 haben wir uns kennengelernt«, sagte Karl-Dieter mit sentimentalem Blick.

»Tatsächlich? Und das hat die Alten so beeindruckt, dass sie die Jahreszahl auf die Eintrittskarte verewigt haben.«

»Natürlich nicht!« Karl-Dieter war verschnupft. Klar, er hatte einen Fehler gemacht, niemals private Dinge vor Fremden ausplaudern, da war Mütze eigen. Aber Ahsen war doch kein Fremder mehr, gehörte doch fast schon zu ihren Freunden. Drei Fälle hatten sie auf Spiekeroog bereits gemeinsam gelöst, das verband. Rasch versuchte Karl-Dieter, seinen Fauxpas wiedergutzumachen. »Ich kann mich ja mal im Museum umhören. Bestimmt kann man sich an unsere Freundinnen erinnern. Und vielleicht erfahre ich dabei, was es mit dem Jahr 1983 auf sich hat.«

Erstaunlicherweise war Mütze einverstanden. In der Regel hasste er es, wenn sich Karl-Dieter in seine Arbeit einmischte, in diesem Fall aber war er milder gestimmt. Hatte Karl-Dieter die Eintrittskarte nicht gefunden? Dann sollte er diese Spur gerne weiterverfolgen. Ihn selbst interessierte etwas anderes: das Ergebnis der Obduktion. Mit großen Bissen schlang er die Hälfte seiner Pizza herunter, ließ die andere Hälfte liegen und verabschiedete sich. Er wollte sich vor Ort einen Eindruck verschaffen.

»Moment«, rief Ahsen kauend, »ich komme mit!«

* * *

Die Weißkittel waren mitten bei der Arbeit, als Mütze und Ahsen in die Gepäckhalle traten. Der amerikanische Professor ließ gerade prüfend Cecilies Darm durch seine Hände gleiten. Unwillig blickte er auf. Wer störte? Die Ermittler stellten sich vor. Ob es schon Ergebnisse gebe? Doktor Butcher seufzte. Cops waren wohl überall gleich. Nirgendwo konnte man in Ruhe arbeiten, weder in Chicago noch auf dieser Spielzeuginsel hier. Ständig diese Ungeduld und Hektik.

»No«, sagte er hörbar genervt. Nur dass alle drei Damen noch gelebt hatten, bevor sie das Meer verschlang, das könne man mit Sicherheit sagen. Ihre Lungen seien nämlich voller Wasser gewesen. Auf seinen Wink griffen drei Weißkittel zum Regal, und zogen drei Einmachgläser zwischen den Eierlikörflaschen hervor. In jedem der Gläser, auf denen handgeschrieben »Woman 1«, »Woman 2«, »Woman 3« stand, schwappte eine aschgraue Brühe. Ahsen trat unwillkürlich einen Schritt zurück, Mütze aber schaute höchst interessiert. Der Professor zog ein kleines Messgerät aus der Tasche, ein hohles Stäbchen, in dem an einer Spirale hängend ein zweites steckte, hob den Deckel des Einmachglases von »Woman 1« und versenkte das Gerät in der Brühe.

»Density 1,025 kilogram per liter«, sagte er, »salty water.«

Mütze nickte. Salzwasser. Na prima, das war wirklich eine Erkenntnis! Somit konnte man ausschließen, dass der Mörder die Damen in Süßwasser ertränkt hatte, bevor er sie ins Meer geworfen hat. Immerhin, man kam der Sache näher, dachte er mit einem Anflug von Sarkasmus.

»Look inspector«, sagte der Professor darauf und schickte einen Laserstrahl aus seinem Kugelschreiber. Der grüne Punkt folgte der Schrift auf den Hälsen der Leichen. Besonders das »R« vom »MORD« auf Agathes Brustausschnitt und das »R« vom »ES WAR« auf Berthas Hals zeichnete er wieder und wieder nach.

»You see the difference?«

Den Unterschied? Gab es zwischen den beiden »R«s tatsächlich einen Unterschied? Was meinte der Professor? Mütze schüttelte den Kopf. Da war kaum ein Unterschied zu erkennen!

»You can only see a very little difference, cause there is only a little difference«, sagte der Professor und ließ den grünen Punkt nun über Cecilies Innereien tanzen, die in elegantem Schwung aus ihrer geöffneten Bauchhöhle heraushingen, »that means: this woman here, woman number three, is the writer of the first words.«

Mütze blies die Backen auf. Da mochte der Herr Professor Recht haben. Sich selbst konnten die Alten schlecht geritzt haben und da die Schrift auf den Hälsen von Agathe und Bertha sehr ähnlich schien, kam nur Cecilie als Autorin in Betracht. Scharfsinnig gefolgert, was aber half ihnen diese Erkenntnis? Der Professor aber spielte weiter mit seinem Kugelschreiber und umkreiste nun mit schnellen Bewegungen das »WA« auf Cecilies Hals. Es unterschied sich tatsächlich deutlich vom »WA« aus dem Wort »WAR« von Berthas Dekolleté. Klar, Cecilie wird die Nadel oder mit was sie sich auch immer die Ritzspuren zugefügt hatten, an Agathe oder Bertha weitergereicht haben.

»The last lettre, the last A, hasn't scratched the skin so deep like the other lettres. That indicates, it was written very fast, the writer was in a great hurry.«

Ahsen schaute Mütze fragend an. Was hatte der Amerikaner gesagt? Ahsen sprach kaum Englisch, was ihm bislang jedoch weder privat noch im Beruf wirklich gefehlt hatte. Spiekeroog war vielleicht der einzige Ort in Deutschland, wo man als Polizist ohne jede Englischkenntnisse zurechtkam.

»Doktor Butcher meint, das letzte A verletzte die Haut nur sehr oberflächlich, es sieht aus, als sei es in großer Eile geritzt worden.«

»Natürlich ist es das! Das Wasser wird den dreien doch schon bis zum Hals gestanden haben, deshalb hört die Schrift ja auch so plötzlich auf, dummerweise. Aber das haben wir uns doch alles schon gedacht.«

»Ist ja nicht schlecht, wenn man was bestätigt bekommt«, sagte Mütze und nickte anerkennend in die Richtung des Rechtsmediziners.

Auf einen Wink des Professors traten nun drei weitere Weißkittel hervor, die ebenfalls Einmachgläser zwischen den Eierlikörflaschen hervorzogen. Wieder waren die Gläser mit »Woman 1«, »Woman 2« und »Woman 3« beschriftet, wieder war etwas Schwappendes zu sehen, diesmal aber hatte die Brühe eine andere Konsistenz und war mit zahlreichen Bröckchen angereichert. Sieht aus wie die Erbsensuppe von Tante Dörte, schoss es Mütze durch den Kopf.

»The stomach contents«, sagte der Professor.

Mütze stutzte. Dieses Mal war auch er am Ende seines Lateins. Der hochgewachsene Weißkittel neben dem Professor übersetzte: »Die Gläser mit dem Mageninhalt.«

Der Professor klopfte mit seinem Kugelschreiber gegen das erste Glas, ein dumpfer Ton erklang.

»Bun with butter and jam.«

Nun war das zweite Glas an der Reihe, es klang noch dumpfer.

»Bun with butter and jam.«

Auch das dritte Glas wurde zum Schwingen gebracht.

»Bun with butter and jam!«

»Brötchen mit Butter und Marmelade«, übersetzte Mütze für Ahsen, der in diesem Fall auf jede Übersetzung gerne verzichtet hätte.

»Three times bun with butter and jam, okay. But what's the difference between this three glases?«, fragte der Professor im Ton eines Lehrers, der einen Schüler examiniert.

Mütze zuckte mit den Schultern: »I have no idea, Sir.«

Erneut schlug der Professor gegen das erste Glas, »Abricot jam«, rief er, schlug gegen das zweite Glas, »Blueberry!« und schließlich triumphierend gegen das Glas von Cecilie: »Strawberry!«

* * *

Karl-Dieter hatte noch in Ruhe seinen Fitnesssalat zu Ende gegessen und auch die Reste von Mützes Pizza. Er konnte einfach nichts liegen lassen, so war er eben erzogen. Im Ruhrgebiet, wo er groß geworden war, war man knapp dran gewesen, man hatte es sich nicht leisten können, etwas wegzuwerfen. Tante Dörte, die ihn an Mutter statt aufgezogen hatte, hatte immer davor gewarnt, Essen in die Tonne zu werfen, denn: »… da ruht kein Segen drauf«.

Nachdem Karl-Dieter gezahlt hatte, ging er Richtung Dorf, wo sich das Inselmuseum befand. Die Uhrzeit passte, das Museum würde in wenigen Minuten öffnen. Er hatte schon den Dorfplatz mit dem Pavillon und dem wahrscheinlich beschissensten Postkasten der Welt erreicht, als er ein bekanntes Gesicht erblickte, Friedreich Schwertfeger, der schwäbische Inselpastor. Man begrüßte sich freundschaftlich.

»Bin gerade auf dem Weg zur Alten Inselkirche. Kommscht mit? Ich wollte dich ohnehin etwas fragen«, sagte der Inselpastor. In Shorts und Badelatschen sah der Geistliche aus wie ein gewöhnlicher

Tourist und nicht wie ein Mann Gottes, fand Karl-Dieter. Wollte der Pastor in diesen Klamotten tatsächlich in die Kirche? »Ist wegen der Beerdigung«, fügte Schwertfeger hinzu.

Karl-Dieter war einverstanden. Das Museum lief ihm ja nicht weg. Die Alte Inselkirche war ein bescheidenes Gebäude mit einem einfachen Satteldach. An dem westlichen Giebel war ein schlichtes Holzkreuz angebracht, an dem östlichen reckte sich ein kleiner Dachreiter in den grünen Blätterhimmel. In diesem kleinen Glockenstuhl war eine Glocke zu erkennen, deren Seil an der Außenseite herabhing. Eigentlich war es eher ein Schiffstau, dessen Ende seemännisch an einem Haken vertäut worden war. Das Kirchlein stand auf dem alten Gottesacker, einige alte Grabsteine erhoben sich noch aus dem Gras. Einen konnte Karl-Dieter nicht ohne Rührung betrachten. »Dem Retter von 56 Schiffbrüchigen«, stand darauf, »gewidmet von den Badegästen 1895«. Wie mag der Retter der Schiffbrüchigen ums Leben gekommen sein? Hat er sich geopfert, wie John Maynard in Fontanes Ballade, um den anderen das Leben zu retten?

»Noch da, John Maynard?« Und Antwort schallt's
mit ersterbender Stimme: »Ja, Herr, ich halt's«

Helden auch hier, auf Spiekeroog. Karl-Dieter sah zum Himmel empor. Der Kirchhof wurde von alten Bäumen beschattet, ein grüner Ort voll stiller Würde. Karl-Dieters Augen wanderten zu dem seltsamen Glockenstuhl hinauf. Ganz oben an der Spitze des

Dachreiters zeigte ein Vogel die Windrichtung an. Der Pastor folgte Karl-Dieters Blick und schien seine Gedanken zu erraten.

»Nein, kein Hahn. Auch keine Möwe, sondern ein Schwan. Damit konnte man die evangelisch-lutherischen Kirchen von den evangelisch-reformierten unterscheiden, die in Friesland stark vertreten sind. Unsere reformierten Schwestern und Brüder lassen den Hahn im Wind wehen, als Zeichen für Petrus.«

»Wieso für Petrus?« Karl-Dieter legte den Kopf in den Nacken.

»Die einen sagen, weil der Hahn gekräht hat, als Petrus den Herrn in der Nacht seiner Festnahme dreimal verleugnet hat, die anderen meinen, weil sich Petrus in jener Nacht ängstlich danach gerichtet hat, woher der Wind weht.«

»Und warum dreht sich bei euch ein Schwan?«

»Als man Jan Hus, den tschechischen Reformator, beim Konzil in Konstanz verbrannte, rief er: Heute bratet ihr eine Gans – Hus heißt auf Tschechisch Gans –, aber aus der Asche wird ein Schwan auferstehen. Mit dem Schwan hat er Martin Luther gemeint.«

Der Pastor kramte in seinen Badeshorts und schloss die Tür auf. Zusammen betraten sie den Kirchenraum. Trotz des sonnigen Wetters war es im Inneren kühl und schattig. Karl-Dieter hatte die Kirche bei seinen letzten Inselaufenthalten schon einige Mal besucht, zur stillen Einkehr und um für die Erfüllung geheimer Wünsche zu bitten. Stets war er allein gekommen, Mütze besuchte keine Kirchen. Er behauptete immer, nur an eines zu glauben, nämlich daran, dass sein glorreicher BVB niemals untergeht. So ganz nahm ihm Karl-Dieter das aber nicht ab. Mütze sprach über manche Sachen eben nicht, nicht mal mit ihm. Bestimmt hatte er seinen eigenen, höchst privaten Glauben, wie immer der auch aussah. Karl-Dieter kam ein Satz von Gregor Gysi in den Sinn, den er mal in einer Talkshow hatte fallen lassen. »Ich glaube nicht an den da oben, aber ich fürchte mich vor einer gottlosen Gesellschaft«, hatte er gesagt. Als Sozialist. Bemerkenswert.

»Bleibt's bei unseren Plänen?«, fragte der Pastor, nachdem sie sich in die erste Bankreihe gesetzt hatten.

»Zum Glück«, sagte Karl-Dieter. »wir brauchen die Beerdigung nicht verschieben.«

»Gut«, sagte Schwertfeger, »also Donnerstag um zwei. Weshalb ich dich hierhergeführt habe: Sollen wir nicht doch zuvor eine Andacht in der Kirche halten?«

Karl-Dieter sah sich um. Das Angebot war verlockend, die Alte Inselkirche war ein besonderer Ort. Ihre geradezu intime Intensität paarte sich mit einer leichten Heiterkeit. Zu diesem Eindruck trugen die grünen Ostfenster mit den Symbolen der Evangelisten ebenso bei, wie der leicht kitschige Altaraufsatz mit dem lieblichen Jesusporträt. Streng geurteilt war das Sammelsurium etwas geschmacklos, dennoch, man fühlte sich sogleich geborgen, wie ein Kind, das in sein Elternhaus zurückkehrt.

»Was steht dort auf der Kanzel?«, fragte Karl-Dieter. Er versuchte, etwas Zeit zu gewinnen. So schön das Angebot des Pastors auch war, der Gedanke einer kurzen Feier unter den Eichenbäumen neben dem Friedhof gefiel ihm doch besser, zugleich aber wollte er den Pastor nicht brüskieren.

»So jiemandt myn Wort wert holden, der wert den Dodt nicht sehen ewiglich.«

»Das heißt?«, fragte Karl-Dieter.

»Wer mein Wort schätzt und hält, der wird den ewigen Tod nicht sehen.«

Eine wahrhaft frohe Botschaft, dachte Karl-Dieter. Und er war sich sicher, dass sie auch seinen drei Freundinnen galt. Die Aussicht auf ein Wiedersehen im Himmel, wie tröstlich! Auch wenn Mütze vermutlich wenig begeistert wäre, nach dem Passieren der Himmelspforte vom ABC-Geschwader begrüßt zu werden.

»Ich würde dennoch eine Andacht im Freien bevorzugen«, sagte er langsam, »die Aussichten sind gut, das Wetter soll sonnig bleiben und meine Freundinnen waren so gerne an der frischen Luft.«

»Wie du willscht«, schwäbelte der Inselpastor und streckte seine nackten Beine aus, so dass der Sand aus seinen Sandalen rieselte.

»Eine Sache macht mir noch Gedanken«, sagte Karl-Dieter, ohne den Pastor anzuschauen. Der Wunsch war zugegebenermaßen etwas ungewöhnlich, vielleicht sogar ein wenig heikel.

»Nämlich?«

»Weißt du, die drei sind immer ein Team gewesen, eine eingeschworene Truppe. Deshalb kann es kein Zufall sein, dass sie sich selbst im Tod noch die Hände gereicht haben. Ich bring's einfach nicht übers Herz, mir vorzustellen, dass wir sie trennen müssen.«

»Sie halten sich nach wie vor bei den Händen? Nachdem die Flut sie mit sich gerissen hat?«

»Seltsam, nicht? Der Arzt meint, es sei die Leichenstarre, für mich aber ist es ein himmlisches Zeichen. Und steht nicht auch in der Bibel: Was Gott verbunden hat, soll der Mensch nicht trennen?«

»Hm. Aber wie sollen wir sie dann beerdigen?«

»Das ist es eben, darüber habe ich mir die ganze Nacht Gedanken gemacht. Sie sind alle drei recht mager, fast klapprig. Wenn man einen etwas größeren Sarg wählt, könnten sie zusammen darin Platz finden.«

Jetzt war es ausgesprochen. Karl-Dieter war erleichtert, auch wenn ihm zugleich ganz heiß geworden war. Der Inselpastor aber wippte hin und her und wackelte unruhig mit den Zehen.

»Ich fürchte, das ist unmöglich.«

»Aber warum denn? Sie sind zusammen nicht schwerer als so manche Matrone.«

»Darum geht es nicht, es geht nicht ums Gewicht. Die Friedhofsordnung von Spiekeroog sieht das nicht vor. Darin steht klar und unmissverständlich, dass jeder Tote seinen eigenen Sarg bekommen muss.«

Karl-Dieter schaute betrübt, zugleich stieg eine ziemliche Wut in ihm auf. Immer diese Verordnungen und Vorschriften, sie waren so etwas von herzlos und formalistisch. Wem schadete es denn, wenn die drei vereint im Sarge lagen? Reichte es nicht, dass bereits oberhalb der Grasnarbe die Singlehaushalte dominierten? Musste diese Unsitte auch unterhalb der Erde weitergeführt werden? Welcher vernünftige Grund sprach gegen einen Gemeinschaftssarg? Wenn es ihm und Mütze einmal vergönnt sein sollte, gemeinsam von dieser schönen Welt zu scheiden, was gäbe es da Wunderbareres, als gemeinsam in die letzte Kiste gelegt zu werden? Karl-Dieter musste tief durchschnaufen.

»Wo bekommen wir die Särge denn her?«, fragte er nach einer längeren Pause.

»Von Hauke natürlich.«

»Hauke?«

»Hauke, unser Inselschreiner. Macht alles, was aus Holz ist. Sehr zu empfehlen, auch preislich. Festlandssärge sind ein teures Vergnügen, allein die Kosten für die Fähre.«

Karl-Dieter nickte und ließ sich den Weg zum Schreiner beschreiben. Es half ja nichts, ohne Särge ging es nicht. Wenn die drei Mohammedaner wären, dann wäre alles einfach. Bestattete man Mohammedaner nicht in einem schlichten Leinentuch? Das sollte man auch auf christlichen Friedhöfen einführen, immer diese grausamen Kisten, dazu die Diskussion um die Kosten und die billigste Lösung. War das nicht traurig? Selbst der Tod musste noch betriebswirtschaftlich betrachtet werden. Karl-Dieter wurde an das Reklameschild eines New Yorker Beerdigungsunternehmers erinnert: »Why live, if we can burry you for 20 dollar?« Scheußlich!

Gemeinsam verließen die Männer das Kirchendunkel und traten wieder hinaus ins strahlende Licht. Karl-Dieter verabschiedete sich von dem Pastor und ging in Richtung Inselmuseum. Dabei kam er an der *Bunten Kuh* vorbei, aus der es verführerisch nach frischen Waffeln duftete. Karl-Dieter aber blieb standhaft und ging entschlossen daran vorüber. Das Museum war in einem niedrigen Inselhaus untergebracht. An der Kasse, an der es allerlei Schriften und Andenken zu kaufen gab, saß ein Mann mit grauem Vollbart und las den *Inselboten*. Bei diesem herrlichen Wetter kam kaum jemand auf die Idee, sich das Museum anzuschauen. Karl-Dieter war das sehr lieb, denn was er erfragen wollte, war nicht für fremde Ohren bestimmt.

»Drei reife Damen, sagen Sie?«, sagte der Kassierer und kratzte sich den üppigen Bart.

»Mit blau-violetter Dauerwelle«, ergänzte Karl-Dieter und zog das Kutschfoto hervor, »sie müssten am Samstag hier gewesen sein, vielleicht auch in den Tagen zuvor.«

»Sind Sie mit den Damen verwandt?«, fragte der Kassierer in einem Anflug von Misstrauen.

»Nein, ich bin mit ihnen befreundet, das heißt, ich war. Die drei sind am Sonntag von der Flut überrascht worden und zusammen ertrunken.«

»Mein Gott«, sagte der Kassierer und wurde plötzlich lebendig, »davon hab ich gehört! Furchtbar, ganz furchtbar! Aber warum wollen Sie wissen, ob die drei das Museum besucht haben?«

»Wegen der Beerdigung«, sagte Karl-Dieter und kreuzte hinter seinem Rücken die Finger der rechten Hand, »ich hab dem Inselpastor versprochen zu erzählen, wie die letzten Tage meiner Freundinnen verlaufen sind, wegen der Beerdigungsrede, Sie verstehen.«

»Hm«, brummte der Bärtige und blätterte in einem Tischkalender, »am Samstag hatte Bertie Dienst, mein Kollege, Bertie Ooneplan.«

»Wie kann ich Ihren Kollegen finden?«

»Ganz einfach. Bertie arbeitet im Zweitjob als Hausmeister im *Haus Wolfgang*.«

Karl-Dieter machte sich eine Notiz. »Eine Frage hätte ich noch, nur so aus Interesse. Gibt es hier im Museum etwas, was aus dem Jahr 1983 stammt?«

Nun blickte der Bärtige ihn noch seltsamer an. »Aus dem Jahr 1983? Mir sind ja schon viele Fragen gestellt worden, aber da muss ich passen. Was soll denn aus dem Jahr 1983 stammen?«

»Nichts, nichts, ist wegen der Beerdigungsrede …«

Rasch verschwand Karl-Dieter im ersten Museumsraum. Wahrscheinlich hielt ihn der Mann für ziemlich schräg, aber er konnte ihm wirklich nicht erzählen, warum er sich für das Jahr 1983 interessierte. Mütze hätte ihm das niemals verziehen, Ermittlungsgeheimnisse waren Ermittlungsgeheimnisse, da kannte Mütze kein Pardon.

Museen hatte Karl-Dieter schon viele in seinem Leben besichtigt. Nicht nur, dass Karl-Dieter beim Theater arbeitete, er war auch sonst ein Mann von Bildung und Niveau. Die meisten Museen hatte er allerdings allein besuchen müssen, nur ins Dortmunder BVB-Museum war Mütze mitgekommen. In London war Mütze in einen Pub gegangen, während Karl-Dieter die Tate Modern besucht hatte, in Paris hatte sich der Herr Kommissar in eine Brasserie gegenüber dem Louvre verzogen, und in Berlin hatte er großen Durst vorgegeben, als Karl-Dieter zur Museumsinsel wollte, und ein, zwei Kölsch in der *Ständigen Vertretung* gezwitschert, statt den Freund zu begleiten. »Die Moderne lebt von der Arbeitsteilung«, hatte Mütze ihm erklärt. Einer müsse sich ja auch um die Wirtschaftsförderung kümmern.

Man musste in einer Beziehung nicht alle Hobbys teilen, tröstete sich Karl-Dieter, während er einen mitleidserregend hässlichen Fisch betrachtete, der ihn aus einer Vitrine anglotzte. Ungläubig las er, was auf dem erklärenden Schild stand. Das war gar kein Fisch, das war ein Seehase! *Cyclopterus campus* auf Lateinisch. »Hat zum Festhalten eine Saugscheibe zwischen den Bauchflossen«, hieß es weiter. – »Nicht unpraktisch«, dachte sich Karl-Dieter. Könnte man auch als Mensch gebrauchen. Als Kulissenbauer war er innovativen Techniken gegenüber sehr aufgeschlossen. Mit solch einer Saugscheibe am Bauch könnte er oben bei den Aufbauten viel freier arbeiten. Man sollte häufiger ins Museum gehen!

Auch die nächsten Exponate waren nicht uninteressant. In einem dicken Bernsteinblock konnte man bei genauem Hinsehen ein vollkommen erhaltenes Insekt erkennen. »Kann man sich ein schöneres Grab vorstellen?«, dachte sich Karl-Dieter seufzend. Hätten seine drei Freundinnen ihre letzte Ruhe in einem schmucken Bernsteinblock gefunden, jede Sargdiskussion würde sich erübrigen.

Bei der nächsten Vitrine verschlug es Karl-Dieter den Atem. Mein Gott, ein Krokodil! Ein kleines zwar, ein Jüngling noch, aber doch eindeutig ein Krokodil! Gierig sperrte es sein Maul auf und ließ seine scharfen Zähne blitzen. Am 8. November 2001 sei es von dem Teilnehmer einer Konfirmandenfreizeit gefunden worden, stand dort zu lesen. Am Hauptstrand von Spiekeroog! Karl-Dieter wurde flau zumute und nahm sich schon vor, nie wieder auch nur den kleinsten Zeh in die Nordsee zu setzen, als er durch die weitere Erklärung wieder beruhigt wurde. Das Krokodil war bereits ausgestopft, wenn auch nicht sehr fachmännisch, als es strandete, und stamme nicht aus der Nordsee, sondern aus Afrika und sei von einem Schmuggler beim Nähern des Zollbootes über Bord geworfen worden.

Erleichtert schritt Karl-Dieter weiter und ließ seinen Blick suchend über die Exponate gleiten. Wo tauchte bloß die Jahreszahl 1983 auf? Und was hatte sie zu bedeuten? Stand sie im Zusammenhang mit dem Tod des ABC-Geschwaders? Was nur hatten sie entdeckt, das ihr Leben gekostet hatte? Wer war »WA«? Wer hatte ihren Tod auf dem Gewissen? Wenn er seinen Freundinnen etwas schuldig war, dann war es, dies herauszufinden. »Karl-Dieter, räche uns!«, tönte es erneut in seinen Ohren. Karl-Dieter fühlte, wie ihm schwindelte. Er musste sich an einen Türstock lehnen und die Augen schließen. »Ja, ja, ja«, wisperte er und sein Gesicht verzog sich schmerzlich, »ich werde euch rächen, das schwöre ich euch! Ich werde nicht ruhen, bis ich den Mörder zur Strecke gebracht habe.«

Karl-Dieter verließ das Museum mit einiger Erschütterung. Dass er so aufgewühlt war, lag nicht allein an dem Rufen des ABC-Geschwaders, das ihm noch in den Ohren klang, auch nicht am Krokodil und noch weniger am Seehasen. Es war ein unscheinbarer, freundlicher Raum gewesen, der sein seelisches Gleichgewicht endgültig zum Kentern gebracht hatte. Völlig unvermutet hatte Karl-Dieter im Obergeschoss des Museums in diesem Zimmer gestanden. Die Sonne hatte sich auf einer glänzenden Tischplatte gespiegelt, hinter dem Tisch hatte ein geschwungenes Sofa gestanden, in seiner Front zwei Stühle mit ähnlich dunkelblauem Bezug und edler Holzrahmung. Seitlich von der Sitzgruppe aber, und das war vielleicht das Schlimmste, war ein historischer Kinderwagen geschoben worden. Auch ohne die kleine, erklärende Tafel war Karl-Dieter die Funktion des Raumes sogleich klar gewesen. Hierher kamen Menschen, die sich für immer verbinden wollten, das vielleicht kleinste und zugleich süßeste Trauzimmer der Welt. Mit feuchten Augen war Karl-Dieter auf das Sofa niedergesunken. Wie viele glückliche Menschen hatten auf diesem Platz bereits gesessen, wie viele Herzen waren hier vor Freude fast zersprungen! Warum nur war ihm dies Glück nicht vergönnt?

Karl-Dieter spürte, wie die Melancholie von ihm Besitz ergriff. Wie war die Hoffnung in ihm aufgeflammt, als sich die Bundeskanzlerin endlich einen Ruck gegeben und der Bundestag für die Homoehe gestimmt hatte. Und Mütze? Was hatte Mütze gemacht? Hatte nur über Angela Merkel geschimpft. Richtig wäre es gewesen, die Ehe auch für die Heteros abzuschaffen, hatte er gesagt. Was für ein Unglück die Institution Ehe für die Menschen bedeute, sehe man doch allerorten! Man belade die Ehe mit all seinen Lebenshoffnungen, überhöhe sie gnadenlos durch romantische Zeremonien, um die solcherart Aneinandergeketteten dann in eine graue Wirklichkeit hinauszuschicken, die man Leben nenne. Die Unauflöslichkeit der Ehe! Nichts, aber auch gar nichts sei unauflöslich auf dieser Welt. Die Ehe habe man eingeführt zu einer Zeit, als es um die wirtschaftliche Absicherung der Familie gegangen sei.

Damit aber sei zum Glück Schluss. Viel romantischer sei es doch, keinen Garantieschein zu besitzen, sondern die Liebe seines Partners immer wieder aufs Neue gewinnen zu müssen. So trete keine Routine ein und auch keine Abnutzungserscheinungen.

Keine Abnutzungserscheinungen, schön wär's, seufzte Karl-Dieter, als er den *Tranpad* Richtung Osten hinauswanderte, wo das *Erholungsheim Wolfgang* lag. Als ob Abnutzungserscheinungen von dem schönen Hochzeitsfest abhängig wären.

Berthold Ooneplan war ein kleiner Mann, dessen Kugelbauch wirkte, als habe er einen Fußball unter seinem T-Shirt versteckt. Er mochte an die vierzig sein und war gerade dabei, einen kaputten Strandkorb zu reparieren. Der Hausmeister ließ Karl-Dieter deutlich spüren, dass er nicht dabei gestört werden wollte. Höchst unwillig legte er die Zange beiseite, mit deren Hilfe er das in Unordnung geratene Kunststoffgeflecht wieder zurechtflicken wollte.

»Samstag? Letzten Samstag? Ja, kann sein, wenn Rudi das sagt, dann hab ich wohl im Museum Dienst geschoben. Warum wollen Sie das überhaupt wissen? Haben Sie was verloren?«

»Können Sie sich vielleicht an diese Damen hier erinnern?« Karl-Dieter zog das Pferdekutschenfoto aus der Tasche und hielt es dem Hausmeister hin.

Bertie Ooneplan nahm es nur zögerlich entgegen und betrachtete es kurz. »Die drei kommen mir allerdings sehr bekannt vor«, sagte er seufzend, rollte mit den Augen und gab Karl-Dieter das Foto zurück.

»Sind Sie sicher? Die drei Damen sind im Museum gewesen?«

»Sag ich doch. Ausgerechnet, als ich Dienst hatte.«

»Das klingt ja fast, als sei es kein angenehmes Zusammentreffen gewesen und als würden Sie die drei nicht mögen.«

»Was heißt nicht mögen? Auf ihre Weise waren sie sogar ganz putzig. Nur all diese Sachen … was sie alles wissen wollten … sie haben mir fast ein Loch in den Bauch gefragt.«

Karl-Dieters Neugierde wuchs. »Was wollten sie denn wissen?«

»Tausend Sachen und alles auf einmal! Kaum schwieg mal eine, fingen die beiden anderen an zu fragen, es war wie bei diesem Hydrant aus der griechischen Sage.«

»Hydrant?«

»Na, diesem Höllenviech, dem man noch so oft die Köpfe abschlagen kann, ständig wachsen welche nach.«

»Um welches Thema ging es denn?«

»Schiffsunglücke vergangener Zeiten. Gekenterte Boote, die es an unseren Strand gespült hatte, so was. Besonders über die *Johanne* wollten sie alles wissen.«

»*Johanne*?«

»Na, das Auswanderschiff, die größte Katastrophe, die Spiekeroog erlebt hat.«

Jetzt erinnerte sich Karl-Dieter. Zum Seerettungsdienst hatte es im Museum eine eigene Abteilung gegeben. Das Unglück der *Johanne* hatte zur Gründung des organisierten Rettungsdienstes geführt. Die *Johanne* aber war bereits irgendwann Mitte des 19. Jahrhunderts gestrandet und nicht erst 1983, deshalb war er schnell weitergegangen zu der nächsten Tafel.

»Hat es 1983 auch ein Schiffsunglück gegeben?«, fragte Karl-Dieter ins Blaue hinein.

»1983? Wieso 1983?«

»Och nur so.«

Der Hausmeister kniff die Augen zusammen und sah Karl-Dieter scharf an: »Warum wollen Sie das alles überhaupt wissen? Was geht Sie das an, was ich mit meinen Museumsgästen zu schnacken habe?«

»Die drei Damen sind gute Freundinnen von mir. Sie werden davon gehört haben, die drei Wasserleichen, das sind die drei gewesen.«

»Ja und? Und warum dann die Schnüffelei? Was halten Sie mich mit Ihren dusseligen Fragen von der Arbeit ab?«

Als Zeichen, dass er das Gespräch für beendet ansah, griff der Hausmeister nach seiner Zange, packte sich das Ende eines Kunststoffstreifens und fuhr fort, das Loch zu stopfen.

* * *

Nach dieser Obduktion brauchte Mütze einen Schnaps. Nicht dass der knallharte Kommissar den Anblick einer zerlegten Leiche nicht ertragen hätte, so was war für ihn so selbstverständlich wie für Karl-Dieter eine zerrissene Kulisse. Diesmal jedoch hatte er einen üblen Nachgeschmack verspürt, der dringend hinuntergespült werden musste. Drei aufgeschnittene Omas, bei denen es sich zudem um alte Bekannte handelte, das erlebte selbst ein Mütze nicht alle Tage. Was sagte Karl-Dieter noch immer zur Leichenschau? Man solle die Grenzen respektieren, die die Haut gezogen hat. Es gehöre sich nicht, einen Blick dahinter zu werfen. In diesem Fall war Karl-Dieter Recht zu geben. Mausi ließ den Küstennebel in zwei vorgekühlte Gläser laufen, mit einer raschen Handbewegung stürzten die beiden Polizisten den Schnaps hinunter.

»War wohl kein schöner Anblick?«, sagte Mausi.

»Noch einen Schnaps, bitte.«

Voller Schaudern dachte Mütze an den Moment zurück, als sich der Dickdarm von Agatha wie von Geisterhand zu bewegen begonnen hatte. Butcher hatte ein triumphierendes Gesicht gemacht und einen noch lebenden Bandwurm hervorgezogen. Brrr ... Die zweite Ration Küstennebel war ebenso rasch vernichtet. Schweigend standen die Polizisten nebeneinander an der Bude und schauten Richtung Hafen. Letztlich hätten sie sich die Obduktion sparen können. Was hatte sie schon an neuen Erkenntnissen gebracht? Das graphologische Gutachten des amerikanischen Spezialisten war sicher eindrucksvoll gewesen, keine Frage, führte jedoch kein bisschen weiter. Ahsen bewunderte die Chuzpe des ABC-Geschwaders. Sich den Namen seines Mörders angesichts des nahen Ertrinkungstodes noch in die Hälse zu ritzen, wer verstand es, so kaltblütig zu reagieren?

»Kaltblütig schon«, brummte Mütze, »nur leider ist die Durchführung sehr mäßig gelungen. Warum haben sie sich nicht auf den Namen des Täters beschränkt?«

»Die drei gehören eben noch zu der Generation, die es gewohnt ist, sich in ganzen Sätzen auszudrücken.«

Mütze drehte sich zu Mausi um. Der Küstennebel hatte seine Speiseröhre zum Glühen gebracht, jetzt musste dringend nachgespült werden: »Zwei Pilskes, bitte!«

Ahsen hatte Recht. Es war eine Frage der Generationen. Ein junger Mensch hätte zumindest irgendeine Abkürzung benutzt, damit säße der Täter schon hinter Gittern. Höflichkeit konnte manchmal fehl am Platz sein. »MORD! ES WAR ... WA« – Wer zum Teufel verbarg sich hinter WA? WA wie Walter Brennecke? Der Kioskbesitzer schien auszuscheiden. WA wie Waischenfeld, der Dünenkauz? Ein Alibi hatte er keines, aber auch kein Motiv, jedenfalls kein erkennbares. Doch einer der Gäste? Jemand von dieser Familie Wanninger? Sollten sie bei denen vorbeischauen? Aber wie wahrscheinlich war es, dass ein junger Familienvater, der zum Urlauben nach Spiekeroog kam, drei alte Schreckschrauben beiseiteschaffte?

Die Bierchen waren gezapft. Mütze stieß mit Ahsen an, dann ließ er sich das Pils über den erhitzten Knorpel laufen. Noch mal zusammengefasst: Was sie wussten, war, dass die drei Alten nicht nur zum Watt gewollt hatten, wie sie ihrem Pensionswirt, diesem Glucksmann beim Abschied gesagt hatten, sondern dass sie zu diesem Zeitpunkt bereits vorgehabt hatten, ins Watt hineinzusteigen. Warum hätten sie sonst ihre Gummistiefel angezogen? »Bei Nebel entdeckt man die interessantesten Vögel«, hätten sie noch kichernd zu Glucksmann gesagt. Das Zitat konnte stimmen, so pflegte sich das ABC-Geschwader auszudrücken, gerne etwas mehrdeutig und zum Witzeln aufgelegt. Doch hätten die Alten tatsächlich zum Vogelgucken gewollt, also zum Gucken von echten Vögeln, warum hatten sie ihre Ferngläser dann nicht mitgenommen? Dafür gab es nur eine Erklärung. Sie mussten etwas anders vorgehabt haben, die drei hatten irgendeine Spur verfolgt, eine geheime Spur, sonst hätten sie ihrem Pensionswirt, diesem Glucksmann, doch von ihren Plänen erzählt, so redselig, wie sie sonst immer waren. Was aber nur hatten sie im Watt gesucht? Was gibt's da schon zu finden? Bernstein vielleicht?

»Kannste vergessen«, sagte Ahsen, »die letzten nennenswerten Bernsteinfunde wurden vor vielen Jahren gemacht und auch nicht im Watt, sondern draußen am Oststrand.«

Mütze nickte und trank aus. Die Pilsgläser in *Mausis Hafenbude* waren so zierlich, wie die in seiner alten Dortmunder Eckkneipe. Der Kommissar hob zwei Finger in die Höhe. Mausi verstand und drehte erneut den Zapfhahn auf.

Hinten am Yachthafen tauchte der Kopf des Hafenmeisters aus einem Boot auf. Ein junger Mann, dessen Kopf bereits eine komplette Glatze zierte, folgte ihm.

»Ein junger Wissenschaftler aus Bremen«, sagte Ahsen, »vermisst die Strömungen vor Spiekeroog.«

»Prost Ahsen!«

»Prost Mütze!«

* * *

Als sie zurück ins Dorf kamen, bat Mütze Ahsen, kurz zu warten, und verschwand in der *Teetied,* um ein dringendes Bedürfnis zu befriedigen. » So ein Pilsken treibt«, pflegte er gerne zu sagen. Über dem Pissoir hing ein Zettel, der auf einen Entspannungskurs aufmerksam machte, Yoga für jeden. »Raffiniert sind sie schon, die Friesen«, dachte sich Mütze, »hast du Pinkelprobleme, geh zum Yoga!« Plötzlich aber kniff er die Augen zusammen. Verdammt! Warum war er darauf nicht gekommen? Eilig schlug er die letzten Tropfen ab, griff nach dem Zettel und riss ihn von den Fliesen. Mal sehen, was Ahsen dazu sagte!

Der runzelte verblüfft die Stirn. Was wollte Mütze denn damit? Was sollte an dem Zettel auffällig sein? War doch nicht verboten, in der Toilette zu werben, oder?

»Glaubst du, die Yogalehrerin war's?«, fragte er ungläubig.

»Quatsch mit Soße«, sagte Mütze, »schau mal ganz unten, was da steht!«

»Ich weiß nicht, was du meinst.«

»Die Telefonnummer.«

»Was ist damit?«

»1968!«

»Ja und?«

»Mensch, Ahsen, wann fällt der Groschen denn endlich? 1968, das könnte doch auch eine Jahresangabe sein.«

»Kapier ich nicht.«

»Wenn die Telefonnummer eine Jahresangabe sein könnte, dann ist die Jahresangabe vielleicht eine Telefonnummer.«

»Du meinst …«

»Na klar!«

Mütze zog sein Handy hervor, drückte die Vorwahl von Spiekeroog in die Tasten und dann die Ziffernkombination 1983. Es läutete tatsächlich an. Dann meldete sich ein Anrufbeantworter. »Hier spricht Winni, euer Spiekerooger Wattführer. Die nächste Wattführung findet am Dienstag um 16.30 Uhr statt. Ihr seid alle herzlich willkommen. Treffpunkt Windhukk, Gummistiefel nicht vergessen!«

Mütze sah auf die Uhr. Es war exakt 16.25 Uhr.

»Windhukk? Wo ist das?«

»Am Segelhafen!«

Die beiden Polizisten sahen sich an, dann spurteten sie los. In Mützes Schädel hämmerte es. »WA!« Warum sollte das nicht »Wattführer« heißen?

* * *

Um zum Inselschreiner zu kommen, musste Karl-Dieter in den äußersten Osten des Dorfes spazieren, zum *Kaapdünenweg*. Karl-Dieter fiel wieder die interessante Führung ein, die er bei einem ihrer letzten Aufenthalte zur Namensherkunft der Dorfstraßen mitgemacht hatte. Ein »Kaap« war ein hölzernes, kopfartig hervortretendes Signalzeichen, das einst auf einer hohen Düne, eben der Kaapdüne, gestanden hatte, um Schiffer sicher zu leiten. Ging man die *Norderloog* entlang, so hätte man die fast zwanzig Meter hohe Düne schon vor sich sehen können, wären da nicht die hohen Bäume, die den Blick verstellten.

Haukes Schreinerei war in einem Schuppen hinter seinem Wohnhaus untergebracht, einem schlichten Backsteinbau, der in einem verwilderten Garten stand, violette und weiße Heckenrosen blühten dort und auch der Ginster. Das weiß gestrichene Gartentürchen stand offen, so spazierte Karl-Dieter einfach hinein. Er hatte Glück, Hauke war daheim. Der Schreiner war gerade dabei, eine Tür abzuschleifen, die auf zwei Holzböcken lag. Es staubte gewaltig, dazu machte die Maschine einen Höllenlärm. Karl-Dieter musste Hauke auf die Schulter tippen, jetzt erst bemerkte ihn der Schreiner. Hauke stellte den Schleifer ab und nahm sich den Schallschutz von den Ohren.

»Moin! Wo brennt's denn?«

Hauke war ein noch recht jugendlich wirkender

Mann, schlank, mit braunen Locken und leicht verwegenem Bartansatz. Hinter seiner Nickelbrille aber funkelten schalkhaft die lustigsten Augen. Die beiden Männer verstanden sich auf Anhieb, was sicher auch daran lag, dass sie beide Handwerker waren. Als Kulissenbauer war Karl-Dieter mit allen Schreinerarbeiten bestens vertraut, schnell kam man ins Gespräch über die Kunst, eine Fläche perfekt zu schleifen. Da Hauke sowieso einen Kaffee trinken wollte, bot er auch Karl-Dieter einen Pott an. Sie setzten sich auf eine noch unlackierte Kiste, dann wurde Karl-Dieter ernster und er begann, Hauke sein Anliegen zu schildern.

»Drei Tote auf einmal?« Hauke schien von dem Unglück noch nichts mitbekommen zu haben, er war vollkommen überrascht.

»Drei gute Freudinnen von mir«, sagte Mütze mit schmerzlichem Gesicht, »im Leben wie im Sterben sind sie unzertrennlich gewesen. Ich mach mir viele Gedanken, wie man sie würdevoll bestatten kann.«

»Hm …« Hauke nahm einen tiefen Schluck aus seinem Kaffeepott und ließ seine Augen über sein Bretterlager gleiten. »Drei Tote auf einmal, das hatten wir noch nie, nicht bei uns auf Spiekeroog … und unzertrennlich die drei, sagst du?«

»Absolut unzertrennlich! Sie halten sich immer noch an den Händen, verstehst du Hauke. Es mag sich vielleicht etwas seltsam anhören, aber ich weiß, dass sie auf diese Weise gemeinsam durch das Himmelstor schreiten wollen.«

»Hm ...«, brummte Hauke erneut und in seinen Augen begann es zu blitzen.

* * *

Als Mütze und Ahsen am Windhukk ankamen, lag das Watt wie eine schlammige Wüste vor ihnen, silbern aber glänzte ein Geflecht von schmalen, gewundenen Wasserläufen im Licht der Sonne. Die Gruppe der Wattwanderer war bereits einige Hundert Meter weit ins Watt gestapft. »Moment«, rief Ahsen, »wartet!«

Schnell zogen sich die Polizisten ihre Schuhe aus und krempelten die Hosenbeine über die Knie. Dann stapften sie der Gruppe hinterher.

»Mensch, Ahsen«, sagte der Wattführer grinsend, »jetzt biste doch schon ne halbe Ewigkeit bei uns auf der Insel, warst noch nie mit im Watt und jetzt kannst es gar nicht abwarten!«

»Wir sind nicht zum Spaß hier, Winni«, sagte Ahsen und versuchte, amtlich zu klingen, »wir müssen dir ein paar Fragen stellen.«

»Fragen? Hier draußen im Watt? Hat das denn nicht bis heut Abend Zeit?«

»Nein, das hat nicht bis heute Abend Zeit«, schaltete sich Mütze ein, während seine Füße langsam im Schlick versanken, »Mütze, Kriminalpolizei. Können wir kurz ungestört reden?«

Schlagartig verdüsterte sich Winfried Siebenkäs' rundes Gesicht, dann huschte ein spöttisches Lächeln über seine wulstigen Lippen. »Ungestört reden, klar, gerne! Schaut euch nur um, welches Büro schlagt ihr vor?«

Einige der Wattwanderer, die im Halbkreis um sie herumstanden, begannen zu lachen, ein Dutzend Erwachsene und vier halbwüchsige Kinder, mehr waren nicht mitgekommen. Gespannt blickten sie nun die beiden Polizisten an, mit einer Vernehmung bei der Wattführung hatte keiner gerechnet.

»Nur ein paar Meter weiter«, sagte Ahsen, »wir sind auch gleich wieder weg.«

»Das will ich hoffen«, erwiderte der Wattführer verärgert, »Mann, das hier ist kein Spielplatz.«

Winfried Siebenkäs bat die Gruppe, kurz auf ihn zu warten und mahnte sie, sich auf keinen Fall von der Stelle zu bewegen. Wenige Meter weiter käme ein tückischer Priel, in dem das Wasser gefährlich ströme. Schmatzend zog er seine Stiefel aus dem Schlick, packte seinen Blecheimer, in dem eine Schaufel schepperte, und ging los, dicht gefolgt von Mütze und Ahsen. Einen Bocciawurf von der Gruppe entfernt blieben sie stehen.

»Also«, sagte Winni genervt, »was gibt's?«

Mütze zog das Foto mit dem ABC-Geschwader hervor. »Kennen Sie die drei Damen?«

Winni warf einen kurzen Blick auf das Bild und schüttelte den Kopf. »Ne, kenne ich nicht. War's das?«

»Die drei sind Sonntag früh im Watt ertrunken. Wir haben Ihre Telefonnummer bei den Leichen gefunden.«

»Meine Telefonnummer? Die haben viele!«, sagte Winni, während er seine Gruppe nicht aus den Augen ließ.

»Die drei haben also nicht mit Ihnen telefoniert?«

»Nicht, dass ich wüsste.«

»Aber es kommt durchaus vor, dass Gäste mit Ihnen eine Privatwanderung vereinbaren?«

»Es gibt vieles, was vorkommt. Die drei jedenfalls hab ich nie zuvor gesehen. Kann ich jetzt meine Arbeit machen?«

»Eine Frage noch: Was haben Sie am Sonntagmorgen zwischen sechs und neun gemacht?«

»Sonntagmorgen? Stellt euch vor, da hab ich gemütlich zu Hause gefrühstückt.«

»Alleine?«

»Jawohl, alleine. Ist das ein Verbrechen?«

Wütend stapfte er zu seiner Gruppe zurück, während ihm Mütze und Ahsen hinterhersahen.

»Winni ist okay«, sagte Ahsen, »zuweilen etwas direkt, aber sonst voll okay.«

»Und welcher von euch Insulanern ist nicht okay?«, fragte Mütze mit ungewohnt spitzem Unterton. Wenn es nach Ahsen ging, bestand die Welt aus lauter Gutmenschen. Man durfte nicht zu lange auf einer Insel wie Spiekeroog leben, dachte sich Mütze, als sie zu zweit zurück Richtung Wattwiesen staksten, nicht als Polizist. Spiekeroog veränderte den Blick auf die Wirklichkeit und die war alles andere als okay.

* * *

Zum Abendessen trafen sich die Freunde am Strandkorb. Es war Karl-Dieters Idee gewesen. Erstens ginge es nicht an, einen Korb zu mieten und ihn dann unbenutzt herumstehen zu lassen und zweitens hätte man von keinem Restaurant der Welt einen solch schönen Blick aufs Meer.

»Und zugleich so viel Sand zwischen den Zähnen«, sagte Mütze, während er in den Becher mit den grünen Oliven griff.

Am Badestrand hatte bereits der große Treck eingesetzt. So nannte Karl-Dieter die Aufbruchszeremonie, die man an jedem Abend eines schönen Sommertages beobachten konnte. Wie auf ein geheimes Zeichen hin packten alle ihre Strandutensilien zusammen, wurden die Bollerwagen beladen, die Jüngsten zwischen die bunten Förmchen, Schaufeln und Eimerchen verstaut, der Abfall in die ordentlich nummerierten Mülleimer versenkt, wurden Strandmuscheln eingerollt und Strandkörbe verriegelt. Dann setzte sich alles in Marsch, sonnenverbrannt und hungrig, sich auf die reinigende Dusche freuend und auf einen grüngoldenen Abend im Dorf. Auch das machte den speziellen Reiz von Spiekeroog aus, der Wechsel der Farben. Erfreute man sich am Meer am Blau des Himmels und der Wellen und am Gelb des Strandes und der Dünen, so genoss man am Abend, wenn das Licht wärmer wurde, das grünbelaubte Dorf mit seinen ehrwürdigen, vom

Wind gekämmten Bäumen, den Linden vor allem. Sogar eine alte Ulme gab es auf Spiekeroog noch. Der Ulmenkäfer, der all ihre Festlandverwandten grausam dahingerafft hatte, war zum Glück nicht nach Spiekeroog vorgedrungen, dem Westwind sei Dank.

Mit dem Einsetzen des Trecks wurde es still am Strand, Mütze und Karl-Dieter hatten sich zum Abendessen in ihrem Strandkorb niedergelassen. Die Sonne verbarg sich bereits hinter zarten Dunstschleiern, die über dem Horizont aufgezogen waren, als Karl-Dieter auspackte. Er hatte an alles gedacht. Weil er wusste, dass Mütze nur ungern auf sein saftiges Steak in der *Linde* verzichtete, gab er sich die größte Mühe, ihn zu entschädigen. Bei *Schröders,* Karl-Dieters Lieblingsladen, dem Feinkosthändler gegenüber der Inselbäckerei, hatte er sich drei Käsesorten einpacken lassen, einen dänischen Hartkäse, einen butterweichen Gorgonzola und ein Töpfchen mit angemachtem Schafskäse, der von einer Deichherde aus Harlesiel stammte. Schwarze und grüne Oliven, luftgetrocknete Rindersalami, feingeschnittener Westfälischer Schinken, frische Nordseekrabben, ein Heringstopf mit roter Bete, ein knuspriges Baguette, kernlose Biotrauben, eine liebevoll aufgeschnittene Honigmelone und ein Glas Quittengelee für den Hartkäse füllten den großen Picknickkorb. Sogar zwei kleine Salz- und Pfefferstreuer hatte Karl-Dieter eingepackt, geblümte Servietten, Porzellanteller und Besteck. Und als Höhepunkt eine Flasche Bordeaux und zwei edle Weingläser. Die einzige

Schwierigkeit bestand darin, all die Köstlichkeiten auf den schmalen Brettchen zu platzieren, die man im Strandkorb vor sich aufklappen konnte. Vieles musste im Korb bleiben, wollte man nicht unnötigen Kontakt mit dem Sand riskieren.

»Die Drei-Sekunden-Regel gilt nämlich nicht am Strand«, sagte Karl-Dieter, während er Mütze ein Stück von der Salami abschnitt.

»Ach so?«, sagte Mütze, »und daheim gilt sie wohl ab sofort?« Er wusste nur zu genau, dass Karl-Dieter auch dann nichts essen würde, das zu Boden gefallen war, wenn es nur maximal drei Sekunden dort liegen geblieben war; dabei war ihre Erlanger Wohnung stets tipptopp geputzt. Mütze hingegen nahm es mit solchen Dingen nicht so genau. »Dreck reinigt den Magen«, hatte es bei ihm daheim immer geheißen. Beherzt griff er zu, während Karl-Dieter eher zu den langsamen Essern gehörte. Während sie es sich schmecken ließen, erzählten sie sich, was sie alles herausgefunden hatten.

Begierig hörte Karl-Dieter zu, als Mütze erzählte, was die Zahl auf der Museumeintrittskarte wohl in Wirklichkeit bedeutete. Dass es sich bei der Zahl um die Telefonnummer des Wattführers handelte, war natürlich außerordentlich interessant, selbst wenn dieser Winni behauptete, das ABC-Geschwader nicht zu kennen. Da griff doch eins ins andere! Das »WA«, stand es nicht für Wattführer? Natürlich war der Satz dann grammatikalisch nicht völlig korrekt. »MORD! ES

WAR *DER* WA« hätte es natürlich heißen müssen und nicht »MORD! ES WAR WA«. Wer aber will es den Damen verdenken, wenn sie angesichts der Wellen, die ihnen schon in den Mund zu schwappen begannen, den Artikel weggelassen hatten?

»Das könnte alles passen«, rief er begeistert, während er sich mit der Serviette, die Lippen abtupfte, »unsere Freundinnen waren einer heißen Sache auf der Spur, irgendetwas, das man nur bei Ebbe im Watt entdecken kann. Sie heuern den Wattführer an, der geht zum Schein darauf ein und lässt die drei dann allein im Nebel zurück. Die Flut erledigt die dreckige Arbeit für ihn, alles sieht nach einem Unfall aus. Der perfekte Mord.«

»Und an welche heiße Sache glaubst du?« Mütze blickte deutlich skeptischer.

»Ich weiß nicht«, sagte Karl-Dieter, »ein Umweltverbrechen vielleicht. Das ist doch alles Naturschutzgebiet hier auf Spiekeroog, besonders das Watt, dort ist die Kinderstube für unendlich viele Fische und andere Meerestiere. Vielleicht lädt dort jemand illegal seinen Dreck ab.«

»Jemand, der mit dem Wattführer unter einer Decke steckt.«

»Genau. Könnte doch sein.«

»Der Wattführer, der davon lebt, die Feriengäste durch das Watt zu führen, soll einen Umweltsünder decken?«

»Für Geld tut der Mensch alles.«

»Mh«, sagte Mütze mit leichtem Lächeln und griff nach der Salami, »jetzt brauchen wir nur noch einen Umweltverbrecher und der Fall ist gelöst.«

Karl-Dieter schob sich eine dünne Scheibe Honigmelone in den Mund. Er wusste ja selbst, seine Theorie war recht spekulativ, aber es war immerhin eine Möglichkeit. Von wem nur hatten seine lieben Freundinnen die Telefonnummer bekommen? Sie war auf der Eintrittskarte notiert gewesen. Hieß das, dass der Museumsmensch ihnen die Nummer gegeben hat, Bertie, dieser unfreundliche Hausmeister? Karl-Dieter begann von dem Museumsbesuch zu erzählen und von seinem Besuch bei Berthold Ooneplan.

»Die drei haben dem Museumsmann Löcher in den Bauch gefragt. Besonders über Schiffsunglücke haben sie alles wissen wollen.«

»Typisch«, lachte Mütze, »immer auf der Jagd nach Sensationen. Aber haben sie auch nach Wattführungen gefragt?«

»Davon hat der Hausmeister nichts gesagt.«

Mütze beschloss, diesem Bertie selbst einen Besuch abzustatten, am besten noch heute. »Ist noch ein Schluck Wein in der Flasche?«, fragte er.

Karl-Dieter drehte die Rotweinflasche um, drei letzte Tropfen fielen in den Sand, wo sie rote Flecken bildeten. Mütze sah es mit betrübtem Gesicht. Da griff Karl-Dieter erneut in seinen Rotkäppchenkorb und zog mit breitem Grinsen eine zweite Flasche hervor: »Voilà!«

Eine Viertelstunde später war das Essen ratzeputz verdrückt. Schweigend saßen die beiden Freunde in ihrem Strandkorb, in den Rotweingläsern funkelte die untergehende Sonne. Kurz vor dem Erreichen des Horizonts hatte sie es noch geschafft, den Wolkenschleier zu durchbrechen und schob sich nun dem Meer entgegen. Karl-Dieter sah ihr melancholisch dabei zu. Nie wieder würden seine Bottroper Freundinnen dieses wunderbare Schauspiel erleben. Ein Gedicht ging ihm durch den Sinn. Wie ging es noch?

Seele des Menschen
Wie gleichst du dem Wasser:
Vom Himmel kommt es,
Zum Himmel steigt es,
Und wieder nieder
Zur Erde muss es.
Ewig wechselnd.

Karl-Dieter spürte einen sanften Trost bei dieser Vorstellung. Die Seelen seiner toten Freundinnen würden mit dem Wasser wieder aufsteigen in himmlische Sphären. Und die Kraft, die das bewirkte, war nichts anderes als die Liebe, nichts verfügte über eine solch gewaltige Macht. Oh, die Liebe! Karl-Dieters Gedanken spazierten zu dem kleinen Trauzimmer zurück. Was für ein zauberhafter Ort, ihrem Bund ein Siegel zu geben, etwas, woran man sich halten konnte. An einem intimen Ort ganz für sich allein und doch sichtbar für die ganze Welt. »Karl-Dieter, willst du Mütze zum Mann nehmen, ihn lieben, achten und ehren, in guten und in bösen Tagen …« Was für ein Glück würde ihn bei diesen Worten durchrieseln!

Die Sonne stand jetzt wie eine große Blutorange über dem Horizont. Karl-Dieter hielt den Atem an. Seine Freundin Nora, die Inselhure, hatte ihm einmal erzählt, dass an seltenen Tagen ein einzigartiges Phänomen auftrete. An diesen Tagen würde der rote Sonnenball kurz vor seinem Abtauchen seine Farbe ändern und sich für Sekundenbruchteile in ein leuchtendes Grün kleiden. Wer Zeuge dieses grünen Leuchtens würde und im selben Moment still einen Wunsch ausspräche, dem würden die Götter ihn erfüllen. Mit brennender Sehnsucht betrachtete Karl-Dieter den Sonnenuntergang, aber das Himmelslicht versank achtlos und dachte nicht daran, seine Farbe zu ändern. Karl-Dieter seufzte. Sein Wunsch würde ein Traum bleiben. Mütze war eben, wie er war. Und doch war er der beste Mann, den er hätte bekommen können. Karl-Dieter griff zum Glas. Manche Wünsche erfüllte das Schicksal und manche blieben auf ewig unerfüllt.

Als die Sonne endgültig im Meer versunken war und die Schleierwolken in ein tiefes Rot tauchte, brachen die Freunde auf und gingen zurück Richtung Dorf. Mütze verabschiedete sich am *Bi d'Ukiek*, dem Weg, der in den *Tranpad* überging. Er wollte wie beschlossen noch Bertie Ooneplan aufsuchen, den Hausmeister vom *Haus Wolfgang*.

Karl-Dieter war nicht undankbar, ein Stündchen für sich zu haben, waren doch noch dringende Vorbereitungen für die Beerdigung zu treffen. Wichtig war ihm, die Feier so persönlich wie möglich zu gestalten. Nichts Schlimmeres gab es, als eines dieser superroutiniert durchgezogenen Begräbnisse, bei dem alles nach Schema F verlief. Rituale waren unverzichtbar, zweifellos, sie hatten ihren Sinn, dennoch durften sie sich nicht wie ein Deckel über die Feierlichkeiten stülpen und alles ersticken. Nichts war verkehrter als der Spruch, die Menschen würden im Tode alle gleich. Karl-Dieter war fest davon überzeugt, dass die Individualität eines jeden Menschen den Tod überlebte, genau das sollte auch bei der Beerdigung seiner Freundinnen zum Ausdruck gebracht werden.

In der *Linde* angekommen, setzte er sich sogleich an den kleinen Schreibtisch ihres Hotelzimmers, kratzte sich am Kopf und kramte den Zettel mit der Beerdigungs-to-do-Liste hervor. Neben dem Wort »Sarg«, notierte er »Hauke« und setzte ein Ausrufezeichen daneben. Der sympathische Schreiner hatte ihm versprochen, eine würdige Lösung zu finden und Karl-Dieter vertraute ihm hundertprozentig. Hauke verstand sein Handwerk, außerdem sah er gut aus. Wenn es Mütze nicht gäbe, wäre er vielleicht sogar auf dumme Gedanken gekommen, sagte sich Karl-Dieter und zwinkerte fröhlich mit dem rechten Auge. Unter dem »Sarg« stand »Blumenschmuck«. Ohne Blumen keine Beerdigung, das war klar. Aber gab es einen Blumenladen auf Spiekeroog? Blumen aus dem Supermarkt waren doch reichlich stillos. Heftig kaute Karl-Dieter auf dem Bleistift herum, dann war die Lösung gefunden. Das ABC-Geschwader hatte stets von den wilden Heckenrosen geschwärmt, die auf Spiekeroog an allen Wegen wuchsen und deren weiße und rosafarbene Blüten so lustig im Wind flatterten. Keinen würde es stören, wenn er welche abschnitt und daraus drei kleine Sträuße band. Mit einer entschlossenen Bewegung machte Karl-Dieter einen Strich unter den »Blumenschmuck«.

Nun zu der Rede! Nachdem der Pastor seine Ansprache gehalten hatte, wollte er selbst noch ein paar Worte sprechen, als alter Freund der Toten. Karl-Dieter setzte den Bleistift an und schrieb nieder, was ihm zum Leben seiner Freundinnen einfiel. Wie sie nach dem Krieg als junge Mädchen die Trümmer von Bottrop beseitigt hatten, wie sie in die Hände gespuckt und zum Wiederaufbau Deutschlands beigetragen hatten, wie sie ihre Kaninchen und Tauben gezüchtet und ihre Gärten beackert hatten. Wie sie vor dem Schaufenster eines Elektrogeschäfts, in dem ein Fernseher lief, das Wunder von Bern bejubelt hatten. Wie sie den streikenden Stahlarbeitern Erbsensuppe ans Werkstor gebracht hatten, im Henkelmann natürlich, und wie sie mit roten Plakaten, auf denen »Willi wählen!« stand, durch die Bottroper Fußgängerzone marschiert waren.

All das wusste Karl-Dieter natürlich nur von den Erzählungen des ABC-Geschwaders, er hatte sie ja erst vor drei Jahren auf Spiekeroog kennengelernt. Aber er war nicht nur ein guter Zuhörer, er konnte sich Dinge auch gut merken. Besonders berührt hatte ihn, wie die drei von dem wöchentlichen Kaffeekränzchen mit ihrem alten Bottroper Pfarrer erzählt hatten, der nach einem Schlaganfall im Rollstuhl sitzen musste. Sie hätten immer einen Streuselkuchen ins Pflegeheim gebracht und der Herr Pastor hätte eine Flasche Aldi-Sekt spendiert. Nach dem Kaffee habe man dann noch eine Partie Scrabble gespielt und zum Abschied das alte Kirchenlied »O Welt, ich muss dich lassen« angestimmt. – »O Welt, ich muss dich lassen«, eifrig notierte Karl-Dieter den Liedanfang auf seiner To-do-Liste neben dem Stichwort »Musik«. Dieser Choral musste unbedingt gesungen werden, am besten, nachdem er die anrührende Geschichte vom Kaffeekränzchen erzählt hatte. Als Letztes notierte er einen Gedichtanfang: »Seele des Menschen, wie gleichst du dem Wasser«, dann legte er den Bleistift zufrieden beiseite. Die wichtigsten Dinge waren vorbereitet, um alles andere würde er sich morgen kümmern.

Karl-Dieter hatte sich gerade sein Nachthemd übergezogen, als die Tür aufgesperrt wurde. Es war Mütze.

»Und?«, fragte Karl-Dieter neugierig.

»Du hattest Unrecht«, sagte Mütze, »und zwar auf ganzer Linie. Dein Hausmeister ist gar nicht so ein Stinkstiefel, er war sogar ausgesprochen zuvorkommend. Schau, was er mir für dich mitgegeben hat!«

Mit einer raschen Bewegung aus dem Handgelenk

ließ Mütze eine Broschüre auf das Bett segeln. Karl-Dieter griff erstaunt danach. »Schiffstragödie vor Spiekeroog«, las er, »die Strandung des Auswandererschiffes *Johanne* am 6. November 1854.«

»Kleine Lektüre für dich, wo sich das ABC-Geschwader doch so für die Schiffsuntergänge interessiert hat. Der Hausmeister hat mich in die Kiste seines Lastrads gesetzt und ist extra mit mir noch zum Museum, ist ja doch ein ziemlicher Weg vom *Haus Wolfgang* ins Dorf. Stell dir vor, wir hatten Recht, das ABC-Geschwader hat Bertie Ooneplan tatsächlich nach der Nummer des Wattführers gefragt. Er ist es selbst gewesen, der die Zahl auf der Eintrittskarte notiert hat. Nun haben wir den Beweis, dass 1983 keine Jahreszahl ist, sondern die Telefonnummer dieses Wattführers.«

»Haben sie ihm denn gesagt, was sie im Watt wollten?«

»Kein Wort, leider.«

»Hat er nicht danach gefragt?«

»Ich glaube, er ist froh gewesen, die drei wieder loszuwerden.«

Aus Pietätsgründen verschwieg Mütze einige Details seines Gesprächs. Er konnte Karl-Dieter doch schlecht erzählen, wie sehr er sich mit dem Museumswärter über die Allüren des ABC-Geschwaders amüsiert hatte. Dabei hatten sie Witze gerissen, die hin und wieder, das musste er zugeben, nicht ganz korrekt gewesen waren, aber man musste seinem Herzen doch auch mal Luft verschaffen. Mütze hatte Bertie Ooneplan jedenfalls gut verstehen können. Die Alten hätten allen Ernstes bei ihrem Besuch darum gebeten, ihnen die Schauvitrine aufzusperren, um das arme Krokodil noch einmal zu streicheln. Hallo? Geht's noch?

»Glaubst du, dass es der Wattführer war?«, fragte Karl-Dieter.

»Er behauptet, keinen Anruf vom ABC-Geschwader bekommen zu haben.«

»Und was glaubst du?« Karl-Dieter strich sich vor dem Spiegel sein Nachthemd glatt. Seit einiger Zeit trug er keine Pyjamas mehr. Nachthemden waren eindeutig bequemer, zwickten nicht im Bund. Nur rutschten sie manchmal hoch und man fror des Morgens am Hintern.

»Ich glaub ihm kein Wort. Du kennst das ABC-Geschwader doch besser als ich. Wenn sich die Alten mal was in den Kopf gesetzt hatten, dann konnten sie unglaublich hartnäckig sein.«

»Du denkst, der Wattführer ist auf ihren Wunsch eingegangen und hat sie dann ertrinken lassen?«

»Möglich. Ein Alibi jedenfalls hat er nicht, es sei denn, seine Frühstückstasse fängt das Plaudern an. Winnie-Wattführer bleibt verdächtig. Was fehlt, ist allerdings noch das Motiv.«

Mütze zog sich das Sweatshirt über den Kopf. Ob Karl-Dieter recht hatte mit seinem Verdacht, die drei könnten einem Umweltverbrechen auf der Spur gewesen sein? Ob der unbekannte Umweltsünder Winni gedungen hatte, die drei zu beseitigen? Was zum

Teufel könnte sonst das Motiv gewesen sein? Aus welchem Grund ließ sich jemand freiwillig ins Watt führen? Was gab's da draußen schon außer unappetitlichem Schlick und sich ringelnden Wattwürmern? Das Watt war so ziemlich das Langweiligste, was man sich vorstellen konnte. Gott sei Dank kam regelmäßig die Flut und bedeckte die Ödnis gnädig. Auf der anderen Seite, auch die Flut war nicht unschuldig an der Existenz des Watts. Würde sie sich nicht ständig vom Acker machen, gäbe es die triste Schlammwüste gar nicht. Mütze hatte Karl-Dieter, der äußerst belesen war, einmal gefragt, wo die Flut denn sei, wenn Ebbe herrsche. Karl-Dieter hatte gelacht und gesagt, wahrscheinlich würde sie sich in Manhattan umschauen, denn dorthin schwappe der Atlantik auf seiner westlichen Seite.

Mütze warf das Sweatshirt über den Stuhl, ohne es auf rechts gedreht zu haben. Das würde Karl-Dieter morgen unauffällig besorgen und das T-Shirt zudem in den Wäschesack stopfen, nicht aber die Jeans. Jeans dürfe man nicht waschen, oh nein! Das hatte Karl-Dieter beim Erlanger Hausfrauenbund gelernt. Um eine Jeans zu reinigen, bräuchte man sie nur im Bad aufhängen, wenn man eine Dusche nehme. Die heiße Feuchtluft mache die Jeans wieder frisch. Mütze schüttelte den Kopf. Was war das wieder für ein Blödsinn? Nachdem er sich auch seiner übrigen Kleidungsstücke entledigt und sich kurz, aber intensiv die Zähne geputzt hatte, schmiss er sich ins Bett, ohne sich etwas angezogen zu haben. Mütze war ein chronischer Nacktschläfer. »Wozu habe ich die Bettdecke?«, pflegte er zu protestieren, wenn Karl-Dieter ihm einen hübschen Schlafanzug aufschwätzen wollte.

»Warum nur wollten das ABC-Geschwader ausgerechnet eine Privatführung, warum sind sie nicht mit der regulären Tour gegangen?«, fragte Mütze.

»Weiß nicht«, brummte Karl-Dieter. Er hatte seine Nachttischlampe angeknipst und die Broschüre über die historische Schiffstragödie aufgeschlagen.

»Das kann doch nur heißen, sie wollten an einen bestimmten Ort, an eine Stelle, zu der die normale Tour nicht hinführt.«

»Möglich«, gähnte Karl-Dieter und begann zu lesen.

Bericht des Pastors Johann August Hieronymus Doden im Kirchenbuch der Insel Spiekeroog von 1854: Die Strandung des Auswandererschiffes Johanne (Capitän Oldejans) auf dem Spiekerooger Strande am Montage, dem 6. November 1854

Insel und Inselleben haben manches Eigentümliche. Besondere Ereignisse für die Insulaner sind Strandungen. Mitmenschen in Not zu sehen, sich wagen müssen, um das Leben der mit dem Tode Ringenden zu retten, oft keine Hilfe leisten können und den herzzerreißenden Anblick haben, dass um Rettung Flehende Spiel und Beute des Meeres werden; sehen, dass ein Schiff umhergeschleudert auf dem brandenden Meere zertrümmert werde, sich der so schwierigen Bergung der Schiffsladung unterziehen müssen, oft mit Aussicht auf geringen

Verdienst oder auch reichen Lohn, das eine wie das andere macht eine Strandung für den Insulaner zu einem Ereignis, das ihn aufregt, und die erste Kunde »Ein Schiff auf dem Strande!« geht bald von Mund zu Mund; alle Gemüter sind voll spannender Erwartung wegen des, was da kommen soll. – Unter allen Strandungen, die hier auf Spiekeroog vorgekommen, war die ergreifendste und bedeutendste die, welche sich am Montage, dem 6. November 1854, ereignete.

Die Monate Oktober und November brachten stürmische Tage; fast immer tobte heftiger Sturm, und das Meer erhob sich stets mit gleichem Ungestüm. Schauerlich wars bei solchen Stürmen des Abends und des Nachts. Besonders an dem Sonnabend vor dem 6. November, als der Sturm wie mit neuer Gewalt begann, konnte man sich trüber und unruhiger Gedanken nicht erwehren.

Am Morgen war das Wetter nur wenig gelinder. Etwa gegen 10 Uhr brachte einer der hiesigen Grenzaufseher die Nachricht, dass ein Schiff auf der Insel gestrandet und in Gefahr sei. Er hatte gesehen, wie das Schiff, das er in der Nähe von Langeoog zuerst bemerkt, von dem Sturme gleichsam hierher gepeitscht sei und mit gewaltiger Schnelligkeit hierher getrieben, um dann ganz nahe an der Insel zu stranden, so nahe, wie selten ein Schiff hier strandet. Von der nächsthohen Düne hatte man trotz starkem Sandwehen, diesiger Luft und Gischtschwaden über der Brandung einen überraschenden Anblick. Nordwestwärts sehend (zwischen den beiden westlichen Dünen) erblickte man ein großes Schiff. Weit auf dem

Strande festsitzend, ragte das Schiff mit seinen drei Mastbäumen hoch empor, und man hätte sich des majestätischen Anblicks erfreut, wenn man nicht auch zugleich hätte befürchten müssen, dass dieser stolze Bau, von Menschenhänden gemacht, ein Zeichen und Zeugnis werden sollte aufs neue, wie die tobenden, entfesselten Elemente verachten und gleichsam höhnend wie im neckenden Spiel des Menschen Werk, wenn auch noch so groß und fest, verderben, als wäre es nur gemacht, um bald als Trümmer, Splitter, Fetzen und Schutt zu vergehen und zu zerstieben.

»Tand, Tand ist das Gebilde aus Menschenhand«, schoss es Karl-Dieter durch den Sinn. Seine Müdigkeit war wie weggeblasen. Dieser alte Inselpastor schrieb mit einer Sprachgewalt, dass es einen mitriss. Karl-Dieter blätterte um.

Dieses Schiff war, wie man später erfuhr, ein ganz neues und am Mittwoch vorher von Bremerhaven aus zum ersten Mal in See gegangen. Kaum hatte man sich dem Eindrucke, den der Anblick des gestrandeten Schiffes von den Dünen aus machte, hingegeben, als man sich schon gedrungen fühlte, zum Strande zu eilen und dem Schiffe näher zu kommen. Fast war es nicht möglich, gegen den stürmenden Nordwest einherzuschreiten und von der Stelle zu kommen. Dazu trieb der Wind den Sand vor sich her, und wurde man dadurch am Sehen gehindert. Nahe dem Strande gewahrte man mehr von dem Schiffe und von dem, was auf demselben. Das Verdeck des Schiffes war überfüllt mit Menschen. Man sah Kopf an

Kopf. Und die Befürchtung, dass es ein Auswandererschiff sei, wurde nur zu bald traurige Gewissheit. Das Schiff wurde hin und her gestoßen. Die brausenden Wogen schäumten wild und sprühten gespenstigen Schaum aus. Die fortwährenden Brandungen ließen die Gefahr immer drohender werden. Es war noch nicht Flut, doch das Wasser schwoll an. Es überströmte bald den ganzen Strand bis an die Dünen.

Karl-Dieter schnaufte tief durch. Was für ein Krimi! Die armen Menschen! Hoffentlich überlebten sie die Katastrophe! Warum kommt ihnen denn niemand zur Hilfe?

Fast alle Insulaner waren am Strande. Man schaute, staunte, starrte. Was tun für die vielen auf dem Schiff, deren Jammergeschrei trotz des heulenden Sturmes, trotz des donnernden Getöses der gepeitschten Wogen doch uns ins Ohr und Herz drang? Ja, beim Dorfe hat man den Notschrei vernommen. Wir konnten den Angstschrei nur achselzuckend und stumm erwidern, nur durch Hüteschwenken ein Zeichen geben, dass wir ihre Not erkannten und fühlten. Was tun für die Unglücklichen?

Ganz genau, helft ihnen doch endlich! Steht nicht da und glotzt! Tut etwas! Karl-Dieters Herz schlug ihm nun bis zum Hals. Das kann doch wohl nicht wahr sein, dass man den Menschen nicht zur Hilfe eilt!

»Mit eurer Macht ist nichts getan«, rief Gott mit des Meeres donnernder Stimme.

Wie bitte? Das soll Gottes Werk gewesen sein? Dieses schreckliche Unglück soll Gott befohlen haben?

Was brach denn da aus dem Pastor heraus? Der eiskalte Theologe? Die große Sympathie, mit der Karl-Dieter den Schilderungen des Inselpastors gefolgt war, schlug um in blankes Entsetzen. Das durfte doch wohl nicht wahr sein! Was war denn das für ein Gottesbild? Gott, der unbarmherzige Richter, der kalte Herrscher über Leben und Tod? Der sein liebstes Geschöpf, den Menschen, grausam zugrunde gehen ließ, ja, ihn noch zum Zeugen seiner eigenen Ohnmacht machte? Dann lieber gar keinen Gott als einen solchen! Karl-Dieter spürte einen tiefen Widerwillen in sich wachsen, wie in einen geheimen Bann geschlagen aber musste er weiterlesen.

Leider sind wir hier von Rettungsanstalten noch ganz entblößt. Nicht einmal ein Rettungsboot ist da. Auf dem Schiffe befand sich ein Rettungsboot, konnte aber nicht benutzt werden, wie der Kapitän später geäußert hat. Man schaute, starrte mit der bangen Frage im Herzen: Was wills werden? Die steigende Flut kam immer noch nicht aufs Höchste – und Ebbe, auf die man hoffte wie auf einen rettenden Engel, trat auch nicht ein zur gewöhnlichen Zeit. Das Schiff bewegte sich hin und her, gleich als wenn es rang mit gewaltigem Schmerz, und jede gewaltsame Bewegung und Erschütterung desselben erschütterte auch aufs neue die erschrockenen Herzen der Schiffbrüchigen, immer mehr erzitternd vor dem brüllenden Meerungeheuer, das da suchte, sie zu verschlingen.

Karl-Dieter fühlte sich wieder etwas versöhnt mit dem Pastor. Kein Rettungsboot, es hatte noch kein

Rettungsboot auf Spiekeroog gegeben, damals im Jahr 1854! Da war es natürlich nicht möglich, zu helfen. Unmöglich hätte man sich in die Wellen stürzen können, man wäre selbst erbärmlich ertrunken. Und zusehen zu müssen und nicht helfen zu können, was für eine Qual!

Wir waren so nahe den in Not Schwebenden und blieben ihnen doch so fern und taten nichts für sie – konnten nichts tun. Das Schiff neigte sich in seiner ganzen Schwere wie ohnmächtig auf die eine Seite dem Meere zu, besonders da die gekappten Masten niederstürzten, Segel und Tauwerk und ach! auch Menschen mit sich fortreißend, die verwundet und zerdrückt ins Meer gerissen wurden.

Atemlos riss sich Karl-Dieter von der Lektüre los. Was für eine furchtbare Geschichte! Wie sollte er jetzt schlafen können? Erst das Elend seiner drei so grausam ermordeten Freundinnen und jetzt noch diese Gruselgeschichte. Er beschloss, das Licht zu löschen – doch dann las er weiter.

Retten zu können aus Todesgefahr ist ein süßes Gefühl. Ach, wir machten in diesem Augenblick die so bittere Erfahrung des Gegenteils. Wir konnten nicht retten. Das Rauschen der Wellen war ein Todesrauschen und erfüllte mit Todesgrauen, und der Tod forderte jetzt seine Opfer, gleichsam spottend aller, aller Angst der Unglücklichen und unserer Ratlosigkeit. Ein Kindlein trieb an. Und was die offenen Arme der Insulaner aufnahmen, war eine Leiche.

Nun war es genug! Das musste er sich nicht länger antun. Mit einer heftigen Bewegung warf Karl-Dieter das Heft zu Boden, dann löschte er das Licht. Was für eine furchtbare Geschichte! Hätte der Pastor das nicht verschweigen können, das mit dem Kind? Das war ja nicht auszuhalten. Innerlich aufgewühlt warf sich Karl-Dieter von einer Seite auf die andere und fand nur unruhig in den Schlaf. In seinen Fantasien mischte sich das Bild der Alten, von denen nur noch die winkenden Hände aus den Fluten schauten, mit dem Bild des kleinen Kindes, das durch die tosende See getrieben wurde. Karl-Dieter sah sich losstürmen, mitten in das mörderische Meer hinein. Jetzt war alles egal, jetzt durfte er den eigenen Tod nicht scheuen. Schwimmend, mit den Armen rudernd, warf er sich gegen die brüllenden Wellen, bis er das Kind erreichte, drückte es an sich und kämpfte sich mit ihm an der Brust zum Strand zurück. Mit unglaublicher Erleichterung spürte er, wie es noch lebte, wie es sich an ihn klammerte. Dieses Kind würde ihm keiner mehr nehmen, kein Mensch auf der Welt und erst recht kein Gott!

Es mochte gegen eins gewesen sein, als ein Geräusch die Freunde aus dem Bett riss, ein harter Schlag. Mit einem Satz war Mütze aus den Federn. Da war etwas gegen die Scheibe geknallt! Der Kommissar riss das Fenster auf. Das Zimmer ging zur Gartenseite hinaus, unten war alles dunkel und still. In null Komma nichts zog sich Mütze Jeans und Sweatshirt an und stürmte aus dem Zimmer, barfuß, während Karl-Dieter besorgt ans Fenster trat und hinaus in die Nacht blickte.

Mütze nahm den Nebenausgang, der vom Treppenhaus zum Garten führte. Hektisch sah er sich um. Kein Mensch war zu sehen. Schnell spurtete er zur Straße und sah das *Norderloog* hinunter. Auch hier nur gähnende Leere. Fieberhaft überlegte Mütze, ob er auf gut Glück in eine Richtung laufen sollte, doch die Aussicht, den Ruhestörer zu erwischen, war gleich null. Zu viele Nebengässchen gab es, zu viele Möglichkeiten, sich zu verstecken. Also kehrte er um und lief in den Garten, um nach dem Gegenstand Ausschau zu halten, der gegen ihre Scheibe geflogen war.

Er brauchte nicht lange zu suchen, direkt an der Hauswand glänzte etwas Rundes im Mondlicht. Mütze bückte sich, zog seinen Ärmel über die Hand und griff danach. Es war eine Frisbeescheibe. Mütze sah sich erneut um. Von wo mochte die Scheibe geworfen worden sein? Und hatte man tatsächlich ihr Fenster treffen wollen? Mit der Scheibe in der Hand ging Mütze zurück ins Hotel. Hier erst, im Notlicht des Treppenhauses, erkannte er, dass die Frisbeescheibe beschrieben war. Kreisförmig hatte jemand mit schwarzem Edding etwas auf dem äußeren Rund notiert: »Die drei Alten? Fragt Winni! Der wollte sie ins Watt führen.« In der Mitte der weißen Scheibe war ein schwarzer Totenschädel aufgedruckt.

Während sich der Nachtwind erhob und die letzten Wolken vom Inselhimmel blies, so dass die Sterne zu glitzern begannen, wie man sie sonst vielleicht nur im Hochgebirge bewundern konnte, während sich in den Dünen die Hasen aus den Höhlen trauten, während in der öden Gepäckhalle das ABC-Geschwader auf seine letzte Reise wartete, träumte alles auf Spiekeroog dem neuen Tag entgegen. Irgendwo auf der Insel aber schreckte jemand immer wieder auf und starrte in die Dunkelheit, sortierte jemand seine Gedanken, um sich dann beruhigt auf die andere Seite zu drehen: Tote haben einen großen Vorteil. Tote schweigen. Selbst die redseligsten Omas halten dann endlich ihren Schnabel. Der Schlaf soll des Todes Bruder sein. Auf den Schlaf aber kann man sich nicht verlassen, um so vieles verlässlicher ist doch der Tod.

Mittwoch

Blass und mit kleinen Augen saßen die beiden Freunde beim Frühstück. Weil die Sonne bereits durch die Blätter der Linde flirrte, hatten sie sich nach draußen auf die Veranda gesetzt, etwas abseits von den anderen Hotelgästen. Mütze bestellte sich zwei Spiegeleier mit Speck, Karl-Dieter eine Kanne Ostfriesentee zum Wachwerden. Lange hatten sie in der Nacht noch diskutiert, was es mit der Frisbeebotschaft wohl auf sich hatte. Jemand wollte Winni anschwärzen, so viel war klar. Alles andere blieb verworren. Wenn es tatsächlich jemanden gab, der der entscheidende Zeuge war, warum meldete er sich nicht persönlich, sondern warf anonym mit Frisbeescheiben um sich? Vielleicht, weil er gar kein Zeuge war, sondern Winni einen Mord anhängen wollte? Und wenn es so war, warum tat er das? Hatte er mit Winni eine Rechnung offen oder wollte er eine falsche Fährte legen, um von sich selbst abzulenken? War der Frisbeescheibenwerfer etwa selbst der Mörder?

Fragen über Fragen. Auch über das weitere Vorgehen hatten sie heftig diskutiert. Mütze war sich merkwürdig unsicher gewesen, ganz gegen sein Naturell. Sollte er den Wattführer mit der Scheibenbotschaft konfrontieren? Oder sollte er zunächst den Werfer ermitteln? Ging er zunächst zu diesem Winni, könnte dieser auf eine Idee kommen, die einem Ermittler gar nicht gefiel, er könnte versuchen, den Zeugen zum Schweigen zu bringen.

Die nette Kellnerin kam und servierte mit einem fröhlichen »Guten Appetit« die Spiegeleier, neben denen sich verführerisch der gebratene Speck kringelte. Karl-Dieter aber rümpfte die Nase, er war zunehmend zum Vegetarier mutiert, Mütze aber stürzte sich hungrig darauf. Kaum hatte er den Teller geleert, klopfte er auf die Plastiktüte, die an seiner Stuhllehne hing: »Ich muss zu Ahsen! Bis gleich!«

* * *

Ahsen saß bei einer Tasse Tee an seinem Schreibtisch. Die Spiralhalsmöwe hatte er beiseitegeschoben, um Platz für den *Ostfriesischen Boten* zu schaffen.

»Und, Ahsen, steht schon was über unsere Toten drin?«

Ahsen klopfte auf die Zeitung: »Natürlich! Und nicht nur im *Ostfriesischen Boten.*« Der Inselpolizist deutete auf einen Stapel von Zeitungen, der neben ihm auf dem Stuhl lag. »Ganz Deutschland weiß schon Bescheid.«

Mütze nickte. Klar, ersoff eine einsame Oma, war das kaum eine Meldung wert, ertranken drei Omas auf einmal, hatte man seine Sensation. So funktionierte die Presse. Dem Kommissar war das Aufsehen gar nicht recht, er ermittelte lieber in einem ruhigen Klima. Aber daran war nichts zu ändern.

»Was Neues?«, fragte Ahsen.

Mütze drehte die Plastiktüte um und ließ die Frisbeescheibe auf den Tisch fallen, wo sie einige Runden Hula-Hoop tanzte. »Nächtlicher Fliegerangriff auf unser Zimmerfenster. Vorsicht, nicht anfassen!«

Ahsen drehte den Kopf, um der Schrift zu folgen, die auf der Scheibe stand. »Winni?«, sagte er überrascht.

»Ich weiß schon, er ist schwer okay.« Mützes Ironie war unüberhörbar.

»Und nun?«, fragte Ahsen.

»Wer wirft auf Spiekeroog mit Frisbeescheiben um sich?«

»Frisbee? Jeder! Ist bei uns Nationalsport.«

»Okay, dann erzähl mir jetzt mal was über diesen Winni.«

»Was soll ich da erzählen?«

»Alles was du weißt.«

»Winni ist einer von uns, ein Insulaner. Lebt seit ewigen Zeiten auf Spiekeroog. Kennt das Watt wie seine Westentasche. Lebt allein in seinem Häuschen *Up de Dünen*.«

»Keine Familie?«

»Nein, Junggeselle, immer schon gewesen.«

»Freunde?«

»Lebt zurückgezogen. Sein einziges Hobby ist der Amateurfunk. Mittwochs geht er immer zum Skatspielen ins *Sir Georg's Pub*.«

»Mit wem spielt er?«

»Mit Borni, unserem Hafenmeister, und Jan, dem Surflehrer.«

»Mittwochs, sagst du?«

»Ja, genau.«

»Also heute?«

»Heute, so ab acht.«

»Kannst du die Scheibe hier zur Spurensicherung schicken?«

Mütze war sich sicher, dass man Fingerabdrücke finden würde. Es erschien ihm unmöglich, eine Frisbeescheibe präzise zu werfen, wenn man Handschuhe trug. Ahsen nickte und wollte die Scheibe mit seiner Schere in die offengehaltene Tüte schieben, als Mütze

»Moment!« rief. Er zog sein Smartphone aus der Hosentasche und schoss ein Foto von dem Fluggerät. Dann stupste er das weiße Plastikteil eigenhändig in die Tüte.

»Und sonst?«, seufzte Ahsen. Im Gegensatz zu Mütze liebte er es überhaupt nicht, Morde aufklären zu müssen. Nichts konnte schöner sein als ein Leben als Inselpolizist. Normalerweise. Hier mal eine beschmierte Sitzbank, dort mal ein heimlich entliehenes Rad, auf Spiekeroog ging es herrlich beschaulich zu. Und jetzt gleich drei Leichen auf einmal! Hoffentlich schnappten sie den Täter bald. Bestimmt stammte er nicht von Spiekeroog. Alles Böse kam vom Festland, davon war Ahsen überzeugt.

»Lass uns noch mal durchgehen, was wir bisher haben und was für Winni als Täter spricht«, sagte Mütze und gab der Spiralhalsmöwe einen Stoß. »Wir wissen, dass die drei Alten am Sonntagmorgen um kurz vor sechs, quasi mitten in der Nacht, losgezogen sind, nach der Schilderung ihres Pensionswirtes waren sie konspirativ gestimmt. Sie trugen Gummistiefel, das spricht für ihre Absicht, ins Watt zu gehen. Wir wissen, dass sie sich die Telefonnummer des Wattführers hatten geben lassen und wir kennen den Spruch, den sie sich in die Hälse geritzt haben: MORD! ES WAR WA – WA wie Wattführer. Der Wattführer bestreitet, von den Alten gehört zu haben, dann jedoch fliegt die Frisbeescheibe an meine Scheibe und behauptet das Gegenteil. Das stinkt doch zum Himmel!«

Ahsen ließ die Schultern hängen. Er musste zugeben, dass sich die Schlinge zuzog. Die Hinweise verdichteten sich, dass der gute Winni die Alten auf dem Gewissen hatte, und doch war es bislang nicht mehr als ein Verdacht. Winni war doch kein schlechter Mensch.

»Was könnten die drei im Watt gesucht haben?«, fragte Mütze Ahsen noch einmal. Das war die zentrale Frage, von ihr hing alles ab. Ahsen zuckte mit den Schultern. Er hatte keine Ahnung.

»Beweise für ein Umweltverbrechen?«, hakte Mütze nach. »Vielleicht haben sie mit ihren Hightech-Operngläsern etwas Verdächtiges beobachtet.«

Ahsen sah Mütze groß an.

»Euer Wattenmeer ist doch streng geschützt, warum auch immer«, fuhr Mütze fort und gab der Möwe erneut eins auf den Schnabel, »ein deutscher Nationalpark, UNESCO-Welterbe sogar. Was, wenn da draußen jemand was Unsauberes plant?«

»Vor Jahren hat es mal Ärger gegeben, als eine Öl-Pipeline durchs Watt gelegt werden sollte«, sagte Ahsen und kratzte sich am Kopf, »das war aber weit weg von hier, in Nordfriesland. Bei uns plant niemand eine Pipeline. Vor 'nem Jahr gab's mal Ärger mit einem holländischen Frachter, der nach einem Sturm vor Langeoog gestrandet war. Konnte aber zum Glück unbeschädigt wieder geborgen werden.«

»Müllverklappung, heimliche Fahrwasservertiefung, illegaler Wattwurmfang?«

»Ich weiß von nichts. Aber ich kann gerne mal unseren Bürgermeister fragen, vielleicht hat der was mitgekriegt.«

»Sei so nett. Aber vorher wollen wir uns um Winni kümmern, hör zu, ich habe folgenden Plan …«

Eine Viertelstunde später stand Ahsen mit blassem Gesicht vor Winnis Haus in dem schmalen Weg *Up de Dünen*. So viel Platt verstand Mütze, dass das »auf den Dünen« bedeuten musste. Ahsen schellte, und der Kommissar hielt sich wie abgesprochen hinter der Gartenhecke versteckt, von wo aus er einen guten Blick auf das kleine Haus des Wattführers hatte. Seltsame Antennen wuchsen aus dem Dach. Dass es noch Amateurfunker gab im Zeitalter des Mobilfunks! Mütze duckte sich. Sobald Ahsen Winni das Foto von der Frisbeescheibe gezeigt hatte, würde sich der Inselpolizist wieder verabschieden und Mütze würde die Observierung übernehmen. Mit etwas Glück würde Winni sich verraten. Denn wer nervös war, der machte Fehler.

»Wenn du Winni suchst, der ist nicht zu Hause.« Aus dem geöffneten Fenster des Nachbarhauses beugte sich eine Frau mit Kopftuch und winkte Ahsen mit einem Staubwedel zu. Es war Ilse Jappsen, die sich als Putzfrau ihr Geld verdiente. Sie war gerade dabei, eine Ferienwohnung zu säubern.

»Wo ist er denn hin?«, fragte Ahsen.

»Keine Ahnung. Nicht zum Watt jedenfalls, er hatte

keine Gummistiefel an. Ich glaub, er will verreisen, er hatte so einen Rucksack in der Hand.«

»Danke, Ilse!«, rief Ahsen und ging zur Straße zurück.

Mütze, der alles mitbekommen hatte, kam hinter der Hecke hervor.

»Schnell«, sagte er, »ab zum Hafen!«

Mütze sprang auf den Gepäckträger von Ahsens Dienstrad, in mühsamen Schleifen nahm der Inselpolizist Fahrt auf. Mitten durch das Dorfzentrum ging die Fahrt, durch die Fußgängerzone im Zick-Zack an den Urlaubsgästen vorbei, als Martinshornersatz diente Ahsens Fahrradklingel, »Verfolgungsjagd auf Spiekeoogisch!«, dachte sich Mütze und rollte mit den Augen. Am Pavillon vor dem Rathaus lehnte sich Ahsen zu rasant in die Kurve, er verlor das Gleichgewicht und die Herren Polizisten purzelten vom Rad. In diesem Moment kam Freddy Wintergras mit seinem Transport-Tesla vorbei. Augenblicklich stieg er in die Bremsen und fuhr sich lachend durch das blondierte Haar.

»Zum Hafen? Kann ich die Herren mitnehmen? Schmeißt einfach das Rad hinten rein und kommt zu mir auf den Bock!«

Und los ging die Fahrt.

»Wohin so eilig?«, wollte er wissen.

»Es ist dienstlich«, erwiderte Ahsen und machte eine sehr amtliche Miene.

»Oho, verstehe«, lachte Freddy und klopfte sich eine Pastille aus einer Dose, »hat wohl jemand seine Kurtaxe nicht bezahlt?«

Die Polizisten waren froh, als sie das Ziel erreichten. Dieser Mensch war einfach unerträglich. Schnell sprangen sie aus der Angeberkiste und rannten zum Hafenbecken hinunter.

»Hat der nicht nach Rum gestunken?«, fragte Mütze misstrauisch.

»Is nur Rum-Aroma«, antwortete Ahsen, »seine Spezialpastillen, *Fisherman's Friend* mit Rumgeschmack, Extraanfertigung für Freddy.«

Sie kamen zu spät. Die *Spiekeroog I* hatte bereits abgelegt und dampfte davon, begleitet vom lebhaften Winken der zurückbleibenden Gäste. Ahsen und Mütze blieben am Kai stehen. Ob Winni die Flucht ergriffen hatte? Oder ob er nur mal kurz aufs Festland wollte, wie so viele Insulaner? Für eine Fahndung reichten die Indizien noch nicht aus, das wusste Mütze nur zu genau.

»Muss er heute nicht durchs Watt führen?«, fragte er Ahsen misstrauisch.

»Moment«, schnaufte Ahsen und zog den Veranstaltungskalender von Spiekeroog aus der Tasche, »doch! Hier steht's: In drei Stunden geht's los!«

»Dann müsste er ja mit der nächsten Fähre bereits wieder zurück.«

»Oder mit der übernächsten. Vielleicht will er nur eine Kleinigkeit in Neuharlingersiel besorgen. Viele

Insulaner erledigen auch ihre Geldgeschäfte lieber auf dem Festland.«

»Warum?«

»Spiekeroog ist winzig. Da spricht sich alles herum.«

»Verstehe. Wann soll die Wattwanderung denn genau starten?«

»Um 13.30 Uhr.«

»Dann werden wir dort sein.«

»Um ihm das Foto zu zeigen?«, fragte Ahsen beklommen.

»Nein, nur um zu sehen, ob er nicht getürmt ist. Das mit dem Foto machen wir wie geplant bei seinem Haus.«

»Und wenn er getürmt ist?«

»Dann informieren wir den Staatsanwalt«, sagte Mütze und über sein Gesicht huschte ein zufriedenes Lächeln.

Ahsen schaute Mütze erstaunt an. Lächelte er wirklich? Der Inselpolizist war verblüfft und erleichtert zugleich. Gab's denn das? Gerade war ihnen der Hauptverdächtige entwischt, warum explodierte Mütze nicht? Warum machte er ein Gesicht, als hätte er den Fall gerade gelöst? – Ach Ahsen! Er war eben kein vom Leben gestählter Kommissar.

Mützes Zufriedenheit hatte einen ganz simplen Grund. Wenn Winni vorhatte unterzutauchen, wunderbar! Denn dann beging er den entscheidenden Fehler, dann hatten sie wirklich etwas in der Hand. Mütze zweifelte nicht daran, dass der Staatsanwalt in diesem Fall auf der Stelle einem Hausdurchsuchungsbeschluss zustimmen würde. Und dass sie in Winnis Wohnung fündig werden würden. Denn warum sollte Winni flüchten, wenn ihm nichts nachzuweisen war? Zudem die Sache mit der Frisbeescheibe! Es gab einen Zeugen, den Winni fürchten musste. Vielleicht wurde Winni auch erpresst, vielleicht war das der Grund für seine Flucht. – »Ey, Winni, ich hab dich doch neulich gesehen, wie du die drei alten Hexen ins Watt geführt hast. Kohle her, sonst sitzt du!« – Winni musste befürchten, dass der Frisbeewerfer auspacken würde. Der hatte seine Frisbeescheibe vielleicht nur gegen ihr Fenster segeln lassen, um Winni nervös zu machen und seine Forderungen zu unterstreichen.

Dass ihnen Winni durch die Lappen gehen würde, fürchtete Mütze keine Sekunde. Wo wollte er schon hin? Die Erfahrung zeigte, dass man so ziemlich jeden flüchtenden Verbrecher früher oder später aufspürte. Schlimm war es, wenn es sich um einen gewalttätigen Psychopathen handelte, denn dann musste die Bevölkerung gewarnt werden. Dass Winni jedoch auf seiner Flucht jemanden um die Ecke bringen würde, war so wahrscheinlich, wie die deutsche Fußballmeisterschaft von Herne-West. Den Mord am ABC-Geschwader musste Winni aus einem sehr konkreten Grund begangen haben, nicht aus Mordlust. Oder täuschte er sich? Konnte es sein, dass Winni die drei Alten aus reiner Lust am Töten im Watt allein zurückgelassen hatte? Um sich an deren Untergang zu erfreuen? Sehr, sehr unwahrscheinlich. Viel wahrscheinlicher war ihre Ursprungshypothese. Die Alten waren einer heißen Sache auf der Spur gewesen, darum hatten sie ihr Leben lassen müssen.

Nun gab es zwei Möglichkeiten: Winni war tatsächlich auf der Flucht, dann würden sie den Staatsanwalt informieren. Oder er kam zurück, dann würden sie den ausgeheckten Plan ausführen. Mütze liebte diesen Moment, den Zeitpunkt, wenn er nicht mehr auf einen Zufall hoffen musste, sondern Herr der Ermittlungen war. Lächelnd sah er zu *Mausis Hafenbude* hinüber. Zeit, den Tag mit einem ersten Pilsken zu begrüßen!

* * *

Während die Herren Polizisten auf der Jagd nach dem Mörder waren, war Karl-Dieter mit ganz anderen Dingen beschäftigt. Nach dem Frühstück hatte er den Hotelier der *Linde* darum gebeten, dessen Computer nutzen zu dürfen. Uwe Nielsen, der sein Haus mit gelassener Freundlichkeit führte, war sofort einverstanden gewesen. In seinem kleinen Büro, das sich hinter der Küche befand, entwarf Karl-Dieter die vielleicht persönlichste Todesanzeige, die Spiekeroog je erlebt hatte. Er war fest entschlossen, kleine Plakate auf der Insel zu verteilen, die zur Beerdigung einluden. Denn was half die schönste Trauerfeier, wenn keine Trauergäste kamen? Gut, dass sich der Bühnenbildner auch mit Photoshop auskannte. Ins Zentrum des

Plakats setzte er das Foto seiner verstorbenen Freundinnen, die Aufnahme, die das ABC-Geschwader auf der Pferdekutsche zeigte. Wie süß lächelten die drei in die Kamera, verschmitzt und fröhlich zugleich!

Das Foto gab ihren Charakter treffend wieder. Nie hatten sie sich gehen lassen, nie hatten sie ihr Gegenüber durch die Aufzählung von Altersgebrechen gelangweilt. Und wenn sie doch einmal von einem Arztbesuch erzählt hatten, dann nur, weil sich eine witzige Anekdote damit verband. Ob es an den harten Erfahrungen des Krieges und der Nachkriegsjahre gelegen hatte? Vielleicht erschien einem dann alles andere sonnig und leicht. – Sonnig und leicht! Karl-Dieter hatte sie heimlich um diese Haltung beneidet. Er selbst nahm die Dinge oft schwer, manche behaupteten gar, er sei melancholisch. Karl-Dieter hatte sich eine Antwort auf diesen Vorwurf zurechtgelegt. Nein, melancholisch sei er nicht, er sei höchstens naturtrüb. Dann fing sein Gegenüber gewöhnlich an zu lachen und das Thema war abgehakt.

Anders als Mütze, der den kleinen Niko auf dem Foto geschwärzt hatte, ließ Karl-Dieter das Foto, wie es war, mit dem lachenden Jungen in der Mitte des ABC-Geschwaders. Niemals hätte er an dem Bild Hand angelegt. Was für eine glückliche Woche hatte er mit seinem kleinen Schützling genossen! Wenn nur Mütze nicht so komisch wäre. Von Jever, wo Niko nun mit seiner Mutter lebte, war es doch nach Spiekeroog nur ein Katzensprung. Zumindest einen gemeinsamen Nachmittag könnte Mütze ihm doch gönnen, nur um zu sehen, dass es Niko gut ging. Befürchtete Mütze immer noch, dass der Kinderwunsch bei seinem Partner wiedererwachte?

Um das Pferdekutschenfoto hatte Karl-Dieter zunächst einen zarten Trauerrand gezogen, diesen dann aber wieder gelöscht. Was sollte so ein Trauerrand? Die Österreicher nannten eine Beerdigung nicht Beerdigung, sondern Auferstehungsfeier. Das war die richtige Einstellung! Nicht nach unten, nicht zum Grab sollte der Blick gehen, sondern hinauf in den Himmel. Es soll sogar eine Zeit gegeben haben, da hat man auf dem Friedhof getanzt, bis die Amtskirche dagegen eingeschritten war. Was für ein Blödsinn! Ausgerechnet die Kirche, die doch ständig das Wort vom ewigen Leben im Mund führte. Gab es das ewige Leben, warum sollte man dann nicht auf den Gräbern tanzen? Die Mexikaner taten das jedes Jahr am ersten November.

Lange feilte Karl-Dieter an dem Text, bis er sich schließlich sicher war, den richtigen gefunden zu haben. Zufrieden las er ihn noch einmal durch:

> *Agathe, Bertha und Cecilie laden herzlich ein, sie auf dem Weg zu ihrem letzten Dünendomizil zu begleiten. Am Donnerstag um 14 Uhr findet eine kurze Lebenserinnerungsfeier im Eichenwäldchen vor dem Inselfriedhof statt, anschließend das Begräbnis. Die Heimgegangenen würden sich freuen, wenn sich alle, die Spiekeroog ebenfalls ins Herz geschlos-*

sen haben, für ein Stündchen Zeit nehmen würden. Ein kleiner Imbiss wird die Feier abschließen, auch dazu ergeht herzliche Einladung.

Für den Imbiss hatte sich Karl-Dieter etwas Besonderes einfallen lassen. Die Idee von dem Waffelessen in der *Teetied* hatte er wieder fallen lassen. Stattdessen würde man gemeinsam den *Slurpad* entlang zum Badestrand gehen, zum Strandkorb des ABC-Geschwaders. Dort würde man miteinander anstoßen, mit einem Sekt von *Schröders*, und er würde feierlich den Trauerflor entfernen, als Zeichen dafür, dass das Leben weiterging.

Karl-Dieter klickte das Druckersymbol an, dann die Ziffer 10. So viele Aushänge sollten es schon werden. Für die Kirchen, die Kästen der Kurverwaltung, den Buchladen, für *Schröders*, die *Linde* … Ach, lieber noch zehn Exemplare mehr! Erneut setzte Karl-Dieter den Drucker in Marsch.

Die katholische Inselkirche ragte wie ein spitzes Zelt in den blauen Inselhimmel. Sie stand am westlichen Dorfrand auf einer der höchsten Dünen, man sah sie schon von Weitem. Mit den frischen DIN-A4-Ausdrucken in der Strandtasche stieg Karl-Dieter den Weg zu ihr hinauf. Auch wenn er nicht sonderlich religiös war, jedenfalls nicht im kirchlichen Sinne, erschien es wichtig, die Plakate zunächst an einen sakralen Ort zu bringen, ja, nachdem er die Kirche betreten hatte, benetzte er seine Finger sogar mit etwas Weihwasser und strich damit kreuzförmig über den Blätterstapel, wodurch er allerdings die Tinte des ersten Blattes verwischte. Nicht weiter tragisch, er hatte ja genügend ausgedruckt.

Kein Mensch war um diese Zeit in der Kirche. Karl-Dieter nahm einen Augenblick auf einem der hinteren Stühle Platz und hing seinen Gedanken nach. Ihm gefielen die einfachen Klappstühle, auf die man Kissen mit selbstgehäkelten farbenfrohen Hüllen gelegt hatte. Die Stühle passten gut zu dem Zelt. Alles hatte eine spontane, fast provisorische Anmutung. Ein Zelt war ja nur ein Haus auf Zeit, das man jederzeit wieder abbrechen und anderswo aufbauen konnte. Dieses Dünenzelt bestand nicht darauf, für alle Ewigkeiten seinen Platz behaupten zu müssen, es war kein stolzer Dom, der mehr seinen Stifter als den Schöpfer loben sollte, es war ein Symbol für die wandernde und sich stets erneuernde Christenheit. Auch dass die Kirche auf Sand und nicht auf sicherem Fels gebaut war, ganz entgegen der Botschaft des Evangeliums, machte sie Karl-Dieter sympathisch. In dem lichten, hohen Raum hatte man bunte Stoffschiffe aufgehängt, die mit geblähten Segeln neue Ziele suchten. Karl-Dieter sprach ein kleines Gebet für seine Freundinnen. Auf solch einem fröhlichen Himmelsschiff waren sie vielleicht gerade unterwegs, hin zu neuen, unbekannten Ufern. Mochten sie ihr Ziel glücklich erreichen!

Auf einem der benachbarten Klappstühle hatte jemand ein Gesangbuch liegen lassen. Karl-Dieter beugte sich zur Seite und nahm es in die Hand. Als Kind hatte er mit seiner Tante Dörte, die ihn nach dem Tod seiner Mutter aufgezogen hatte, oft die Messe besucht. Einige Lieder waren ihm in lieber Erinnerung geblieben, besonders die Weihnachtslieder. Eines gab es, das er nicht singen konnte, ohne dass es ihm die Tränen in die Augen trieb, es war das Lied, »Zu Bethlehem geboren«. Nach ihrem letzten Spiekeroog-Aufenthalt, der glücklichsten Zeit seines Lebens, hatte er sich mit der dritten Strophe oft in den Schlaf geweint. Karl-Dieter schlug es auf. Der Text stammte von Friedrich Spee, einem Jesuitenpater der Barockzeit, der mutig gegen die Hexenverbrennung aufgestanden war und sich selbst dadurch in große Gefahr gebracht hatte.

O Kindelein, von Herzen,
dich will ich lieben sehr,
in Freuden und in Schmerzen,
je länger mehr und mehr.
Eja, eja, je länger mehr und mehr.

O Kindelein von Herzen, dich will ich lieben sehr! – Wieder spürte Karl-Dieter die Tränen quillen. Ein Jahr war das jetzt her. Für eine Woche ist er Vater gewesen, als er sich um den kleinen Niko hatte kümmern dürfen, den ihnen ein Engel vor die Tür gelegt hatte. Mütze hatte es mit Bauchgrimmen ertragen, hatte ihn beim Abschied zu trösten versucht, ein Kind bedeute doch letztlich auch viel Kummer und Schmerz. Was für ein kümmerliches Gegenargument! Niemand wusste doch besser als er, dass man als Vater viele harte Stunden und viel Leid erdulden musste. Und doch, auch der Schmerz speiste sich doch einzig aus der unendlichen Liebe zu seinem Kind und für diese Liebe konnte es keinen Ersatz geben. – In Freuden und in Schmerzen, je länger mehr und mehr!

Seufzend legte Karl-Dieter das Gesangbuch wieder zur Seite. Genug der Gefühlsduselei! Nun musste er sich an die Arbeit machen. Karl-Dieter trat wieder aus der Kirche heraus und zog die Tesafilmrolle aus der Tasche. Er wollte gerade das erste Plakat anbringen, als bei dem benachbarten Haus die Tür geöffnet wurde. Eine Frau trat ans Licht, die Sonne ließ ihre Haare rot entflammen. Nora! Karl-Dieter strahlte. Seine alte Freundin! Nora, die Inselhure! Auch Nora hatte ihn sofort erkannt, kam lachend auf ihn zu und fiel ihm um den Hals. Mit kaum einem zweiten Menschen hatte Karl-Dieter so gute Gespräche führen können wie mit Nora. Sie hatte bereits das Rentenalter erreicht, fühlte sich aber noch rüstig genug, um weiterzuarbeiten, wofür alle Spiekerooger dankbar waren, auch diejenigen, die nicht zu ihren Kunden zählten. Nora gehörte zu Spiekeroog, wie die Muscheln zum Strand, pflegte ein jeder zu sagen, und sie machte ihre Arbeit immer noch mit Liebe. Karl-Dieter war erstaunt, sie an diesem Ort zu treffen. Das *Vögelhäuschen*, ihr kleines Wohnhaus, das ihr zugleich als Arbeitsplatz diente, lag doch am Pollerdiek, also in einer ganz anderen Ecke des Dorfes.

»Mensch Nora! Was machst du denn hier draußen?«, fragte er freudig.

»Hausbesuch. Alter Kunde, also wirklich alter Kunde. Opa Knut. Hat neulich seinen 90sten gefeiert. Alle Jubeljahre ruft er mich mal an, immer am Morgen«, sagte Nora und zwinkerte Karl-Dieter mit schelmischem Lächeln zu.

»Immer am Morgen?« Karl-Dieter stand auf der Leitung.

»Na, du weißt schon, immer dann, wenn er noch einmal von einem unverhofften Aufstand überrascht wird. Dann muss ich alles stehen und liegen lassen und schauen, dass ich es noch rechtzeitig schaffe.«

»Und hast du's noch rechtzeitig geschafft?«, fragte Karl-Dieter und musste grinsen.

»Und ob«, sagte Nora, »Aufstand erfolgreich niedergeschlagen.«

Sie setzten sich auf eine Dünenbank und waren sogleich in das lebhafteste Gespräch vertieft. Nachdem sie sich erzählt hatten, was sie seit dem letzten Sommer so alles erlebt hatten, wollte Nora wissen, was er mit dem Tesafilm vorhabe. Karl-Dieter zog die Todesanzeige hervor, Nora erschrak heftig.

»Oje! Das sind doch deine alten Freundinnen. Mensch, das tut mir aber leid. Ich hatte natürlich davon gehört, von den drei ertrunkenen Frauen, aber dass es das ABC-Geschwader war, nie hätte ich damit gerechnet!« Nora hatte die Bottroper Seniorinnen im letzten Jahr durch Karl-Dieter kennengelernt, sie hatte ebenfalls mit in der Pferdekutsche gesessen, als das Foto geschossen worden war. »So ein Unglück! Das

Watt ist lebensgefährlich, da darf man nie alleine reingehen«, sagte Nora und ihre Augen wurden feucht.

»Vielleicht sind sie nicht alleine hinein.«

»Wie meinst du das?«

Karl-Dieter zögerte einen Moment. Mütze würde wütend werden, wenn er Ermittlungsdetails ausplauderte. Andererseits, mit Nora war das doch was anderes. Sie gehörte gewissermaßen zur Familie. Da hatte man doch keine Geheimnisse voreinander. »Es gibt Hinweise, dass man die drei ermordet hat.«

»Mein lieber Herr Klabautermann! Wer macht denn so was?« Nora blieb der Mund offen stehen.

»Wir haben den Verdacht, die drei sind draußen im Watt einer Sache auf der Spur gewesen.«

»Einer Sache auf der Spur? Was denn für eine Sache?«

»Das wissen wir eben noch nicht. Vielleicht einem Umweltverbrechen. Irgendeiner Schurkerei, weshalb man sie mundtot gemacht hat.«

»Um Gottes willen, die Armen! Du meinst, man hat sie absichtlich ertrinken lassen?«

»Könnte gut sein.«

»Und dein Mütze ist den Mördern auf den Fersen?«

Karl-Dieter nickte.

»Seid ihr denn jetzt verheiratet?«

Karl-Dieter schüttelte den Kopf und sein Blick wurde trüb.

»Ach, mach dir nichts draus«, sagte Nora, um ihn wieder aufzuheitern, »darauf kommt es doch nicht an.«

»Worauf kommt es im Leben schon an?«, fragte Karl-Dieter mit einer deutlichen Prise Resignation.

»Darauf, das Leben zu leben!«, sagte Nora entschlossen.

»So wie Opa Knut?«, fragte Karl-Dieter und musste plötzlich lachen.

»Zum Bleistift«, erwiderte Nora und fiel in das Lachen mit ein.

Karl-Dieter musste los, leider, wie er betonte. Sie verabredeten ein baldiges Treffen. Auch zu der Beerdigung würde Nora selbstverständlich kommen, versprach sie, und gab Karl-Dieter zum Abschied einen schmatzenden Kuss.

* * *

Genüsslich ließ sich Mütze noch ein zweites Bierchen schmecken und futterte dazu ein Krabbenbrötchen. Karl-Dieter bekam's ja nicht mit. Krabben solle man nicht essen, weil sie ökologisch höchst fragwürdig nach Afrika verschifft würden, um dort gepult zu werden. Mütze konnte über solche Argumente nur den Kopf schütteln. War eine Krabbenpulmaschine in Neuharlingersiel etwa besser? Das Krabbenpulen brachte doch Jobs nach Afrika und Jobs konnten die Afrikaner schließlich dringend gebrauchen. Herzhaft biss er in das Brötchen hinein und spülte mit einem Schluck Bier hinterher. Einfach köstlich! Drei Sterne für *Mausis Hafenbude*.

Ahsen war schon zurück ins Dorf, um den Bürgermeister wegen möglicher umstrittener Projekte im Watt zu befragen. Zunächst hatte Mütze mit Ahsen überlegt, am Hafen auf die einlaufenden Fähren zu warten, sie waren aber von der Idee wieder abgekommen. Es reichte völlig, um halb zwei zum Watt zu gehen und aus der Ferne zu beobachten, ob Winni wiederaufgetaucht war. Dann würden sie ihn am Nachmittag erneut daheim aufsuchen, Ahsen würde ihm das Frisbeescheibenfoto zeigen und Mütze ihn observieren. Und wenn er nicht zurückkommen sollte, trat Plan B in Kraft. Sie hatten Deichgreen, den Staatsanwalt, schon informiert, er war mit dem Vorgehen absolut einverstanden.

Mütze nahm erleichtert einen tiefen Schluck aus seinem Pilsglas. Auf das Wohl der Drillinge! Mit dem blonden Fallbeil wäre alles deutlich schwieriger gewesen. Der Mutterschutzvertretungsstaatsanwalt hatte versprochen, den Hausdurchsuchungsbefehl unverzüglich zu beantragen, wenn feststand, dass Winni getürmt war. Und den genehmigten Beschluss dann ganz modern als E-Mail-Anhang direkt aufs Handy zuzustellen. Dann würden sie Winnis Bude gründlich zerlegen. Eine Weile hatten sie noch herumgerätselt, wer wohl der geheimnisvolle Frisbeewerfer sein könnte, waren aber zu keinem Ergebnis gelangt. Zum Glück war Spiekeroog sehr übersichtlich. Wenn sich Fingerabdrücke fanden, wovon Mütze überzeugt war, würden sie den Werfer finden. Er trank aus. Zurück zum Dorf!

Um viertel nach eins gingen Mütze und Ahsen zum Hafen, zum Windhukk, wo die Wattwanderungen begannen. Als sie am letzten Deich anlangten, der die Insel vom Wattenmeer trennte, schlugen sie den Weg nach links ein, um aus sicherer Entfernung zu beobachten, ob Winni erschien. Die beiden Polizisten setzten sich auf eine Bank mit Wattblick und Ahsen zog seinen Feldstecher aus der Tasche. Das schwere Teil war zwar nicht so modern wie die Operngläser des ABC-Geschwaders, tat aber auch seine Dienste.

»Und?«, fragte Mütze gespannt.

Ahsen drehte noch an dem Rädchen, ein schmales Boot geriet in seinen Blick, bei dem ein Glatzkopf am Steuer saß.

»Unser Jungforscher kommt von seinen Messungen zurück.«

»Was ist mit dem Watt?«, wollte Mütze ungeduldig wissen.

Ahsen schwenkte nach links, dann hatte er die Gruppe scharf im Blick. »Ich werd nich mehr«, sagte er.

»Was ist denn? Siehst du Winni?«

»Ne, ne«, flüsterte Ahsen, »aber Reibeisen-Ronja sehe ich.«

»Reibeisen-Ronja?«

»Ja. Macht ebenfalls Wattwanderungen.«

»Komm mit!«, rief Mütze.

Gemeinsam liefen sie den Deich hinunter, mitten über die Wiese. Sie mussten aufpassen, nicht zu stürzen, so steil ging es bergab. Fünf Minuten später hatten sie die Gruppe erreicht, unmittelbar vor ihrem Abmarsch. Reibeisen-Ronja war eine hagere, hochaufgeschossene Frau um die vierzig mit einer unglaublichen Stimme. Sie klang rau wie ein Reibeisen und auch ansonsten war Ronja von herbem Charme.

»Einen Moment«, sagte Mütze. Sie nahmen Reibeisen-Ronja beiseite, die der Bitte nur unwillig nachkam.

»Wieso führst du heute und nicht Winni?«, wollte Ahsen wissen.

»Winni kann nicht«, vibrierte Reibeisen-Ronja, »er musste wohin.« Ihre Stimme klang wirklich eindrucksvoll.

»Wann hat er Sie gebeten, ihn zu vertreten?«, fragte Mütze.

»Heute früh.«

»Hat er gesagt, wo er hin muss?«

»Hören Sie, wir Insulaner stellen keine großen Fragen. Wenn wir helfen können, dann helfen wir. Kann ich jetzt los?«

»Hat er gesagt, wann er wieder zurückkommt?«

»Nein, warum sollte er?«

Kein Netz! Es war zum Mäusemelken. Sie waren extra noch auf den Deich zurückgestiegen, doch weder Ahsens Handy noch Mützes Apparat brachte eine Leitung zustande.

»Gibt gelegentlich Störungen«, sagte Ahsen etwas verlegen, so, als wäre er schuld daran.

Ohne Hausdurchsuchungsbefehl keine Hausdurchsuchung, so ein Mist! Mütze drückte verärgert auf seinem Smartphone herum, erneut ohne Erfolg.

»Wir versuchen's übers Festnetz bei mir auf der Wache«, schlug Ahsen vor, »dann kriegen wir den Befehl eben per Fax.«

Mütze zögerte. Deichgreen hatte gesagt, er schicke ihnen den Hausdurchsuchungsbefehl aufs Handy, wenn Winni nicht zurückkommt. Und dieser Fall war eingetreten. Warum unnötig Zeit verlieren? Bloß weil auf der Insel das Netz mal wieder löchrig war? Die Ausstellung des Hausdurchsuchungsbefehls war doch nur eine Formalie! Winni lebte allein, niemand war zu Hause. Sie mussten sich ohnehin gewaltsam Zutritt zu seiner Wohnung verschaffen. Doch als Mütze sah, wie Ahsen das Gesicht verzog, gab er seufzend nach. Ahsens größter Albtraum war es, nach Baltrum strafversetzt zu werden. Baltrum erschien dem Inselpolizisten als der Inbegriff des Schreckens. »Ein Leben auf Baltrum ist bald rum«, entwich es ihm in bangen Momenten. Eine Haussuchung ohne entsprechenden Befehl und Baltrum rückte bedrohlich näher.

»Also los!«, sagte Mütze.

Hätte Ahsen seinen Fernstecher noch einmal aufs Watt gerichtet, so wäre ihm vielleicht aufgefallen, dass Reibeisen-Ronja, während sie mit ihrer Gruppe ins Watt stapfte, ihnen noch öfters hinterhersah, bis sie hinter dem Deich verschwunden waren.

Mütze und Ahsen marschierten mit strammem Schritt die *Wüppspor* zurück. Als sie das Dorf erreichten, duftete es bei der *Bunten Kuh* so verführerisch nach frischen Waffeln, dass sie beschlossen, sich noch eine gut gefüllte Eistüte zu gönnen. So viel Zeit musste sein. Hungrig sollte man nicht auf Mörderjagd gehen, war Mützes Devise. Sie hatten sich gerade in die Schlange gestellt, als Ahsen Mütze mit dem Ellenbogen anpuffte.

»Schau mal«, sagte er und deutete auf einen nahen Baum, an dessen Stamm ein Zettel befestigt war. Das ABC-Geschwader! Mütze trat überrascht näher und war peinlich berührt. Mensch, Karl-Dieter! Eine Nummer kleiner hätte es doch auch getan. Hing die Anzeige nun etwa überall auf der Insel?

»Die drei kennen wir doch«, hörte Mütze eine Frau neben sich mit betroffener Stimme zu ihrer deutlich älteren Freundin sagen.

»Freilich«, antwortete diese mit bayerischem Dialekt, »das sind doch die drei Omas von der *Teetied*, die so nett gewesen sind, uns an ihren Tisch zu lassen.«

»Um Himmels willen, und jetzt sind sie tot. Wie konnte denn das passieren?«

»Im Watt ertrunken«, sagte Mütze, »hatten Sie näheren Kontakt zu den Damen?«

»Nein, nein, wir hatten nur eine lustige Kaffeestunde zusammen.«

»Die drei sind voller Leben gewesen, ich kann's nicht glauben«, ergänzte ihre Freundin, »sie haben uns viel von den Möwen erzählt und von anderen Seevögeln.«

»Und sie hatten noch so viel vor. Besonders freuten sie sich darauf, zwei alte Freunde zu treffen, mit denen sie so viel zusammen erlebt hatten, einen Kommissar und dessen Mann.«

Mütze zuckte zusammen.

»Sie sind wirklich ausgesprochen nett gewesen, zugleich aber auch ein bisschen sonderbar. Für den Kommissar hätten sie schon etwas Vorarbeit geleistet, hatten sie kichernd gemeint. Mehr aber war aus ihnen nicht rauszukriegen. Kannten Sie die drei etwa?«

Zum Glück waren die Polizisten mit ihrer Bestellung an der Reihe. Beide ließen sich fünf Kugeln in die Zimtwaffel purzeln. Wenn schon, denn schon. Und nun nichts wie weg.

Wenigstens funktionierte das Festnetz. Deichgreen ging sofort dran und er hielt Wort. Keine zwanzig Minuten später sprang das Fax-Gerät an und ratterte los. Mütze bekam große Augen. Es war tatsächlich noch ein Nadeldrucker. Ein neues Fax-Gerät bekäme er erst, wenn der Vorrat an Tintenbändern aufgebraucht sei, sagte Ahsen entschuldigend und deutete auf einen hohen Stapel mit vergilbten Kartons. Anweisung der Dienststelle Jever. Sein Vorgänger habe bei der Anschaffung die Zahl der auf Spiekeroog eingehenden Faxe wohl leicht überschätzt, so ein Tintenband halte ewig. Doch als Mütze das fertige Fax aus dem Ausgabeschacht zog, hielt er nur ein leeres Blatt in der Hand.

»Ewig, alles klar!«, sagte Mütze. Das Blatt, das er aus dem Ausgabeschacht zog, erglänzte in jungfräulichem Weiß.

»Oje«, seufzte Ahsen, »beim letzten Mal hat es noch funktioniert.«

»Wann soll das gewesen sein?«

»Kann höchstens sechs Monate her sein.«

Ahsen versuchte erst gar nicht, ein neues Band einzulegen. Ungewiss, ob ihm das gelang! Mit so etwas Kompliziertem wie einem Farbbandwechsel war er in seiner ganzen Spiekerooger Amtszeit noch nicht konfrontiert gewesen. Außerdem war Mützes Geduld am Ende. Der Kommissar knüllte das leere Blatt zusammen und warf es verärgert nach der Spiralhalsmöwe, die ob dieser Attacke wütend zu hacken begann. Hausdurchsuchungsbefehl hin, Hausdurchsuchungsbefehl her, jetzt würden sie sich Winnis Hütte vornehmen!

Wieder nahmen sie Ahsens Dienstrad, dieses Mal aber strampelte Mütze, während sich Ahsen hinten festklammerte. Das Dorf war so gut wie ausgestorben, kein Wunder bei dem herrlichen Wetter, alles lag am Strand und betete die Sonne an. Mütze legte einen heißen Spurt hin, während sich die Augen des Inselpolizisten angstvoll weiteten. Keine zehn Minuten und sie waren am Haus von Winfried Siebenkäs angekommen. Mütze warf das Rad an den weißlackierten Zaun und überlegte einen Moment. Fenster standen keine offen, da war es wohl am einfachsten, die Haustür zu knacken. Gesagt, getan! Mit viel Gefühl, etwas Gerüttel und Mützes Sparkassenkarte sprang die Tür auf. Im selben Augenblick ertönte ein Schuss.

* * *

Karl-Dieter wischte sich den Schweiß von der Stirn. Er hatte es tatsächlich geschafft, alle zwanzig Todesanzeigen aufzuhängen, selbst die mit der verwischten Tinte. Bis zum Strand war er gelaufen und zuletzt noch zum Nationalparkhaus Wittbülten im Osten der Insel. Nun war er völlig erledigt. Mühsam stapfte er die Hoteltreppe hinauf, schloss das Zimmer auf und stellte sich unter die Dusche. Danach zog er sich den flauschigen Hotelbademantel über und ging in den Garten der *Linde*, um sich in einem der Deckchairs auszuruhen. Als Lektüre hatte er sich den Bericht des Inselpastors über den Untergang der *Johanne* mitgenommen, er wollte unbedingt erfahren, wie es mit der Tragödie weitergegangen war und ob es Überlebende gegeben hatte. Hoffentlich hatte man zumindest die anderen Kinder retten können, der Bericht über die angeschwemmte Babyleiche steckte ihm noch in den Knochen. Karl-Dieter schob den Deckchair in den Schatten und begann zu lesen.

So knüpfte der Tod, möchte ich sagen, zuerst durch das tote Kind ein Band zwischen den Schiffbrüchigen und uns. Wer ward wohl nicht tief erschüttert bei dem Anblick dieser ersten Leiche, der bald mehrere folgten. Ob wir am Strande alle seiner gedacht, dess Wort allein Wind und

Meer gehorsam sind? Ob wir ein Herz hatten zu beten für die Unglücklichen? Ob das Herz jetzt nicht zu sehr bestürmt wurde durch die Frage: Warum solch ein Unglück? Ist es der Herr, der es tut? Warum? Ach, das kleingläubige Herz zitterte, und das laute Warum des schwachen Herzens wurde nur lauter mit dem immer lauteren Tosen des Meeres, dessen Heulen wohl klang wie ein schauerliches Echo des Warum im Herzen. Das kleingläubige Herz wagte nur still zu seufzen, und gejagt von ungestümen Gedanken kam es nicht zum stillen, ernstlichen Beten. Ach, wie schwach, wie arm fühlte ich mich als Mensch in jenem Augenblicke. Hätte nicht gerade jetzt der Strand eine Gebetsstätte sein sollen und die christliche Gemeinde Fürbitte getan haben, einmütig und wie ein Herz und Seele gebetet haben? Wahrlich, dem tiefer und ernster Denkenden und Flehenden musste schon der Anblick dieses Unglücks eine Glaubensprobe werden. Man musste sich fragen: Wo ist nun dein Gott, dem du diese Unglücklichen befehlen kannst unter Gebet und Flehen?

Karl-Dieter ließ das Buch sinken. Die Frage war nur zu berechtigt. Wo war Gott in diesem Augenblick gewesen? Und wo war Gott, als seine Freundinnen im Watt versanken? Die alte Frage der Theodizee, der Gerechtigkeit und Rechtfertigung Gottes angesichts des Leidens auf der Welt, sie ließ den Menschen nicht los. Tröstlich nur, dass sich selbst der Inselpastor arm und schwach angesichts der Katastrophe gefühlt hatte, tröstlicher vielleicht noch, dass er dies in schonungsloser Offenheit eingestand. Karl-Dieter fühlte, wie seine

Sympathie mit dem Pastor wieder wuchs. Er machte nicht auf neunmalklugen Theologen, er bekannte sich zu seiner Schwäche. Immerhin jedoch konnte er mit Tasso sprechen: »Und wenn der Mensch in seiner Qual verstummt, gab mir ein Gott, zu sagen, wie ich leide.« Die Sprache nicht zu verlieren, vielleicht war es das, worauf es ankam, wodurch man in der Not bestehen konnte. Niemals die Sprache verlieren. Erst wenn man in seiner Trauer verstummte, hatte man den Kampf gegen die Schicksalsmächte verloren.

Wir hatten jeden Augenblick den traurigen Anblick einer neuen Leiche, und um uns Lebenden lag bald eine ganze Reihe von Toten. Das Schiff, immer weiter sich dem Meere wie einem offenen Todesrachen zuneigend, war anzusehen, wie ein stolzer Riese, der, dahinstürzend, sich nicht halten kann und sich nicht scheut vor einem erbärmlichen Untergang. Großes Angstgeschrei ertönte vom Schiff, wenn die Notleidenden zu bemerken glaubten, dass wir uns vom Strande entfernen wollten.

Wie gut konnte Karl-Dieter die Ärmsten verstehen. Sterben war schlimm, schlimmer aber noch war es, einsam zu sterben. So wie Agathe, Bertha und Cecilie. Von jeder Menschenseele verlassen und unbemerkt zu ertrinken, rings herum nur Wasserwüste, wie grausam war das. »Karl-Dieter, räche uns!«, klang es wieder in seinen Ohren. Ach, er hatte es vermasselt. Wäre er nicht gestolpert, hätten sie den Mörder längst gefasst. Unwillkürlich fröstelte es ihn und er wickelte sich enger in seinen Bademantel.

Auf dem Strand trieben allerlei Trümmer, Stücke, die vom Schiff sich losgerissen, an. Auch Proviant, tote Hühner usw. fand man. Ein Schwein kam angeschwommen und blieb am Leben. Sobald es bei eintretender Ebbe möglich war, versuchten die Insulaner, ans Schiff zu kommen und sich dabei tief ins Wasser zu wagen. Doch mussten sie mehrere Male zurück, da die Wellen noch zu hoch gingen. Gegen zwei Uhr nachmittags etwa verlief sich das Wasser so weit, dass an Rettung gedacht werden konnte. Und alsbald wurden auch die Schiffbrüchigen herabgeholt vom Schiff, auf welchem sie in so kurzer Zeit so Schweres erlitten hatten wie vielleicht in ihrem ganzen Leben noch nicht. Das Schiff bot einen ergreifenden Anblick dar. Nichts als Spuren der Verwüstung – auch Blutspuren, da etliche verwundet, zerschlagen oder erdrückt waren. Und wie ließe sich beschreiben, was sich aussprach in dem Blick der noch Lebenden, die voll Angst und Verzweiflung so lange nun der frohen Hoffnung auf Rettung vom Tode sich hingeben durften.

Im selben Augenblick wurde es schwarz vor Karl-Dieters Augen. Jemand war heimlich hinter ihn geschlichen und bedeckte mit seinen Händen sein Gesicht. Karl-Dieter erschrak und versuchte, sich zu befreien, zugleich aber hörte er vertrautes Lachen. Nora!

»Gut, dass ich dich finde«, sagte sie und lobte: »Schicker Bademantel!«

»Danke«, stammelte Karl-Dieter.

»Darf ich mich setzen?«

»Aber sicher, gerne!«

Nora ließ sich auf dem benachbarten Deckchair nieder. »Mir ist da noch was eingefallen, was für euch vielleicht interessant sein könnte.«

Überrascht richtete sich Karl-Dieter auf.

»Ich erzähle es dir nur, weil ich weiß, dass ich mich hundertprozentig auf dich verlassen kann. Ist nämlich so eine Art Dienstgeheimnis, weißt schon, Ärzte, Pfarrer und unsereins stehen doch unter Schweigepflicht.«

»Natürlich, Nora, großes Ehrenwort!«, sagte Karl-Dieter gespannt. Was würde ihm Nora zu berichten haben?

»Ist wegen der armen Alten. Du hast doch gemeint, ihr Tod könnte was mit dem Watt zu tun haben, also mit einem Umweltverbrechen, das dort passiert.«

»Möglich, ja!«

»Also, von einem Umweltverbrechen weiß ich nichts, aber so 'ne komische Karte von Spiekeroog und dem Meer drumrum ist mir neulich in die Hände gefallen, so 'ne Zeichnung mit seltsamen Linien und Beschriftungen drauf.«

»Eine Seekarte?«

»So was in der Art, aber irgendwie auch anders. Seekarten kenne ich ja, aber da waren noch andere Sachen mit dabei, technische Markierungen, die mir nichts sagten. War einem Kunden aus der Hose gerutscht.«

»Wer ist der Kunde gewesen?«, flüsterte Karl-Dieter.

Nora sah sich vorsichtig um. Sie waren die Einzigen, die in dem weitläufigen Garten saßen. Dennoch zögerte sie, dann jedoch gab sie sich einen Ruck.

»Es sind eigentlich drei Kunden gewesen.«

»Drei auf einmal?«

»Ich weiß schon, mach ich normalerweise nicht. Aber die drei haben drauf bestanden und außerdem …«

Nora machte eine schnelle Bewegung mit Daumen und Zeigefinger. Karl-Dieter verstand. Klar, wenn die Kohle stimmte.

»Also hab ich sie zu dritt mit raufgenommen. Sie hatten schon ziemlich was geladen. Nachher lagen sie schnarchend auf meinem Sofa. Ich wollte zur Dusche, da bin ich auf die Landkarte getreten und fast ausgerutscht.«

»Wer waren die drei?«

»Du behältst es auch für dich, ich meine, du und Mütze natürlich?«

»Aber Nora …«

»Ich weiß schon, entschuldige. Also die drei, das waren keine von uns, das waren drei Chinesen.«

Karl-Dieter stockte der Atem. Das konnten doch nur die drei Asiaten vom Strand sein, von dem Strandkorb, der neben dem seiner Freundinnen stand.

»Da ist noch was, an das ich mich erinnere, etwas, was auf der Landkarte hervortrat, weil es mit Kuli notiert worden war. Zwei chinesische Schriftzeichen, die mit einem Plussymbol verbunden waren. Von diesen Schriftzeichen ging ein Pfeil ins Watt.«

* * *

Winfried Siebenkäs zu überwältigen war für Mütze eine Sache von Sekunden. Ein einfacher Fallrückzieher und er hatte dem Wattführer die Waffe aus der Hand gekickt. Zugleich drehte er sich in Blitzesschnelle um, brachte Winni mit einer Beinschere zu Fall und nahm ihn in den Klammergriff.

»Sind Sie wahnsinnig, Siebenkäs?«, zischte Mütze, während er den Griff anzog.

»Ist doch nur eine Schreckschusspistole«, winselte Winni vor Schmerz, »ich konnte doch nicht ahnen, dass ihr das seid.«

»Warum zum Teufel sind Sie hier?«

»Wie bitte? Das ist mein Haus! Warum zum Teufel seid ihr hier?«

Mütze lockerte den Griff und ließ den Wattführer los, der sich ächzend erhob. Die Polizisten sahen sich an und wirkten für einen Moment ziemlich ratlos. Das mit dem Hausdurchsuchungsbefehl hatte sich ja jetzt erübrigt, zudem sie ja gar keinen vorzuzeigen hatten, wie es Ahsen siedend heiß durch den Kopf schoss. Mütze ahnte, was sein Kollege fürchtete. Baltrum! Hausfriedensbruch, reichte das aus für eine Strafversetzung? Mütze schüttelte sich. So ein Angsthase! Sich jetzt bloß nicht in die Defensive drängen lassen, Ahsen, Angriff war die beste Verteidigung!

»Zeig ihm das Foto!«, sagte er im Befehlston zu Ahsen.

Ahsen verstand nicht. Hatten sie nicht vereinbart, dass er Winni allein das Bild zeigte, während Mütze sich auf die Lauer legte, um ihn zu observieren?

»Nun mach schon!«, sagte Mütze.

Ahsen zog sein Smartphone heraus, wischte die Frisbeescheibe herbei und hielt sie Winni unter die Nase.

»Und«, sagte Mütze mit scharfem Ton, »was sagen Sie nun?«

Winni war völlig überrascht. Seine Pupillen weiteten sich, unverwandt starrte er auf die Frisbeescheibe, bis das Bild plötzlich erlosch.

»Ja, es stimmt«, stammelte er tonlos, »ich hab einen Anruf erhalten.«

»Von wem?«

»Von einer der drei Alten. Sie hatten eine Wattführung vereinbart, doch dann sind sie nicht gekommen, ganz bestimmt sind sie nicht gekommen!«

»Winfried Siebenkäs, Sie sind vorläufig festgenommen!«

* * *

Es gibt die unterschiedlichsten Quartiere auf Spiekeroog. Seit seiner Entdeckung als Tourismusinsel hatte jede Generation neue Häuser entstehen lassen. Zum Glück aber hatte der Bauboom der Nachkriegszeit, die auch manch ostfriesische Insel verschandelt hatte, einen weiten Bogen um Spiekeroog geschlagen. Keine Bettenburg gab es auf Spiekeroog, kein seelenloses Tourismushotel, keine Betonangriffe auf den unberührten Strand. Familien mit kleinen Kindern schätzten die praktischen und bezahlbaren Ferienwohnungen, Jugendgruppen fanden in kirchlichen Einrichtungen oder Schullandheimen Unterschlupf, gesundheitlich angegriffene Festländer erholten sich in einem der Kurhäuser. Hotels, in denen sich Komforttouristen wohlfühlten, gab es auch, doch auch diese fügten sich bescheiden ins Ortsbild ein. Naturfreunde schätzten den Campingplatz im Westen der Insel, auch wenn die Zelte leicht eine Beute des Windes wurden, ebenfalls anspruchslose, aber nicht zeltfeste Feriengäste wählten ein Zimmer in einer schlichten Pension.

So unterschiedlich die Unterkünfte waren, eines war ihnen gemeinsam: Während des Sommers waren alle Quartiere ausgebucht. Man musste früh buchen, sonst war man ohne Chance. Ohne Weiteres hätten die meisten Vermieter in der Saison doppelt und dreimal so viele Zimmer vermieten können. Nur eine Ausnahme gab es, ein Plätzchen, nach dem niemand fragte, das selbst in den herrlichsten Juliwochen leer stand, obwohl es zweifellos hübsch gelegen war. Dieses Quartier befand sich im *Tranpad,* in der Spiekerooger Polizeiwache. Die Arrestzelle.

Winni hatte nicht mehr viel ausgesagt. Nur, dass er mit dem BTS-Express zurück nach Spiekeroog gefahren sei, einem kleinen Schnellboot, das auch bei

Niedrigwasser fahre. Viele Insulaner nutzten es, besonders aber Arbeiter vom Festland, die nicht auf die Fähren warten wollten. Er sei nur mal kurz in Neuharlingersiel gewesen, weil ihm sein Schnapsvorrat ausgegangen sei. - Wo er sich den Schnaps besorgt habe? - Das gehe niemanden etwas an, er würde doch keinen Schwarzbrenner verpfeifen. - Warum er wegen des Anrufs der Alten zunächst gelogen habe? - Um sich nicht verdächtig zu machen, natürlich! Er sei doch nicht blöd, er habe keine Lust, im Knast zu landen. Wer hätte ihm denn geglaubt? Ja, er habe einen Fehler begangen, er hätte sich nicht auf die Privatführung einlassen sollen. Jetzt habe er den Ärger. Er habe schon so was gespürt und zur Abwehr einen horrenden Preis verlangt, 300 Piepen, aber selbst das hätte die Alten nicht abgeschreckt. Warum sie nicht gekommen sind, sei ihm schleierhaft. - Darauf hatte Winni beschlossen zu schweigen. Kein Wort mehr ohne seinen Rechtsanwalt. Und spätestens morgen würden sie ihn wieder laufen lassen müssen.

»Oder habt ihr einen Haftbefehl?«

»Keine Sorge, den werden wir uns schon noch besorgen«, sagte Mütze.

Dann schloss Ahsen die Zellentür und wollte zusperren. »Verdammt«, zischte er.

»Was ist?«, wollte Mütze wissen.

Ahsen flüsterte ihm das Malheur ins Ohr. Neulich hätte der Schlüssel noch im Schloss gesteckt, ganz bestimmt hätte er das.

»Hast du keinen Ersatzschlüssel?«, flüsterte Mütze zurück, damit Winni nichts mitbekam. Er konnte es nicht fassen, wo war er nur gelandet?

Hektisch begann Ahsen in den Schubladen zu wühlen, auch in dem Rollschrank sah er nach und in den Regalen.

»Vielleicht liegt er unter einem Blumentopf?« Mütze konnte diesen Anflug von Sarkasmus nicht unterdrücken. Mann! Was für ein Sauladen! Kein Netz, kein funktionierendes Fax-Gerät und nun fehlte auch noch der Zellenschlüssel.

»Ich weiß, was wir machen«, flüsterte Ahsen, »vor Jahren habe ich das Problem schon mal gehabt.«

Darauf ging er zur Zellentür, öffnete sie mit Schwung und rief mit entschlossener Stimme. »Hast du noch was zu sagen, Winni, ich sperr sonst ab?«

Winni brummte nur unwillig, also ließ der Inselpolizist die Tür mit Schwung zufallen, zog seinen Haustürschlüssel aus der Tasche und klackerte damit ihm Schloss herum, dass es sich anhörte, als würde man abschließen.

»Trick siebzehn«, flüsterte er Mütze zu und zwinkerte listig mit seinen kleinen Augen.

Mütze musste tief durchatmen und legte seine Hände zur Merkel-Raute zusammen. Omm! Sich bloß nicht aufregen. Auf Spiekeroog war eben alles anders. Hoffentlich funktionierte der Trick. Nun musste mit Deichgreen telefoniert werden, das Problem war nur, das Netz war immer noch gestört und wenn er das

Telefon der Wache benutzte, bekam Winni in der benachbarten Zelle alles mit.

»Kein Problem«, sagte Ahsen.

Er war froh, beweisen zu können, dass die Spiekerooger Polizei durchaus professionell zu arbeiten verstand. Neben der Zellentür befanden sich zwei Knöpfe. Ahsen drückte den einen und drehte ihn nach rechts. In der Zelle ertönte Musik, Helene Fischer fing an zu schmettern: »Atemlos, durch die Nacht, spüre was Liebe mit uns macht.« Keine fünf Sekunden später donnerte es an die Zellentür: »Anderes Programm! Das ist Folter!« Ahsen grinste und drehte an dem zweiten Knopf, die Beach Boys trällerten »Surfin' U.S.A«. Winni schien zufrieden zu sein.

Mütze schnappte sich den Hörer und wählte die Nummer des Staatsanwaltes. Der wunderte sich über die laute Musik und bat verärgert darum, sie doch bitte abzustellen. Mütze legte seine Hände wie einen Trichter schützend um den Hörer und presste seinen Mund so dicht wie möglich dagegen. Er konnte Deichgreen doch schlecht erklären, wozu sie die Musik brauchten. Dann berichtete er von Winni und was sich ereignet hatte. Der Staatsanwalt war mit der Festnahme einverstanden, absolut, wie er betonte. Er würde umgehend den Haftrichter von Wittmund informieren, spätestens morgen würde die vorgeschriebene Anhörung durchgeführt. Wegen Winnis Bude würde er zudem die Spurensicherung in Marsch setzen, nein, nicht mit der Fähre, die Männer bekämen einen

Hubschrauber spendiert. Mütze dankte. Deichgreen hatte ihnen der Himmel geschickt. Kaum hatte er aufgelegt, als es an der Tür klopfte. Karl-Dieter trat ein.

»Gott sei Dank, dass ich euch treffe, ich hab was für euch.«

»Okay, okay. Kleinen Moment«, unterbrach ihn Mütze, hob den Zeigefinger vor die Lippen und machte Ahsen ein Zeichen, die Musik in der Zelle noch etwas lauter zu drehen. Man konnte nicht vorsichtig genug sein. Karl-Dieter war viel zu aufgeregt, als dass er nach dem Grund für die Musik gefragt hätte. Die Polizisten sahen ihn gespannt an.

»Tat!«, sagte Karl-Dieter geheimnisvoll.

Mütze runzelte die Stirn. Ja und?

»Tat!«, wiederholte Karl-Dieter. »Das Wort war auf eine Seekarte von Spiekeroog gekritzelt. Und jetzt haltet euch fest: Daneben hatte jemand einen Pfeil gezeichnet, der ins Watt zeigte.«

»Von welcher Karte sprichst du?«

»Von der Karte der drei Chinesen. Weißt schon Mütze, hab doch von ihnen erzählt, von den drei Chinesen, die in dem Strandkorb beim ABC-Geschwader gesessen haben. Das müssen die drei gewesen sein.«

Und dann sprudelte es aus Karl-Dieter heraus, ziemlich konfus und durcheinander. Während er die Erlebnisse der Inselprostituierten schilderte, malten sich immer neue Fragezeichen auf den Gesichtern der Polizisten. Es dauerte eine Weile, bis sie aus Karl-Dieters Geschichte schlau wurden.

»Also noch mal zum Mitschreiben«, fasste Mütze zusammen. Trotz des lauten Gedudels in der Zelle, in der nun wild gerockt wurde - war es der Jailhouse-Rock? -, sprach er immer leiser. »Nora hatte drei Chinesen als Kunden.«

»Warum flüsterst du denn so? Und was hört ihr so stumpfsinnige Musik?« Erst jetzt schien Karl-Dieter zu bemerken, dass etwas nicht stimmte.

»Winni sitzt in der Zelle«, wisperte ihm Mütze zu.

»Winni?«

»Pscht! Wir haben ihn festnehmen müssen. Er hat gestanden, dass das ABC-Geschwader ihn angerufen und eine Führung vereinbart hat.«

»Der Schurke! Hat er gestanden?«

»Noch nicht, auch von den Chinesen hat er uns noch nichts erzählt. Aber noch mal. Nora hat also die drei Schlitzaugen bedient?«

»Mütze!«

»Entschuldige, entschuldige!« Mütze wusste, wie empfindlich Karl-Dieter auf Worte reagierte, die politisch nicht vollkommen korrekt waren. Oder regte er sich über das Wort »bedient« auf? Egal. »Was ich sagen wollte: Nora hat also die drei Chinesen zu Besuch gehabt.«

»Genau.«

»Und einem von ihnen ist eine Seekarte aus der Hose gerutscht.«

»Genau. Mit den ostfriesischen Inseln drauf und zwei chinesischen Schriftzeichen und dem Pfeil aufs

Watt, das Einzige, was handschriftlich notiert war.« Bei diesen Worten zog Karl-Dieter einen Zettel aus der Tasche, auf dem etwas gezeichnet war, zwei Schriftzeichen. »Nora ist wirklich eine ganz besondere Frau, stellt euch vor, sie hat ein eidetisches Gedächtnis.«

»Ein was?«

»Ein Gedächtnis wie ein Fotoapparat. Obwohl sie kein Chinesisch kann, hat sie die Schriftzeichen so genau gespeichert, dass sie sie aufzeichnen konnte. Ich hab nicht lange gebraucht, dann hab ich das erste Schriftzeichen mittels Google übersetzen können. Tat, es bedeutet Tat. Und zwar die böse Tat.«

»Donnerlüttchen!«

»Das zweite Schriftzeichen, also das nach dem Plussymbol hab ich leider nicht übersetzen können. Vielleicht hat Nora es auch nicht mehr ganz exakt erinnert, ist ja auch schwierig, bei den seltsamen Strichen.«

»Wann hat Nora die Chinesen denn zu Gast gehabt?«

»Letzten Dienstag. Also drei Tage nach der Anreise des ABC-Geschwaders.«

»Hm ...« Mütze kratzte sich am Kopf. Das war tatsächlich eine merkwürdige Geschichte. Die böse Tat, der Pfeil ins Watt, das klang tatsächlich ziemlich verdächtig. Steckten die Chinesen hinter dem Mord? Was führten sie im Schilde? Waren sie es gewesen, die das ABC-Geschwader mit Winnis Hilfe in die Falle gelockt hatten? Dass Winni allein und ohne Auftrag gehandelt hatte, war doch mehr als unwahrscheinlich. Fragen über Fragen. Nur eines stand fest: Heute war noch nicht Feierabend! Sie würden sich die drei Chinesen vornehmen. Aber behutsam, sehr behutsam!

»Ahsen, kannst du herausfinden, wo die Chinesen abgestiegen sind?«

»Kein Problem!«

Beflissen kramte Ahsen in der Innentasche seiner Uniformjacke, einem schicken weißen Teil, das mit seinen blauen Tressen und den goldfunkelnden Messingknöpfen eher an die Galauniform eines Traumschiffkapitäns erinnerte. Dann zog er einen verknitterten Zettel hervor, die Urlauberliste der Kurverwaltung, die er sich hatten ausdrucken lassen, um nach »WA« zu suchen. Er legte die Liste auf seinen Schreibtisch und strich sie glatt.

»Hier, das müssen sie sein«, rief er begeistert und erschrak, als Mütze seinen Zeigefinger hochriss und heftig in Richtung Zelle stocherte. Mit gedämpfter Stimme wiederholte er: »Das müssen sie sein!«

Die Herren Hui, Fu und Hai-Pin logierten in der *Spiekerooger Leidenschaft*, einem modernen Hotel gleich gegenüber der Sparkasse im Dorfzentrum.

»Eine der ersten Inseladressen«, bemerkte Ahsen.

Auch das Datum der Anreise war vermerkt. Danach waren sie bereits seit drei Wochen auf Spiekeroog, ein ungewöhnlich langer Urlaub. Hatten Chinesen nicht maximal zwei Wochen Urlaubsanspruch im Jahr? Und wollten sie nicht in diesen vierzehn Tagen ganz Europa besehen, das Kolosseum, den Eiffelturm und

Neuschwanstein, das Schwarze Meer, die norwegischen Fjorde und die Meerenge von Gibraltar? Merkwürdig. Auch waren Ahsen die drei noch nie begegnet. Bestimmt könne er sich daran erinnern, beteuerte er. Spiekeroog sei fest in deutscher Hand, ausländische Gäste seien immer noch eine Rarität. Die Chinesen schienen völlig zurückgezogen zu leben oder sie hielten sich ständig am Strand auf.

»Von gelegentlichen Besuchen bei Nora abgesehen«, bemerkte Mütze.

»Nein, nein«, sagte Karl-Dieter rasch, »sie sind nur einmal bei ihr gewesen.«

»Dann aber gleich zu dritt«, grinste Mütze.

»Bitte, das darf nicht bekannt werden, das habe ich Nora versprochen. Ist 'ne Art Beichtgeheimnis, versteht ihr?«

Mütze beruhigte Karl-Dieter. Diskretion würde zugesichert, hundertprozentig!

Was suchten drei Chinesen im Spiekerooger Watt? Mütze und Karl-Dieter gingen den Slurpad entlang Richtung Strand. Es war später Nachmittag geworden und ein leichter Wind war aufgekommen, immer noch aber war es angenehm warm. Mit etwas Glück würden die Chinesen im Strandkorb sitzen. Wann, wenn nicht heute, wollte man einen Tag am Strand zubringen? In ihrem Hotel jedenfalls waren sie nicht gewesen. Die junge Rezeptionistin der *Spiekerooger Leidenschaft* hatte gemeint, die drei Herren hätten ihre Familiensuite nur mit Frühstück gebucht und seien tagsüber wohl ständig am Strand. Angenehme Gäste. Sie würden noch zwei weitere Wochen bleiben und hätten bereits alles im Voraus bezahlt. Mütze hatte gedankt und darum gebeten, die Nachfrage diskret zu behandeln. Von Ahsen hatten sie sich vor dem Hotel verabschiedet. Mütze hatte darauf gedrängt, dass der Inselpolizist zur Wache zurückging und auf Winni aufpasste. »Vielleicht findest du den Schlüssel ja noch«, hatte er sich beim Abschied nicht verkneifen können, »und falls Winni ein plötzliches Redebedürfnis verspüren sollte, frag ihn nach seinen Chinesischkenntnissen.«

Dass ihn Karl-Dieter zum Strand begleitete, war Mütze ganz recht, mit ihren Shorts und der Badetasche wirkten sie wie zwei Strandtouristen. Mütze hatte folgenden Plan: Er wollte die Chinesen zunächst intensiv observieren. Was war der wahre Grund ihrer Reise? Sie wiegten sich weiterhin in Sicherheit, konnten nicht damit rechnen, was bei ihrem kollektiven Schäferstündchen entdeckt worden war. Diesen Vorteil galt es auszunutzen. Vorsicht war die Mutter der Porzellankiste. Würde er sie vernehmen, könnten die Gauner kalte Füße bekommen. Dann würde es schwer, sie zu überführen. Im schlimmsten Fall machten sie sich sofort auf die Heimreise und die Ermittlungen waren gelaufen. Selbst, wenn man in ihrem Hotelzimmer drei geköpfte Seerobben finden würde, China würde sie niemals ausliefern.

Karl-Dieter war erleichtert über Mützes Beschluss, sich auf die Observation zu beschränken. Wie wollte Mütze die Chinesen befragen, ohne sie auf Noras Kundendienst anzusprechen, den sie in Anspruch genommen hatten? Und Nora verließ sich doch auf ihr Versprechen. Nora lag Karl-Dieter wirklich am Herzen. Sie hatte es im Leben nicht leicht gehabt. Erst seitdem sie auf Spiekeroog arbeitete, hatte sie ihren Seelenfrieden gefunden. Natürlich gebe es auch auf Spiekeroog gelegentlich schwierige Kunden, hatte sie Karl-Dieter anvertraut, das sei aber nichts im Vergleich zur Reeperbahn, wo sie als junge Frau nach ihrer Ausbildung hängen geblieben war. Spiekeroog sei ihr zur Heimat geworden, hier wolle sie bleiben und ihren Lebensabend verbringen. Seit letztem Sommer arbeite sie in Altersteilzeit und habe ihr Angebot deutlich reduziert. Dem Wunsch nach »Sex on the beach« etwa komme sie nicht mehr nach, wie schnell verkühle man sich bei dem ewigen Wind.

Was suchten drei Chinesen im Watt? Mütze und Karl-Dieter rätselten hin und her, ohne zu einem Ergebnis zu gelangen. Nora hatte von technischen Zeichnungen auf der Seekarte gesprochen. Ging es vielleicht doch um eine geheime Erdölleitung, wollten die Chinesen sich an einem Unternehmen beteiligen, das Nordseeöl förderte? Machte man zu diesem Zwecke geheime Voruntersuchungen? Der Rohstoffhunger der Chinesen war bekannt, überall auf dem Globus versuchten sie, sich die Sahnestückchen zu sichern. Waren die

Chinesen im Staatsauftrag unterwegs? Und wie hatte das ABC-Geschwader Wind von der Sache bekommen? Ihre Strandkörbe waren benachbart, doch selbst, wenn Sprachfetzen hinübergeweht worden waren, das ABC-Geschwader hätte wohl kaum verstanden, worum sich das Gespräch gedreht hatte. Wer konnte schon Chinesisch?

Mütze blieb so abrupt stehen, dass ein Junge mit seinem Tretroller nicht rechtzeitig bremsen konnte und ihm in die Hacken fuhr. Mütze registrierte es kaum.

»Mensch, Karl-Dieter«, sagte er, »das VHS-Programm von Bottrop!«

Karl-Dieter sah ihn verblüfft an. VHS-Programm? Was meinte Mütze?

»Wir haben im Zimmer von Agathe ein Volkshochschul-Programm gefunden. Angestrichen waren ein Karatekurs für Senioren und der Kurs *Mandarin Teil 2*.«

»Chinesisch!«

»Chinesisch! Wir haben das ABC-Geschwader unterschätzt, sie konnten verstehen, was die Chinesen geschwätzt haben.«

»Du meinst, sie haben sie belauscht?«

»Unabsichtlich, sicherlich. Du weißt doch, der Wind trägt oft Gespräche zu einem herüber.«

Karl-Dieter nickte. Es war erstaunlich, wie deutlich man Gespräche anderer Strandgäste mitbekam, besonders wenn der Wind aus deren Richtung wehte. Ob man wollte oder nicht, man erfuhr oft Familiendetails in allen Einzelheiten, inklusive der weniger appetitlichen.

»Die Chinesen haben im Strandkorb von ihrem, nennen wir es mal Projekt gesprochen und das ABC-Geschwader hat seine Ohren aufgesperrt. Du weißt ja, wie neugierig es war. Das Projekt ist im Wattenmeer verortet, denk an die Seekarte. Die Alten wollten sich an Ort und Stelle vergewissern und haben Winni als Wattführer gebucht.«

»Dabei konnten sie nicht ahnen, dass Winni bereits für die Chinesen arbeitete. Winni hat es den Chinesen erzählt …«

»Und die haben ihm den Auftrag erteilt, zum Schein auf den Wunsch des Geschwaders einzugehen.«

»Winni tat, wie ihm geheißen und ließ sie ertrinken.«

Am Badestrand wehte der Wind stärker, munter bäumten sich die Wellen auf und schlugen schäumend an den Muschelsaum. Im Wasser war einiges los, die Badezeit hatte begonnen. Lustig flatterte die Fahne der Wasserwacht im Wind, genauso wie der Trauerflor am Strandkorb des ABC-Geschwaders.

»Wo sind die Chinesen?«, flüsterte Mütze Karl-Dieter zu.

Karl-Dieter deutete so unauffällig wie möglich auf die Nummer 119. Der Strandkorb der Chinesen war leer.

»Grüß Gott, miteinand«, erklang es im schönsten Bayerisch aus einem benachbarten Strandkorb, »jetzt lern i a no den Herrn Mütze kenna, nicht wahr?«

Mütze erstarrte und sah zwischen Karl-Dieter und dem Bayern hin und her. Karl-Dieter war die Situation erkennbar peinlich.

»Das braucht Eana doch nicht peinlich zu sein.« Der Herr gab sich Mühe, hochdeutsch zu sprechen. »Ich hab's ja dem Herrn Karl-Dieter schon gsagt. Als die alten Damen, Gott hab sie selig, Ihre Namen mit Muscheln gelegt haben, hab ich sie gfragt und sie haben mir von Ihnen erzählt. Sie müssen wirklich gut befreundet gewesen sein, mein Beileid noch einmal.«

Mütze zögerte. Ob er den Bayern nach den Chinesen fragen sollte? Was aber, wenn der Mensch nicht dichthielt und sich den Chinesen gegenüber verplapperte? Er schien etwas redselig zu sein. Man musste es geschickter anstellen.

»Danke sehr«, erwiderte er, »mein Freund versucht, die letzten Tage unserer lieben Verblichenen zu rekonstruieren, die Trauerfeier, Sie verstehen?«

»Ach, Sie sind das mit der Trauerfeier!«, sagte der Bayer an Karl-Dieter gewandt, »das hätt ich mir fei denken können. Der Bestattungszettel, ist der von Ihnen?«

»Ist er Ihnen aufgefallen?« Über Karl-Dieters Gesicht huschte ein erfreutes Lächeln.

»Freilich! Der hängt ja an jeder Ecke. Ich will übrigens auch zu der Feier kommen.«

»Das freut mich aber!«

»Ich bitt Sie, das ist doch selbstverständliche Christenpflicht. Zumal als Strandnachbar.«

»Noch mal wegen der Traueransprache«, hakte Mütze nach, »können Sie uns vielleicht sagen, was die drei Damen am Strand so gemacht haben? Hatten die drei vielleicht noch Kontakt zu anderen Badegästen?«

»Zu anderen Badegästen? Na, dergleichen ist mir nicht aufgefallen. Aber ich bin ja auch nicht dauernd hier, die Anwendungen, wissen Sie, ich muss ja ständig zur Krankengymnastik wegen meinem Ischias.«

»Vielleicht zu irgendwem hier in der Nachbarschaft?« Mütze machte eine Geste, die den leeren Chinesenkorb miteinschloss.

Der Bayer sah sich um, als müsse er überlegen. »Naa, davon weiß ich nix.« Dann aber blieb sein Blick am Strandkorb der Chinesen hängen und er fing an zu lachen. »Da vorne der Korb, der gehört drei Chinesen. Drei Mann in einem Strandkorb! Na ja, Chinesen sind ja so Krischberl. Komische Bande, die drei. Wissen Sie, was sie mal abends gemacht haben, als alle schon weg waren?«

»Was denn?«, fragte Mütze und versuchte, ganz unschuldig zu klingen.

»Da haben sie sich Tauchanzüge übergezogen und sind ins Meer.« Der Bayer fing laut zu lachen an.

»Was ist daran so lustig?«

»Schnorcheln in der Nordsee, so ein Witz, da sieht man doch nix!«

* * *

Er hätte sich nicht darauf einlassen sollen! Niemals! War er Bühnenbildner oder bei der Kripo? Und dann zu allem Überfluss noch die Sache mit der Pistole. Auch wenn keine Patrone in ihr steckte. Mann, er war Pazifist, hatte den Wehrdienst verweigert! Die Pistole war nicht geladen, Karl-Dieter aber umso mehr. War er vielleicht schuld daran, dass die Herrn Polizisten den Schlüssel für die Zelle nicht fanden? Nun ließen sie ihn hier versauern, bloß weil sie beide zum Haus von Winni mussten, wo sich die Spusi austobte. Hätte es nicht gereicht, wenn Mütze allein dort hingegangen wäre? Warum musste Ahsen unbedingt dabei sein?

Mütze hatte allen Ernstes noch den Vorschlag gemacht, Winni mit Handschellen an seine Pritsche zu fesseln. Zur Sicherheit. Karl-Dieter konnte es nicht fassen, das war ja wie in Guantanamo. Auch Ahsen war zum Glück gegen die Handschellen gewesen, wenngleich aus anderen Gründen. Eine Dienstaufsichtsbeschwerde Winnis und man würde ihn zu einer gefürchteten Nachbarinsel rudern. Ahsen hatte ihm dann noch den Absperrtrick gezeigt, als er Winni mit einem Fischbrötchen versorgte. »Immer so tun, als würde man auf- und absperren«, hatte er Karl-Dieter eingeschärft. »Natürlich nur im Notfall und nur mit gezogener Waffe.« – Mit gezogener Waffe! Karl-Dieter schnaubte.

Hoffentlich waren die beiden bald wieder zurück. Er wollte heim ins Hotel, hatte zudem bis auf ein Käsebrot, das Ahsen ihm geschmiert hatte, noch nichts zum Abendessen bekommen. Zum Glück hatte er den Bericht über den Schiffsuntergang dabei, der würde ihm die Zeit verkürzen. Karl-Dieter setzte sich so an den Schreibtisch, dass er die Zellentür im Auge hatte. Dann bog er sich die Tischlampe zurecht, schob die Pistole mit spitzen Fingern von sich und schlug das Heftchen auf. Wie war es mit der Rettung weitergegangen?

Lebende und Tote wurden jetzt heimgebracht, hingebracht zum Dorf, wo die Unglücklichen Zuflucht und Herberge finden sollten. So viele Unglückliche hatte die Insel noch nie wohl nicht beherbergt. Laut klagend und weinend oder auch stumm kamen die Schiffbrüchigen im Dorfe an. Teils kamen sie zu Fuß, teils wurden sie auf den Wüppen hergeführt, insbesondere die Kinder und sonstige Schwache.

Karl-Dieter glaubte sich zu erinnern, Wüppen waren niedrige Holzkarren mit nur einer Achse und langen Deichseln zum Ziehen.

Erstarrt vor Angst und Kälte waren fast alle. Nun war es Zeit für die Insulaner, Samariterdienst zu tun. Nun galt es, Unglückliche aufzunehmen in die Häuser, sie zu trösten, sie zu kleiden, zu speisen und zu tränken. Das Dorf war überfüllt. Über 200 Personen haben sich auf dem Schiffe befunden. Wie es sich nachher herausstellte, sind 80 umgekommen. Und von diesen sind 40 angetrieben, wenngleich nicht alle in den ersten Tagen.

Karl-Dieter schauderte es. Er musste wieder an seine Freundinnen denken, wie sie das Netz aus dem

Wasser gezogen hatte. Wasserleichen waren besonders grausam anzuschauen. Und dann gleich vierzig davon! Wer mag sich nach jenem Unglück noch an den Strand getraut haben? Was für ein schauerlicher Bericht. War es nicht besser, das Heft endgültig beiseitezulegen?

Es war ein eigentümliches Gefühl, die Zitternden und Gebeugten zu sehen, wie sie kaum ihre Hände ausstrecken konnten nach Speise und Trank, deren sie so sehr bedürftig waren. Zitternd vor Kälte suchten sie das Feuer und begehrten trockene Kleider. Des Klagens, Bittens, Fragens war kein Ende. Fast jeder hatte den Verlust eines oder mehrerer seiner Angehörigen zu beklagen. Da gab es die erschütternden Auftritte des Wiedersehens oder auch getäuschter Hoffnung, wenn es hieß: Der, Die ist tot. Da war dann neue Trauer, neuer Schmerz. Sehr traurig war es, dass auch Kinder ihre Eltern verloren hatten. Ja, selbst ein Säugling war da, dem die Mutter nicht mehr die Brust reichen konnte, da sie nicht mehr unter den Lebenden weilte. Einer anderen Mutter wurde ein Kind gebracht mit der Frage, ob es das ihrige sei. Das Kind in fremden Kleidern erblickend, vielleicht auch durch die Kälte verändert aussehend, erklärte sie, dass es nicht ihr Kind sei. Indes, als das Kind weggetragen wird und zu schreien anfängt, erkennt die Mutter es an dem Schrei und ruft: »Es ist doch mein Kind!« – und drückt es an ihr Herz.

Karl-Dieter schlug das Herz bis zum Hals hinauf. Wie konnte er mit der jungen Mutter fühlen! Hatte er es nicht selbst erlebt, letztes Jahr auf Spiekeroog, als ihnen der kleine Nico vor die Tür gelegt worden war, als er Vater hatte sein dürfen, eine glückliche Woche lang! Als Nico von dem Schurken über Bord geworfen worden war und Mütze ihn todesmutig gerettet hatte. Als Nico wieder an seiner Brust gelegen hatte, als sich das Leben in dem kleinen Körper wieder zu regen begann. Ach, Karl-Dieter verstand die Mutter so gut und durchlebte Nicos Wiedergeburt beim Lesen dieser Zeilen ein zweites Mal.

Man verlebte hier damals schwere und unruhige Tage. Beachtenswert und oft ergreifend waren die Äußerungen und Bekenntnisse einzelner Auswanderer. Einzelne waren auch da, die durch ihre Äußerungen und ihr Betragen Anstoß erweckten. Während des Aufenthaltes der Schiffbrüchigen auf der Insel sind von etlichen derselben auch Klagen laut geworden, als wären ihnen Sachen entwendet, und haben sie also Insulaner verdächtigt. Inwiefern diese Verdächtigungen Grund hatten oder nicht, lässt sich schwer bestimmen. Am schlimmsten wog der Vorwurf des Gesandten des bayerischen Königs, eine Kiste voller Goldstücke sei abhandengekommen. Mit dem Geld sollte ein bedeutendes Stück Land im Mittleren Westen angekauft werden, das den Namen Neu-Niederbayern tragen sollte. An Versuchungen fehlt es bei Strandungen nicht. Es wäre ein großes Unrecht, wenn einzelne Insulaner sich auch nur das geringste von dem Eigentum der Unglücklichen zugeeignet hätten. Betrübend und niederschlagend ist es schon, wenn auch nur Vermutungen laut werden.

In diesem Augenblick klopfte es. Karl-Dieter durchzuckte ein Schrecken. Winni! Der Mörder klopfte gegen die Zellentür. Was sollte er nur machen? Es klopfte erneut, heftiger noch als zuvor.

»Ahsen? Hörst du mich Ahsen? Hast du einen Schluck zu trinken für mich?«

Karl-Dieter wollte nach der Pistole greifen, eine geheime Macht aber hielt ihn davon ab. »Ahsen kommt gleich«, rief er.

»Wer ist denn da?«, rief es aus der Zelle.

»Nur ich«, rief Karl-Dieter zurück und: »Ich hab keinen Schlüssel!«, was ja nicht mal gelogen war.

»Bitte! Nur einen Schluck Wasser«, rief es, »das Fischbrötchen war so salzig.«

Karl-Dieter überlegte fieberhaft. Der Kerl war ein Mörder, ein hinterhältiger Killer. Und doch, hatte nicht auch ein Gefangener ein Recht darauf zu trinken? Fischbrötchen konnten einen grausamen Durst erzeugen, hieß es nicht, Fisch muss schwimmen? Wieder klopfte es, ja, Winni trommelte regelrecht gegen die Tür.

»Bitteee!«

»Moment«, rief Karl-Dieter und versuchte, fest und entschlossen zu klingen.

Er zog eine Mineralwasserflasche aus Ahsens Kühlschrank, griff sich den Schlüssel und tat, als würde er aufsperren, so, wie Ahsen es ihm gezeigt hatte. Ach, Karl-Dieter!

* * *

Die Leute von der Spurensicherung, drei Männer, die der Hubschrauber von Oldenburg nach Spiekeroog geflogen hatte, hatten ihre Arbeit schon fast beendet, als Mütze und Ahsen eintrafen.

»Und?«, fragte Mütze den Chef der Truppe, einen langen Schlacks, der in seinem weißen Ganzkörperanzug Reklame für Zigaretten hätte laufen können.

»Typischer Junggesellenhaushalt«, sagte der Schlacks, »was interessant sein könnte, ist hier dieses Notizbuch.«

Er reichte Mütze einen schwarzen Taschenkalender. In ihm waren handschriftlich die Termine der Wattführungen notiert, am letzten Sonntag stand: »Agathe mit zwei Freundinnen, 6 Uhr«

»Hm«, Mütze überlegte. Entweder, dieser Winni war ein Pedant oder ein ziemlicher Idiot. Oder beides. Welcher Mörder notiert schon sein Date zum Töten im Kalender?

»Hier, das haben wir unter der Matratze gefunden.« Der Spusi-Mann öffnete eine Zigarrenkiste, die prall gefüllt mit Geldscheinen war. »Wir haben nachgezählt, 5000 Euro.«

Mütze pfiff durch die Zähne. War das der Judaslohn? Keine Kleinigkeit, gewiss, aber doch auch nicht wirklich viel. Wer aber mordete heute schon noch für 5000 Euro? Oder war das nur die Anzahlung gewesen?

»Ein Handy haben wir noch gefunden, alter Knochen, leider kein Smartphone. Und einen Laptop. Ist mit einem Passwort geschützt, kriegen wir aber in unserem Labor sicher geknackt.«

Davon war Mütze überzeugt. Nur: Wie lange dauerte das? Blöd, dass Big-Chip nicht da war. Sein Freund und Kollege von der Erlanger Kripo war der Edward Snowden unter den Polizisten. Mütze kam ein Gedanke. Was, wenn er Big-Chip erreichen konnte? Er zückte sein Telefon und hatte doppeltes Glück. Erstens hatte er wieder Empfang und zweitens ging Big-Chip sogleich an den Apparat. – Einen kleinen Gefallen? Sich in einen Laptop einhacken? Mit einer Netzverbindung null problemo. – Auf der Wache hatten sie doch eine Internetleitung, das müsste völlig reichen. – Mütze dankte Big-Chip. Er würde sich bald wieder melden.

»Sie sind der Chefermittler«, sagte der lange Spusi-Mann und klang etwas beleidigt, als er Mütze den Laptop in eine Tüte wickelte, »wir reißen uns keineswegs um die Arbeit.« Dann führte er Mütze noch in ein Zimmer, das zugestopft war mit elektrischen Geräten. »Die Funkerstube. Haben alles auf den Kopf gestellt, keine Protokolle oder dergleichen.«

Während sich Mütze im oberen Stockwerk mit dem Schlacks unterhielt, schaute Ahsen den beiden anderen Spusi-Leuten in der Küche über die Schulter. Die beiden amüsierten sich über den Inhalt des Kühlschranks, der nur aus Bierflaschen bestand.

»Der Mann beschränkt sich auf das Wesentliche«, schmunzelte der eine und der andere flachste: »Du kennst doch den Unterschied zwischen Bierflaschen und Gefühlen?«

»Ne, erzähl!«

»Bierflaschen soll man aufmachen.«

»Ja und?«

»Und Gefühle soll man zulassen.«

Die Männer lachten, Ahsen aber hielt kurz den Atem an. War da nicht ein Gesicht gewesen? Draußen vor dem Fenster? Für einen Augenblick hatte er geglaubt, Winni schaute zu ihnen hinein. Der Inselpolizist wischte sich mit der Hand übers Gesicht. Jetzt sah er schon Gespenster. Es wurde Zeit, dass auf Spiekeroog wieder gepflegte Langeweile eintrat.

Mit raschen Schritten liefen die beiden Polizisten den Weg zur Wache zurück. Als sie die Tür öffneten, wunderten sie sich. Die Lampe auf dem Schreibtisch brannte, eine Broschüre lag aufgeschlagen daneben, wo aber war Karl-Dieter?

»Karl-Dieter?«, rief Mütze. Keine Antwort. Mütze lauschte an der Zellentür. Winni schien zu schlafen, laute Schnarchgeräusche waren zu vernehmen.

»Vielleicht ist er nur mal kurz was besorgen«, sagte Ahsen

Mütze runzelte die Stirn. Gewöhnlich war Karl-Dieter sehr zuverlässig, wenn man ihm etwas auftrug. Aber Ahsen hatte sicher Recht, alles sah danach aus, als käme Karl-Dieter gleich wieder, sonst hätte er hundertprozentig das Licht ausgeschaltet. Doch jetzt an die Arbeit! Mütze holte Winnis Laptop aus der Tasche, stellte ihn auf den Schreibtisch und klappte ihn auf. Ahsen zog den Internetstecker aus seinem Rechner und verband den Laptop mit dem großen, weiten Netz. Jetzt zückte Mütze sein Smartphone. Bevor er jedoch Big-Chips Nummer wählte, deutete er auf den Radioknopf neben der Zellentür. Ahsen runzelte die Stirn.

»Aber Winni schläft doch.«

»Und wenn er nur so tut?«

Ahsen staunte einmal mehr über Mützes Professionalität. Ja, diese Großstadtkommissare waren mit allen Wassern gewaschen. Als Inselpolizist war man doch bloß eine kleine Nummer. Umso stolzer war Ahsen, mit Mütze zusammenarbeiten zu dürfen. Gehorsam stand er auf, drückte den Radioknopf und gab Winni was auf die Ohren.

Big-Chip erwies sich erneut als Profi-Hacker. Es dauerte keine fünf Minuten und wie von Geisterhand bewegte sich der blinkende Cursor über die Bildschirmoberfläche von Winnis Klapprechner. Big-Chip war drin.

»Wonach suchen wir denn?«, fragte er seinen Freund Mütze übers Handy.

»Vielleicht findest du irgendeine Datei, in der es um Chinesen geht.«

Der Cursor huschte auf die Suchfunktion. Rasend schnell fügten sich Buchstaben zu dem Wort »Chinesen« zusammen, dann glitt der Pfeil auf die Lupe und klickte sie an. »Keine Übereinstimmungen«, meldete der Klapprechner.

»Versuchs mal mit Tat und Watt.«

Wieder nichts. Zumindest nicht in dieser Kombination. Grübelnd starrte Mütze auf den Bildschirm.

»Geh mal die Dateinamen durch.«

Die Liste war nicht sehr lang. Nichts klang irgendwie verdächtig, aber klar, Winni könnte Codenamen verwendet haben.

»Wonach sucht ihr denn eigentlich?«, wollte Big-Chip wissen.

Ja, wonach suchten sie eigentlich? Berechtigte Frage. Nach irgendeinem Verbrechen im Watt, einer Umweltsauerei vielleicht.

»Gib mal Erdölleitung ein«, schlug Mütze vor.

»Du meinst Pipeline.«

»Auch gut. Probier's mit beiden.«

Auf Erdölleitung gab's null Treffer, keine Übereinstimmungen auch bei der Pipeline.

»Versuchen wir's mal mit Google«, sagte Mütze und dachte an die Schriftzeichen auf der Seekarte, »gib doch Mal Tat und Watt ein.«

83.734 Treffer. Herzlichen Glückwunsch! Na ja, war ja auch nur ein Verzweiflungsversuch gewesen. Was sollte Google schon vom Mord am ABC-Geschwader wissen?

»Wie bist du auf Tat gekommen?«, wollte Big-Chip wissen.

»Stand auf einem Beweismittel. Auf Chinesisch. Neben einem anderen chinesischen Schriftzeichen, das wir nicht übersetzen konnten.«

»Kannst du's mir mal zeigen?«

Mütze zog sein Smartphone hervor, strich den Zettel mit den Schriftzeichen glatt, legte ihn unter die Tischlampe und schoss ein Foto. Dann schickte er es zu Big-Chips WhatsApp-Adresse. Zwei Haken ploppten auf.

»Müsste gelandet sein«, sagte Mütze.

Ahsen deutete währenddessen auf seine Teekanne und sah Mütze fragend an. Mütze schüttelte den Kopf und flüsterte, während er das Mikro seines Smartphones zuhielt: »Aber ein Käffchen wäre schön.« Der Inselpolizist ließ Wasser in seinen Kocher laufen und holte zwei Tassen aus dem Schrank. Auf die eine setzte er einen braunen Kaffeefilterhalter. Dann stellte er sich auf die Zehenspitzen und zog eine Blechdose aus dem Regal. Als er sie öffnete, glitt über sein Gesicht ein verblüfftes Lächeln. Mit spitzen Fingern zog er einen Schlüssel hervor. Das gab's doch nicht! Hier also hatte sich der Zellenschlüssel versteckt! Triumphierend hielt er ihn Mütze hin und deutete zugleich auf die Zellentür. Uff! Baltrum rutschte weit hinter den Horizont.

»Mütze? Bist du noch dran?« Big-Chips Stimme klang aufgeregt.

»Ja, klar. Hast du was gefunden?«

»Das zweite Schriftzeichen. Halt dich fest, das ist überhaupt keines. Das heißt, zum Schriftzeichen wird es nur in Verbindung mit dem Pluszeichen, was nämlich gar kein Pluszeichen ist.«

»Wie meinst du das?«

»Es gehört zum zweiten Schriftzeichen, dann entspricht das zweite Schriftzeichen einer Zahl, nämlich der Ziffer 14.«

»14? Die Ziffer 14?«

»So ist es.«

»Dann hieße alles zusammen also Tat 14?«

»Könnte sein.«

»Gib's mal ein.«

Wumms! Treffer! Es gibt Momente, da weiß man innerhalb von Zehntelsekunden, dass man gefunden hat, wonach man suchte! Tat14, genauer TAT-14! Das war eine Abkürzung. Wiki wusste wieder mal Bescheid und erklärte, was sich dahinter verbarg: *Transatlantic Telecommunications Cable no. 1*. Es handelte sich also um ein Telefonkabel, das Europa und Nordamerika verband und über das natürlich auch Internetverbindungen hergestellt wurden. Eigentlich war es ja nicht nur ein Kabel, denn es gab zwei Trassen. Beide verliefen durch eine Rinne, die man in den Meeresboden gezogen hatte und die etwa einen Meter tief war. Die eine reichte von Norden über das dänische Blåbjerg und die Shetland-Inseln in die USA.

Darum also waren die Chinesen hier! Spionage! TAT-14 war eine der wichtigsten Informationskanäle zwischen Europa und Amerika. Wer diese Leitung anzapfte, der konnte aus dem Vollen schöpfen. Militärische Geheimnisse der Nato, diplomatische Depeschen, Industriespionage, alles, was man wollte. Daten, das neue Gold. Deshalb die Tauchanzüge! Nicht, um Heringe zu beobachten, sondern um an das Kabel TAT-14 zu kommen. Es musste, glaubte man der Karte von Wiki, die allerdings nur sehr grob war, von Emden kommend, wo es ins Wasser ging, mitten durchs Watt führen, direkt an Spiekeroog vorbei. Was wusste Wiki noch?

2013 hatten verschiedene Medien berichtet, der britische Geheimdienst könne den Datenverkehr abhören, der durch dieses Kabel floss. Die niedersächsische Landesregierung dementierte jedoch und gab bekannt, man habe keine Hinweise dafür gefunden, dass am Knotenpunkt Norden, von wo die Daten ihren Weg in die USA antraten, diese angezapft worden seien.

Mütze pfiff durch die Zähne. Nicht in Emden vielleicht. Was aber geschah mit dem TAT-14 im Watt vor Spiekeroog? Emden war mit Sicherheit gut bewacht, das Überseekabel am dortigen Übergabepunkt anzuzapfen würde auffallen. Wer aber beobachtete einen schon im Watt von Spiekeroog.

»Außer den Wattwürmern!«, sagte Ahsen.

»Und die können schweigen«, grinste Mütze.

Endlich gewann der Fall Konturen. Nicht nur die Wattwürmer, auch das ABC-Geschwader war wachsam gewesen. Mit ihren Operngläsern hatte es die

Chinesen beobachtet, wie sie sich im Watt herumgetrieben haben. Der angeborene Spürsinn hatte die Alten dazu getrieben, der Sache nachzugehen. Statt die Polizei zu informieren, hatten sie sich eine private Wattführung organisiert, nicht ahnend, dass Winni mit den Chinesen unter einer Decke steckte. Mütze streckte sich und ließ seine Fingerknochen knacken. Dieser Winni! Höchste Zeit, ihn sich noch einmal vorzuknöpfen.

»Wärst du so liebenswürdig, mir die Zelle aufzusperren?«, sagte er mit einem leicht süffisanten Unterton zu Ahsen.

Der Inselpolizist grinste, steckte aber dennoch brav den eben wiederentdeckten Schlüssel ins Schloss und tat, als würde er aufsperren, wobei etwas Kaffeepulver hinabrieselte. Dann riss er entschlossen die Zellentür auf.

»Winni, rauskommen!«, wollte er rufen. Die Worte jedoch blieben ihm im Halse stecken.

»Verdammt, Karl-Dieter, wach auf«, rief Mütze und tätschelte seinem Freund die Wangen, während Ahsen einen Lappen befeuchtete, um ihn auf Karl-Dieters Stirn zu legen. Die Beule sah gar nicht gut aus. Stöhnend kam Karl-Dieter zu sich. Er lag auf dem Zellenboden, sein rechtes Handgelenk war mit Handschellen an einem Bein der Pritsche fixiert.

»Gott sei Dank«, rief Mütze, als Karl-Dieter die Augen aufschlug. »Pack mit an, Ahsen!«

Gemeinsam wuchteten sie die Liege, die an der Wand verschraubt war, ein Stück in die Höhe und zogen die Handschellen unter dem Pritschenbein hervor.

»Kannst du aufstehen?«, fragte Mütze.

Mühsam erhob sich sein Freund, während an seiner Rechten die Handschellen klapperten.

»Geht's?«, wollte Mütze wissen und hoffte, Karl-Dieter würde mit Ja antworten, denn er wollte los, dem Schurken hinterher.

Karl-Dieter in der Mitte untergehakt, liefen die beiden Polizisten Richtung Dorfmitte. Sie würden Karl-Dieter ins Hotel bringen und dann auf Winni-Jagd gehen. Nicht eher würden sie ruhen, bis sie ihn geschnappt hatten. Mütze war geladen, und wenn er wütend war, lief er zur Bestform auf. Dieser Mistkerl! Karl-Dieter niederzuschlagen und zu fesseln, welche Heimtücke! Wo aber war Winni hin?

In Mützes Kopf hämmerte es. Was würde er tun, wenn er Winni wäre? – Die Chinesen! Er würde die Chinesen warnen. Von den Chinesen hing Winnis weiteres Schicksal ab. Wenn es Winni gelang, die Spione zu warnen und diese sich davonmachten, hatte auch er nur wenig zu befürchten. Keine Verurteilung wegen Mordes, zumindest. Die Indizienlage war zu dünn, da gab es wenig dran zu deuteln. Ohne Geständnis würden sie Winni keinen Strick drehen können. Nur, dass er Karl-Dieter eins übergezogen hatte, das konnten sie Winni nachweisen. Diese dämliche Sache mit der

Zellentür aber auch! Schlüssel in der Kaffeedose, wo gab's denn das? Hätten sie die Zelle ordnungsgemäß verschlossen, hätten sie Karl-Dieter nicht als Wächter gebraucht. Der arme Kerl! Immer noch wirkte er benommen. Ob man nicht doch den Arzt verständigen sollte? Mütze sah vorwurfsvoll zu Ahsen hinüber, der jedoch den Blickkontakt mied.

Mütze riss sich am Riemen. Es gab jetzt Wichtigeres, als sich darüber zu streiten, wo man einen Zellenschlüssel aufbewahren sollte. Die wichtigste Frage war vielleicht die: Auf welche Weise würde Winni seine chinesischen Kumpane warnen? Zum Glück hatte der Wattführer kein Handy mehr. Was aber, wenn er sich eins borgte? Wenn sie Winni nicht bald fanden, mussten zwei Dinge dringend getan werden: Sie mussten die Chinesen beschatten. Und sie mussten dafür sorgen, dass Winni nicht mit ihnen telefonierte oder ihnen eine SMS oder dergleichen schickte.

Während Mütze fieberhaft nachdachte, schämte sich Ahsen in Grund und Boden. Er musste Mütze doch erzählen, dass Winni eben erst durch das Fenster seines eigenen Hauses geschaut hatte – und traute sich nicht. Erst die Sache mit dem Zellenschlüssel und dann schaute ein flüchtiger Täter durchs Fenster und er reagierte nicht und hielt's für ein Gespenst! Was war er nur für ein Idiot! Und was für ein Feigling!

Sie hatten die *Linde* erreicht. Aus den Fenstern des Restaurants, deren Oberlichter mit farbigem Glas versehen waren, leuchtete einladend das Licht.

»Ich werd nich mehr, schaut mal, wer da sitzt!«, sagte Mütze und trat unwillkürlich in den Schatten eines Baumes.

»Volltreffer!«, entfuhr es Ahsen.

Hinter dem rechten Fenster saßen die drei Chinesen und prosteten sich lachend zu.

»Wir bleiben hier draußen«, sagte Mütze zu Karl-Dieter, »oder soll einer von uns noch mit raufkommen?«

»Ne, ne, danke, komm schon klar«, brummte Karl-Dieter.

Während er unter dem Geäst der alten Linde hindurch im Hotel verschwand, presste er seine Linke gegen die Beule und versteckte zugleich so unauffällig wie möglich die freie Handschelle in seiner Rechten. Mann, wie sah er denn aus? Wie ein entlaufener Sträfling! Ahsen hatte ihm versprochen, später mit dem Bolzenschneider vorbeizuschauen. Herrenlose Fahrräder würde er mit einem Schnipp von ihren Schlössern befreien. Hoffentlich schnitt sich das Ding auch durch Solinger Edelstahl. Ächzend sperrte Karl-Dieter die Zimmertür auf, ging ins Bad und betrachtete seinen Kopf. Es sah schlimm aus. Nie wieder würde er den barmherzigen Samariter spielen, nie wieder! Das schwor er sich, als er sich an den kleinen Schreibtisch setzte. Warum hatte er sich weichklopfen lassen? Winni wäre schon nicht verdurstet. Karl-Dieter brauchte jetzt dringend etwas, um auf andere Gedanken zu kommen. Und was war da besser, als die Beerdigung seiner Freundinnen zu planen?

* * *

»Du spinnst!«, sagte Ahsen und sah die Küste von Baltrum schon wieder drohend vor sich auftauchen.

»Es geht nur so.«

»Das ist Sabotage.«

»Mann, Ahsen. Hier geht's nicht länger nur um die Aufklärung eines Mordfalls, hier geht's um ein ganz großes Ding. Spionage, verstehst du? Das Einzige, was du machen sollst, ist Spionageabwehr!«

»Das ist mir ne Nummer zu groß, dafür ist der Staatsschutz zuständig oder das BKA, meinetwegen auch der BND oder der MAD, was weiß ich, aber doch nicht wir.«

»Einmal angesetzt und schnipp. Wie bei deinen herrenlosen Fahrrädern. Mensch Ahsen, mach hinne! Ich übernehm solange die Chinesen und schnapp mir Winni, falls er hier auftauchen sollte.«

Ahsen zuckte die Schultern und lief los, lief zurück zur Wache. Spionageabwehr hin oder her, Sabotage blieb es doch. Zum Glück steckte der Bolzenschneider an seinem Platz. Mit dem langen Gerät unter dem Arm stieg er auf sein Rad und schlingerte Richtung Rathaus. Hoffentlich bekam keiner mit, was er da machte. Zwar war die Sonne längst untergegangen, da sich im Sommer aber die Dämmerung ewig hinzog, dauerte es lange, bis es endlich dunkel war.

Anheimelnd leuchteten die Lichter auf dem kleinen Dorfplatz, an den das Rathaus angrenzte. Im offenen Pavillon saß noch eine Gruppe von Touristen und lauschten romantischen Gedichten, die eine Frau aus einem kleinen Reclambändchen vortrug. So was Blödes! Hoffentlich waren die Leute bald weg! Ahsen stellte sein Dienstrad ab und sah zum Rathaus empor.

Der eine Schornstein war eine Attrappe, ein Fake, wie man das auf Neudeutsch nannte. In ihm befand sich die Sendeanlage des Mobilfunks. Man hatte sie durch den Kamin getarnt, damit sich strahlensensible Gäste nicht belästigt fühlten, die aus eben diesem Grunde nach Spiekeroog reisten und sich hier sicher wähnten. »Was ich nicht weiß, macht mich nicht heiß«, hatte der Gemeinderat augenzwinkernd festgestellt und vor Jahren den listigen Kompromiss zwischen den Notwendigkeiten der Moderne und den Bedürfnissen empfindsamer Zeitgenossen geschlossen. Einem aufmerksamen Beobachter entging jedoch nicht, dass eine elektrische Leitung aus dem Kamin herausführte. Das Kabel lief zunächst am Dachfirst entlang und dann an der Rathausfassade hinunter, bevor es im Boden verschwand. Genau dort musste er ansetzen. Ahsen fasste sich ein Herz. Er warf noch einen Blick zu den Gedichtfreunden hinüber, dann schlenderte er wie zufällig zum Rathaus hinüber, den Bolzenschneider im Rücken.

Mit einem Schlag war sein Handy vom Netz getrennt. Mütze atmete erleichtert auf. Die fünf Balken, die einen satten Empfang garantierten, waren wie von Geisterhand gelöscht. Funkstille! Selbst wenn es Winni inzwischen gelungen war, sich ein Telefon zu organisieren, würde er keinen Erfolg damit haben. Jeder Versuch, seine chinesischen Freunde zu warnen, musste scheitern. Hoffentlich waren sie nicht zu spät dran. Da kam auch schon Ahsen herbeigelaufen, Mütze drückte ihm dankbar die verschwitzte Hand.

»Gut gemacht.«

»Soll ich gleich bei Karl-Dieter weitermachen?«, fragte Ahsen und riss das Maul seines Bolzenschneiders auf.

»Jetzt nicht«, sagte Mütze und deutete zu dem Tisch mit den Chinesen, »sie haben gerade gezahlt.«

Eine Minute später öffnete sich die Eingangstür, die Chinesen traten aus der *Linde* heraus. Der letzte zog eine Art Golf-Trolley hinter sich her.

»Es geht los«, flüsterte Mütze.

Unterdessen saß Karl-Dieter oben im Hotelzimmer und ging noch einmal die To-do-Liste durch. Eigentlich hatte er an alles gedacht. Die Einladungen, der Blumenschmuck, der anschließende Gang zum Strand mit dem Einholen des Trauerflors. Und für den Sarg würde Hauke, dem Inselschreiner, eine würdige Lösung einfallen, auch darin war sich Karl-Dieter sicher. Nur mit einem zentralen Element der Feier war er unzufrieden, mit der Traueransprache. Sie erschien ihm noch zu dürftig, enthielt nicht genügend Erinnerungen an die lieben Verstorbenen. Und darauf kam doch alles an. Sich allein auf den Inselaushilfspastor zu verlassen, war riskant. Karl-Dieter spürte die Verantwortung, die auf ihm lastete. Seine Rede, die Rede aus der Perspektive des Freundes, war extrem wichtig. Sie sollte, ja sie musste den Beerdigungsgästen unter die Haut gehen. Auf einer Beerdigung mussten Tränen fließen, sie waren notwendig, um anschließend desto fröhlicher wieder ins Leben zu treten. Die Tränen dienten der Katharsis, der Seelenreinigung. Schon die alten Griechen hatten das erkannt und in ihren Tragödien verwirklicht.

Karl-Dieter kaute auf seinem Bleistift herum. Welchen Einstieg sollte er nur für die Rede wählen? Wenn der Anfang langweilte, verloren die Zuschauer die Aufmerksamkeit wie bei einem misslungenen Theaterstück. Als Kulissenbauer verstand er nicht wenig von Dramaturgie. Sein Blick fiel auf das Heft mit den Kreuzworträtseln, das wellig und zum Teil zerrissen neben der To-do-Liste lag. Ein Rätsel an den Anfang zu stellen, war das die Lösung? Warum eigentlich nicht!

Aufmerksam blätterte Karl-Dieter das brüchige Heft durch und machte sich hier und da eine Notiz. Charaktereigenschaft mit 11 Buchstaben: Achtsamkeit; Seevogel mit 5 Buchstaben: Moewe; himmlischer Bote mit 5 Buchstaben: Engel …

Karl-Dieter hatte das Heft zu zwei Dritteln durchgeblättert, als er auf eine Seite stieß, die nur noch zur Hälfte existierte. Und am weißen Rand der gegenüberliegenden Seite, was war denn das? Diese Zeichnung da? Das war doch eine Münze! Unzweifelhaft! Durchgepaust mit einem Bleistift waren dicht untereinander sowohl die Vorder- als auch die Rückseite zu sehen. Ein seltsames Geldstück. »LUDOVICTS I BAVARIAE REX«, stand auf der Vorderseite. »Ludwig der Erste, bayerischer König«, das konnte Karl-Dieter auch ohne Mützes Hilfe übersetzen. Auf der Rückseite stand: »AUGUSTA NEMETUM – EX AURO RHENI MDCCCXXX.« Hier musste Karl-Dieter passen, »AUGUSTA NEMETUM« jedenfalls sagte ihm nichts. »AURO« könnte Gold bedeuten, »RHENI« vielleicht Rhein. Hieß das: aus dem Gold des Rheines? Rheingold? Eine Oper von Richard Wagner hieß so, ein Teil des Rings des Nibelungen. Und die Jahreszahl? Karl-Dieter brauchte ein Weilchen, es war lange her, dass er sich mit lateinischen Ziffern beschäftigt hatte. Schließlich aber war er sicher, die richtige Übersetzung gefunden zu haben: MDCCCXXX musste die Schreibweise für 1830 sein. Eine historische Goldmünze aus Bayern also, die man im Jahr 1830 gegossen hatte.

Gedankenversunken fuhr Karl-Dieter sich über die Stirn, ohne an die Beule zu denken. Ein heftiger Schmerz ließ ihn zusammenzucken. Ihm kam in den Sinn, was er vorhin auf der Wache gelesen hatte. Die verschwundene Goldkiste! Das Geld des Königreichs Bayern für die Gründung von Neu-Niederbayern. War die Goldkiste zerbrochen und im Meer versunken? Hatte es eine der Münzen nun an den Strand gespült, wo sie das ABC-Geschwader gefunden hatte? Das Unglück mit der *Johanne* hatte sich im Jahr 1843 zugetragen, die Goldmünze stammte aus dem Jahr 1830. Das könnte passen. Wo aber war die Münze jetzt? Die Spusi hatte doch die Zimmer der Toten gründlich durchsucht. Hatte sie das ABC-Geschwader vielleicht versteckt? Aber zu welchem Zweck? Gehörte Strandgut nicht dem Finder? Und warum hatten sie sie abgepaust? Wieder musste Karl-Dieter an den Bericht des Inselpastors denken. Manch Insulaner war von den Schiffsbrüchigen beschuldigt worden, sich am Strandgut bereichert zu haben. Wie ungerecht die Menschen doch waren und wie undankbar! Seine Retter als Diebe zu verdächtigen. Wer auch immer so gedacht hatte, er sollte sich was schämen.

Zerstreut glitten Karl-Dieters Augen über die benachbarte Seite, deren obere Hälfte fehlte. Es war nicht die einzige Seite, die schadhaft war, Regen und Wind hatten dem Heft übel zugesetzt. Die noch vorhandene Hälfte des Kreuzworträtsels aber verwirrte Karl-Dieter. Was hatten seine Freundinnen denn da gemacht? Während alle anderen Rätsel akkurat gelöst waren, strotzte dieses Rätsel vor Fehler, ja, die Wörter ergaben überhaupt keinen Sinn. Was sollte denn OLLAH heißen? Und was hatte man unter EZTEUM zu verstehen? Sollte das ein römischer Tempel sein? Karl-Dieter sah nach der danebenstehenden Ziffer: dt. Kanzlerin mit 6 Buchstaben. EZTEUM? Das konnte doch nur MERKEL sein.

Plötzlich durchfuhr es Karl-Dieter wie ein Blitz. War denn das die Möglichkeit? Fieberhaft begann er, weitere Wörter zu studieren. Das gab's doch nicht! Jetzt verstand er die Worte plötzlich. Man musste sie nur richtig lesen. nämlich genau anders als gewohnt: von unten nach oben und von rechts nach links. Nur so fügten sich die Wörter zu einem sinnvollen Text zusammen. Blöd, dass der obere Teil, also der letzte fehlte, so blieb der Text Fragment und ließ einige wichtige Punkte unbeantwortet.

Vorsichtig ließ er das brüchige Heft in eine Tragetasche gleiten, dann schnappte er sich seine Jacke und stürmte nach unten zum Restaurant, die noch an seinem Arm baumelnde Handschelle wieder sorgsam verbergend. Die Chinesen waren weg und auch Mütze und Ahsen. Wo nur waren sie hin? Er musste den Freund sprechen und zwar sofort! Vielleicht ging er ja ans Telefon. Aufgeregt fingerte Karl-Dieter sein Handy hervor. Kein Empfang! So ein Mist! Karl-Dieter sah sich um. Eine der netten Kellnerinnen kam mit einem Tablett vorbei.

»Entschuldigen Sie, können Sie mir sagen, wohin die drei asiatischen Herren sind?«

»Die Chinesen meinen Sie?«, sagte die Kellerin. »Tut mir leid, das haben sie mir nicht verraten. Aber wenn es bei uns einen Golfplatz gäbe, würde ich sagen, sie sind zum Golfen.«

»Wieso das?«

»Na, sie zogen so einen Golf-Trolley hinter sich her.«

Den Chinesen unauffällig zu folgen, war für Mütze und Ahsen nicht schwer. Erstens war es nun richtig dunkel geworden und zweites übertönte das rhythmische Klappern des Trolleys auf den Verbundsteinen alle anderen Geräusche. In sicherem Abstand gingen sie den dreien hinterher, zum westlichen Dorfrand und über den Deich hinüber zu den Wattwiesen. Hier band sich einer der Chinesen den Trolley auf den Rücken, dann stiegen sie über den niedrigen Zaun und marschierten zu dritt über die Wiesen dem Watt entgegen. Die Polizisten ließen ihnen nun einen kleinen Vorsprung. Das flache Gelände bot kaum Tarnung, sie mussten vorsichtig sein. Als die drei nur mehr als entfernte Schatten zu erkennen waren, liefen Mütze und Ahsen geduckt hinterher.

»Stopp!«, flüsterte Mütze plötzlich.

Die Schatten hatten das Wattenmeer erreicht und blieben stehen. Mütze glaubte zu erkennen, dass sie etwas aus dem Trolley zogen, vermutlich ihre Tauchanzüge. So ganz verstand Mütze ihre Absicht nicht. Jetzt war doch Ebbe, Niedrigwasser. Das Watt lag glänzend wie ein feuchter Pudding vor ihnen. Warum dann Tauchanzüge?

»Vergiss die Priele nicht«, flüsterte Ahsen.

Mütze nickte unmerklich. Vielleicht hatte Ahsen Recht. Vielleicht wollten die Chinesen ihre Abhörvorrichtung nicht im offenen Watt, sondern in einem der Priele anbringen. Dort war ein Abhörgerät unsichtbar, würde keinem auffallen. Die genaue Position der Leitung zu finden, dürfte für erfahrene Spione nicht schwierig sein. Jeder Hobbyhandwerker fand eine Leitung in der Wand mit einem dieser Detektoren aus dem Baumarkt. Etwas Vergleichbares gab es gewiss für Berufsspione und Unterwasser-Telefonkabel!

»Sollen wir nicht doch das LKA verständigen?«, wisperte Ahsen.

»Wie denn?«, fragte Mütze.

»Ich Idiot!«, dachte Ahsen. Er selbst war es doch gewesen, der das Netz lahmgelegt hatte.

»Komm, sie gehen los!«, flüsterte Mütze.

Ahsen aber blieb stehen. Mütze machte Witze! Er wollte doch nicht allen Ernstes in das Watt hinein? Doch Mütze war schon losgelaufen. Ahsen stieß einen stillen Fluch aus und lief hinterher.

* * *

Karl-Dieter rannte in die Dunkelheit hinaus. In dem Golf-Trolley konnte nur die Tauchausrüstung stecken. Plus eventuelle Abhörgeräte! Jetzt herrschte Ebbe, es musste kurz vor Niedrigwasser sein, der perfekte Zeitpunkt für eine Wattwanderung. Wo aber würden die Spione ins Watt steigen? Karl-Dieter überlegte. Der Pfeil neben den Schriftzeichen hatte nach der

Erinnerung Noras etwa auf der Höhe des alten Rettungshauses ins Watt gezeigt. Also entschied Karl-Dieter sich, Richtung Westen zu laufen, hin zu dem Binnendeich, der das Dorf vor Sturmfluten schützte. Dabei fiel sein Blick nach rechts, wo eine kleine Siedlung die Dünen hinaufkletterte. Ganz links, das musste das Haus von Winni sein.

Überrascht verlangsamte Karl-Dieter seinen Lauf. War das nicht ein Lichtreflex gewesen, oben, im rechten Zimmer? Da, jetzt wieder! Es war, als würde jemand eine Taschenlampe aufscheinen lassen. Erneut huschte jetzt ein Lichtschein durch den Raum. Ob das Winni war? Hatte er sich trotz der Versiegelung in sein Haus gewagt? Und was wollte er dort? Versteckte Spuren beseitigen? Packte er für seine Flucht? Oder war er nur nach Hause gegangen, um zu schlafen? Er konnte sich ja kaum irgendwo blicken lassen, schließlich wusste sicher schon ganz Spiekeroog Bescheid, dass er einsaß. Unschlüssig blieb Karl-Dieter stehen, dann rannte er weiter. Noch ein Grund mehr, Mütze zu suchen!

Hinter dem Deich hielt er sich scharf links. Er stieg über einen niedrigen Zaun und lief dann weiter über die Wiese. Vor dem nachtschwarzen Himmel blinkte es rot, die Windkraftanlagen des Festlands. Immer finsterer wurde es, je weiter er sich von den Lichtern des Dorfes entfernte. Hoffentlich fand er Mütze bald. Dieses Kreuzworträtsel änderte alles, darin musste die Lösung des Falls stecken, selbst wenn die Hälfte fehlte. Dieses ABC-Geschwader! Karl-Dieter war voller

Bewunderung. Auf was für geniale Ideen die Freundinnen gekommen waren! Sie hatten kein Risiko eingehen wollen, hatten für alle Fälle eine Sicherheitskopie ihrer Ermittlungsergebnisse gemacht, versteckt in einem Kreuzworträtsel. Wer hätte mit dieser Wendung gerechnet! So sehr sich Mütze auf der richtigen Fährte wähnte, so sehr täuschte er sich zugleich. Wo steckte er nur? Karl-Dieter blieb keuchend stehen. Er hatte das Watt erreicht.

* * *

Es war ein komisches Gefühl, durch das Watt zu stapfen, besonders in der Dunkelheit, wenn man nicht sah, wo man hintrat. Mütze fluchte still. Es gluckste und schmatzte beim Gehen, mal trat man auf eine einigermaßen trockene Stelle, mal sank man tief in den Schlick ein und kam nur mühsam wieder heraus. Die Chinesen schienen sich leichter zu tun, trotz oder vielleicht gerade wegen der Tauchanzüge. Mit den Plastikflossen an den Füßen sanken sie weniger tief ein, der Abstand vergrößerte sich. Hoffentlich sind sie bald an ihrem Priel, dachte sich Ahsen. Er hasste das Watt und heute noch mehr als sonst. Was wollten sie eigentlich hier? Wollte Mütze die drei mitten im Watt festnehmen? Wie stellte er sich das vor?

»Es geht um das Beweismittel, die Abhöranlage«, flüsterte Mütze, als hätte er verstanden, was Ahsen dachte. »Wir merken uns die Stelle, dann zischen wir wieder ab!«

Die Chinesen aber liefen immer weiter. Sie schienen sich auszukennen. Mal schlugen sie einen Bogen, dann durchquerten sie zielbewusst einen kleineren Priel. Nur kurz blieben sie manchmal stehen und ließen etwas aufleuchten. Ein Smartphone? Aber sie hatten doch keinen Empfang.

»Ein GPS-Gerät, vermutlich«, flüsterte Mütze. Er bereute es, seine Hose und Schuhe nicht ausgezogen zu haben. Hier draußen, ein gutes Stück von den Wattwiesen entfernt, sank man bis zu den Knien ein. Nun ging es durch den schmalen Priel, durch den fünf Minuten zuvor die Chinesen gewatet waren. Mütze setzte schon seinen Fuß hinein, als Ahsen nach seiner Hand griff und ihn festhielt.

»Schau mal!«, sagte Ahsen und deutete auf das Wasser.

»Was hast du denn?«, gab Mütze ärgerlich zurück. Sie konnten es sich nicht erlauben, den Abstand anwachsen zu lassen, sonst verloren sie die Chinesen aus den Augen.

»Schau doch, das Wasser! Es fließt schon wieder zurück, die Flut kommt, lass uns umkehren!«

Mütze aber dachte nicht daran. So weit war Spiekeroog nun auch noch nicht entfernt und die Flut stieg gewöhnlich nur sehr langsam. Es konnte ja auch nicht mehr weit sein. Und richtig. Im Glanz des feuchten Schlicks konnten die Polizisten erkennen, dass die Chinesen einen Kreis bildeten und sich bückten. Sie schienen sich an etwas zu schaffen zu machen.

»Vermutlich programmieren sie jetzt ihre Wanze«, flüsterte Mütze gespannt.

Ahsens Blick aber ging in die andere Richtung. Er schaute zur Insel zurück, die still im Licht des Mondes glänzte. Warum nur hatte er sich auf diese Sache eingelassen? Als er wieder zu den Chinesen hinüberschaute, war nichts mehr zu sehen.

»Sie sind abgetaucht«, sagte Mütze. Hier also war es. Hier musste TAT-14 verlaufen, die Superleitung, die Europa mit den USA verband. In Millisekunden rasten unvorstellbare Datenmengen über den Grund des Atlantiks, Privates und Geschäftliches, Banales und streng Geheimes. Und in dem Priel da vorne tauchten die Chinesen, um die Leitung anzuzapfen. Ein dickes Stück vom Datenkuchen der westlichen Welt, nicht mehr lange, und China konnte sich bedienen. Wenn, ja wenn nicht eine Kleinigkeit dazwischenkam ... Mützes Lippen umspielten ein zufriedenes Lächeln. Nun kam es nur noch darauf an, sich die Stelle zu merken. Gut, dass die Kamera seines Handys auch ohne Netz funktionierte. Mütze zog sein Smartphone hervor, richtete es Richtung Süden und drückte ab, dann kontrollierte er das Ergebnis.

»Was willst du denn damit?«, fragte Ahsen, »man sieht doch nur rote Punkte.«

»Genau auf diese Punkte kommt es an«, erwiderte Mütze und klang fast fröhlich, »und nun ab nach Hause!«

Den Rückweg zu finden in unbekanntem Gelände, keine einfache Kunst. Theseus rollte den Faden der Ariadne ab, als er das Labyrinth des Minotauros betrat, so kam er wieder heraus, nachdem er das Monstrum besiegt hatte. Hänsel und Gretel hatten erst weiße Kiesel, dann Brotkrumen ausgestreut, als man sie tief in den Wald geführt hatte. Indianer orientierten sich an abgebrochenen Grashalmen, am Strand konnte man umkehren und seinen eigenen Fußstapfen folgen. Was aber machte man im Watt? Jeder Fußabdruck war in Sekundenschnelle verschwunden, verschlungen vom Schlick, der alles wieder glattstrich. Das Watt ist vergesslich. Es kennt keine Spuren.

Mütze entschied sich für den direkten Weg zur Insel, doch als sie an einen breiten Priel kamen, durch den schon heftig das Wasser flutete, merkte er, dass er einen Fehler gemacht hatte. Er hatte die Flut unterschätzt. Das Wasser stieg nicht allmählich an, es bahnte sich zunächst seinen Weg durch die Vertiefungen, durch die Priele, machte sie zu reißenden Strömen. Besser wäre es gewesen, den Weg zu suchen, auf dem sie gekommen waren. Doch wo war dieser Weg nun? Und war es dafür nicht schon zu spät? Mütze blickte geradeaus Richtung Insel. Hinter dem Priel glänzte das Watt, von dort war es nicht mehr weit zu den Salzwiesen. Auch wenn die Strömung heftig war, es müsste doch machbar sein, das andere Ufer schwimmend zu erreichen. Rasch zog er sein Handy aus der Tasche, machte seinen Oberkörper frei, legte sich das

Handy auf den Kopf und band sich mit dem T-Shirt eine Art Turban. Das Handy musste unbedingt trocken bleiben.

»Und los!«, sagte er zu Ahsen und machte einen Schritt in den Priel hinein, gurgelnd umspülte das Wasser seinen Fuß. Ahsen aber machte keine Anstalten, ins Wasser zu steigen. Er stand da wie versteinert.

»Was ist?«, rief Mütze, »In einer Minute sind wir drüben!«

»Ich kann nicht schwimmen.«

Ich kann nicht schwimmen? Ein Inselpolizist, der nicht schwimmen konnte? Unfassbar! Fluchend drehte sich Mütze um und stapfte los. Jetzt blieb nur noch die Hoffnung, den Weg zu finden, auf dem sie hergekommen waren. Doch verdammt! Keine drei Minuten später standen sie an dem nächsten Priel und dieser war mindestens so reißend wie der andere. Nun ging auch Mütze die Düse. Hier war eben doch noch kein Priel gewesen, wo kam nur all das Wasser plötzlich her?

»Komm, zurück zu dem anderen Priel!«, rief Mütze, »ich zieh dich dadurch ans Ufer!«

Was blieb ihnen auch sonst übrig? Stehenzubleiben und zu hoffen, dass sie jemand entdeckte? Mitten in der Nacht? Das war Selbstmord. Dann lieber kämpfen! So stapften sie zurück durch das immer nassere Watt zu dem Priel, hinter dem Spiekeroog lag.

»Nun komm endlich!«, rief Mütze, als sie an dem schwarzen Strom standen. Ahsen ergab sich seinem Schicksal. Selbst wenn er hätte schwimmen können, er wusste nur zu gut, dass es unmöglich war, einen Priel zu durchqueren. Die trainiertesten Schwimmer hatten keine Chance gegen die Gewalt des strömenden Wassers. Er hatte das Watt immer schon gehasst und nun wusste er, warum.

»Spiel einfach toter Mann«, sagte Mütze als sie ins Wasser stiegen, »bewege dich nicht, lass mich nur machen.«

Dann wurden sie von den Fluten erfasst. In Sekundenschnelle wurden sie mitgerissen, trieben mit der Flut dem offenen Meer entgegen. Mütze schwamm in Rückenlage und hatte den angewinkelten linken Arm von Ahsen gepackt, so wie er es vor vielen Jahren beim Rettungsschwimmen gelernt hatte. Er kämpfte nicht gegen die Strömung an, was ohnehin nicht funktioniert hätte, sondern versuchte, sich im strömenden Wasser seitlich fortzubewegen, Richtung Salzwiesen, Richtung Insel. Doch verflucht, warum kam Spiekeroog nicht näher? Zwar sah er den Saum des rettenden Ufers, jedoch hatte er nicht das Gefühl, den Abstand zur Insel zu verkleinern, immer breiter schwoll der Priel an. Warum musste das beschissene Wasser aber auch so kalt sein und Ahsen so schwer?

»Lass mich los«, rief Ahsen, »alleine kannst du's schaffen.«

Doch Mütze dachte nicht daran. Entweder sie schafften es zu zweit oder sie gingen gemeinsam unter. Keuchend drehte sich Mütze um und versuchte, zu den Salzwiesen hinüberzuschauen. So ein Mist! Während die Insel an ihnen vorbeiglitt, entfernten sie sich immer weiter vom rettenden Ufer. Zwei Männer allein in der Nordsee, mitten in der verdammten, unbarmherzigen Wasserwüste! Sie hatten es vermasselt, so was von vermasselt! Und die chinesische Mörderbande würde ungestraft davonkommen. Mütze spürte schon, wie seine Kräfte nachließen, als unmittelbar vor ihnen, keine zehn Meter entfernt, etwas aus den Fluten auftauchte, drei Köpfe, vermummt durch große Taucherbrillen. »Zu Hilfe!«, schrie Mütze, worauf sich die Taucherbrillen in seine Richtung drehten. Mütze riss den rechten Arm aus den Fluten, winkte den Tauchern zu. Die jedoch winkten nur schadenfroh zurück, tauchten unter und waren nicht mehr gesehen. Der letzte kleine Hoffnungsfunken, er war erloschen.

* * *

Das kleine Rettungsboot schoss in wilden Sprüngen über die Wellen. Es hatte einen starken Scheinwerfer, der bald Backbord, bald Steuerbord über die Fluten strich. In dem Boot saßen Bornekamp, der Hafenmeister, und Karl-Dieter. Während Bornekamp am Heck den Außenbordmotor bediente, schwenkte Karl-Dieter am Bugspriet den Scheinwerfer und schaute zugleich angestrengt durch ein elegantes Opernglas, was ein wenig seltsam aussah, zumal bei den Hüpfern, die das Boot machte.

Sie hatten gerade eine langgezogene Kurve in Richtung auf den Inselwesten gezogen, als Karl-Dieter aufschrie. Erregt hielt er den Scheinwerfer auf Position. Hatte er sich vertan? Nein, da waren sie wieder! Im Kegel des grellen Lichtes tauchten zwischen den Wellen zwei Köpfe auf, der eine trug eine Art Turban. Keine halbe Minute später hatte das Boot die Ertrinkenden erreicht, mühsam zogen Karl-Dieter und Bornekamp die Polizisten an Bord.

»Mensch, Karl-Dieter, was machst du denn hier draußen?«, keuchte Mütze.

»Was ich hier draußen mache? Was verdammt macht ihr hier draußen?«, schimpfte Karl-Dieter und seine Stimme überschlug sich fast.

»Nur 'ne kleine Recherche«, ächzte Mütze und ließ sich auf den Boden des Bootes sinken. Schon heulte der Motor auf und Bornekamp steuerte das Boot in rasender Fahrt zum Hafen zurück.

* * *

»Noch nen Schluck?«

Mütze nickte und ließ sich ein weiteres Gläschen einschenken. Rum war doch die beste Medizin, wenn man völlig durchfroren war. Sogleich spürte man, wie die Lebenswärme zurückkehrte. Die Freunde saßen im Büro des Hafenmeisters, die Polizisten sahen aus wie zwei seiner Arbeiter, Bornekamp hatte sie mit trockener Kleidung versorgt und ihnen zudem Decken umgelegt. Auch Ahsen verlangte nach einem weiteren Schuss Rum.

»Wie hast du uns gefunden?«, wollte Mütze von Karl-Dieter wissen, der eine Kanne Tee aufsetzte.

»Damit«, sagte Karl-Dieter und deutete auf das Opernglas, das zusammen mit der Handschelle immer noch an seinem Handgelenk baumelte.

»Wo hast du das her?« Mützes Stimme klang misstrauisch.

»Wo soll ich's schon herhaben? Von meinen Freundinnen natürlich.«

»Du bist in das versiegelte Zimmer eingestiegen?«

»Jetzt mach aber mal 'ne Pause! Wie hätte ich euch da draußen denn finden sollen ohne Nachtsichtgerät?«

Karl-Dieter hatte sich nicht getraut, den beiden Polizisten ins Watt zu folgen. So war er zum *Buschwindröschen* gelaufen. Werner Glucksmann, der Pensionswirt, hatte misstrauisch geguckt und sich ihm in den Weg gestellt, Karl-Dieter aber hatte etwas von einem dringenden Notfall gesagt und das Siegel an der Tür erbrochen. Mit einem der Operngläser war er dann zurück zu den Salzwiesen. Das Nachtsichtgerät war ein technisches Wunderding, hell wie am Tag hatte das Watt vor ihm gelegen. Als er Mütze und Ahsen zwischen den Prielen umherirren sah, hatte er nicht lange gezögert und war zum Hafen gestürmt.

»Glücklicherweise war Borni noch in seinem Büro«, sagte Karl-Dieter und schenkte den Tee aus. Auch er konnte jetzt einen Schnaps gebrauchen und goss sich einen guten Schuss Rum in seine Tasse.

»So, genug gefaulenzt«, sagte Mütze, »komm Ahsen, trink aus. Wir müssen los.«

»Wohin?«, fragte Karl-Dieter.

»Drei Obergauner festnehmen«, sagte Mütze.

»Warte«, sagte Karl-Dieter. Darauf zog er das Kreuzworträtselheft aus der Tasche, blätterte zur Seite mit der durchgepausten Münze und legte es dann kommentarlos auf den Tisch.

Mütze beugte sich verblüfft vor. »Was ist das?«

»Eine Goldmünze«, sagte Karl-Dieter und nahm einen Schluck Grog, »Jahrgang 1830.«

Stirnrunzelnd studierte Mütze den lateinischen Text. In Latein machte ihm niemand etwas vor: »Ludwig der Erste, bayerischer König. Speyer - aus dem Gold des Rheines.« Die Alten hatten eine historische Goldmünze abgepaust, aus welchem Grund auch immer. Was aber hatte das mit dem Fall zu tun? Das hielt doch alles nur auf. Wenn es den Chinesen gelungen war, ihr Abhörgerät erfolgreich zu positionieren, waren sie vielleicht schon dabei, sich vom Acker zu machen. Dass sie dabei die Fähre nahmen, war nicht gesagt. Was, wenn sie mit ihren Taucheranzügen zum Festland schwammen? Die Zeit drängte. Zudem hatte er noch eine persönliche Rechnung mit ihnen offen.

»Schau dir erst noch das Kreuzworträtsel an, hier, auf der anderen Seite«, sagte Karl-Dieter. Er trank normalerweise keinen Alkohol mehr und spürte, wie ihm der Rum in den Kopf zu steigen begann.

Mütze überflog das Rätsel und schüttelte den Kopf.

Was sollte er sich mit dem sinnlosen Zeug beschäftigen? Mann, er musste los!

»Du musst es von rechts nach links lesen und von unten nach oben.«

Mützes Augen weiteten sich. Stockend begann er vorzulesen: HALLO MÜTZE WIR WUSSTEN DASS DU UNSERE BOTSCHAFT FINDEST GERNE HÄTTEN WIR DIR ALLES PERSÖNLICH ERZÄHLT ABER ES MUSS UNS ETWAS DAZWISCHEN GEKOMMEN SEIN KANN IN UNSEREM ALTER VORKOMMEN ENTSCHULDIGE HÖR ZU WAS WIR AUS UNSEREM FENSTER BEOBACHTET HABEN EIN MANN MIT SCHLAPPHUT BRACHTE ETWAS HEIMLICH UNTER DER BANK AM HAFENDEICH AN WIR NICHTS WIE HIN FANDEN DAS ALTE GOLDSTÜCK STECKTE IN EINER TÜTE DIE UNTER DIE BANK GEKLEBT WAR PAUSTEN ES AB UND STECKTEN ES ZURÜCK BEOBACHTETEN WEITER ANDERER MANN KAM MIT FÄHRE NAHM GOLDSTÜCK STECKTE ETWAS ANDERES IN DIE TÜTE FUHR MIT FÄHRE ZURÜCK MANN MIT SCHLAPPHUT KAM EIN ZWEITES MAL WIR HINTERHER SAHEN IHN …

Hier brach der Text ab, der obere Teil mit dem Schluss der Botschaft war abgerissen.

»Jemand verscherbelt alte Goldmünzen«, murmelte Mütze sichtlich verblüfft.

»Den Schatz der *Johanne*«, sagte Karl-Dieter.

»Den Schatz der *Johanne*?«

»Ein Auswandererschiff, 1843 vor Spiekeroog gestrandet.« Karl-Dieter erzählte mit knappen Worten, was er über die Tragödie gelesen hatte. »Eine Goldkiste voller Goldstücke wurde vermisst, Geld des bayerischen Königs für umfangreichen Landerwerb im Wilden Westen.«

»Du meinst ...«

»Was, wenn jemand die Kiste gefunden und entwendet hat?«

»Das ist doch schon Ewigkeiten her.«

»Aber immer noch lebt einer bestens von dem Golde.«

Aber wer? Sie wussten nur, dass er einen Schlapphut trug, ungewöhnlich auf Spiekeroog. Mütze sah Ahsen an, doch der schüttelte den Kopf. Er kannte niemanden mit Schlapphut. Wahrscheinlich trug der Kerl ihn nur zur Tarnung, wenn er seinen krummen Geschäften nachging.

»Wenn jemand plötzlich reich geworden ist, muss es doch Gerüchte gegeben haben«, sagte Mütze.

»Ich weiß von nichts«, sagte Ahsen, »wir könnten höchsten Opa Knut fragen, unseren Methusalem.«

»Opa Knut?« Karl-Dieter wurde hellhörig. »Wohnt der nicht neben der katholischen Inselkirche?«

»Ganz genau«, sagte Ahsen, »kennst du ihn?«

»Nur vom Hörensagen«, grinste Karl-Dieter.

Mütze beschloss dennoch, zunächst die Chinesen festzunehmen. Was für eine verwickelte Geschichte! Auf der Suche nach dem Mörder des ABC-Geschwaders waren sie einem anderen Verbrechen auf die Spur gekommen. Spionage im Watt von Spiekeroog. Aber das war nicht der einzige Punkt, warum man sich die Chinesen schnappen musste. Hinzu kam noch etwas viel Gemeineres: unterlassene Hilfeleistung. Die Schurken hätten sie einfach untergehen lassen, ja sie hatten ihnen, was der Gipfel war, noch zynisch zugewinkt!

»Komm Ahsen«, sagte Mütze und sprang auf, »ab zur Wache!«

»Wieso zur Wache?«, fragte Ahsen.

»Na, wegen der Knarre. Vielleicht hast du sogar noch 'ne zweite.«

»Ne, nur eine«, sagte Ahsen immer noch zitternd »und da ist noch was ...«

»Was denn?«

»Muss noch Munition nachbestellen ...«

* * *

Es war gegen kurz nach zwei, als Mütze und Karl-Dieter die Nachtglocke der *Spiekerooger Leidenschaft* drückten. Kurz darauf erschien mit müdem Gesicht der Nachtportier hinter der Scheibe. Als er Ahsen erkannte, musste er grinsen und schloss auf.

»Bist du unter die Hafenarbeiter gegangen?«

»Sind die Chinesen in ihrem Zimmer?«, wollte Mütze wissen.

»Die Chinesen? Warum?«, fragte der Nachtportier überrascht.

»Okay, schnappen wir sie uns«, sagte Mütze, »geben Sie uns den Schlüssel!«

Ahsen griff nach seiner Dienstwaffe, Mütze zog die Schreckschusspistole von Winni hervor. Besser als nichts. Der Zugriff erfolgte blitzschnell. Die Chinesen lagen in ihren Betten und leisteten keinen Widerstand. Sie waren völlig überrumpelt und blinzelten ängstlich, geblendet durch das Licht. Glücklicherweise hatten sie in der Wache, wo sie Karl-Dieter mit Hilfe des Bolzenschneiders von der Handschelle befreit hatten, noch zwei weitere Handschellen gefunden. Damit banden sie die Chinesen an den Händen zusammen, Herrn Hai-Pin in die Mitte, rechts Herrn Hui und links Herrn Fu. So ging es durch die Nacht zur Wache. Hätte jemand den Gefangenenzug beobachtet, er hätte den Kopf geschüttelt. Zwei Männer, die aussahen wie Hafenarbeiter, führten drei Chinesen, denen man über ihre Seidenpyjamas weiße Frotteebademäntel gehängt hatte, den *Tranpad* entlang. Es ging nur langsam voran, denn die Chinesen taten sich schwer mit den weißen Hotelschlappen. Mütze hatte kein Risiko eingehen wollen. Die Kleidung würde man nachkommen lassen.

»Gehört bestimmt zum Hotelservice«, lachte er.

Die drei Chinesen beschwerten sich nicht, gaben aber auch keinen Ton von sich, als Mütze sie zum Verhör an Ahsens Tisch setzte. Auch als Mütze sie auf Englisch ansprach, bekam er keine Antwort.

»Also gut«, sagte Mütze, »dann ab in die Zelle!«

Er war überzeugt, dass es nicht lange dauern würde, die Kerle zu überführen. Sie hatten einfach zu viele

Spuren hinterlassen, die wichtigste war im Watt vor Spiekeroog versteckt. Mütze griff sich Ahsens Dienstapparat und führte zwei Telefonate. Als Erstes setzte er den Staatsanwalt in Kenntnis, dann wählte er die Nummer des BKA. Die sollten sich um diese Spionagegeschichte kümmern. Er selbst hatte genug mit dem anderen Fall zu tun.

So viele offene Fragen waren noch zu klären. Wer war der Kerl mit den Goldstücken? Und war er auch der Mörder des ABC-Geschwaders? Was war Winnis Rolle in der Sache? Wenn er nicht der Komplize der Chinesen war, steckte er vielleicht mit dem Goldmünzentyp unter einer Decke? Wer hatte ihnen die Frisbeescheibe ans Fenster segeln lassen? Und wer war in die Lagerhalle eingebrochen und hatte sich an den Leichen zu schaffen gemacht? Und warum? Der Goldmünzentyp? Oder Winni? Oder ganz wer anderes?

Als er mit den Telefonaten fertig war, lag Ahsen schnarchend im Eck. Auch Mütze spürte, wie müde er wurde. Er war nun fast schon 24 Stunden auf den Beinen, dazu das unfreiwillige Bad im Meer. Junge, Junge, was hatten sie für ein Glück gehabt! Karl-Dieter hatte sich was Besonderes verdient, ohne ihn würden nun die Fische an ihnen knabbern. Mütze reckte sich und kritzelte einen kleinen Gruß an Ahsen auf einen Zettel. Als er aufbrechen wollte, um ins Hotel zu gehen, klopfte es heftig und die Eingangstür wurde aufgerissen. Es war der Bürgermeister.

»Ahsen«, rief er so laut, dass der Inselpolizist aufschreckte, »unternehmen Sie was. Irgendein Schurke hat das Kabel unserer Mobilfunkanlage durchtrennt!«

* * *

Nacht über Spiekeroog. Wieder musste eine Schnapsflasche dran glauben, wurde Glas für Glas hinabgestürzt, voller Ingrimm und mit höhnischem Gelächter. »Auf die Schnüfflerinnen«, lallte es, »und wenn die alten Wasserleichen tropfend an der Himmelspforte stehen und nach dem lieben Herrgott fragen, wird Petrus nur sagen: Der Chef ist leider nicht zu sprechen, der spielt gerade Schiffeversenken!«

Donnerstag

Mütze betrat so lautlos wie möglich das Hotelzimmer. Es mochte gegen halb fünf sein. Karl-Dieter lag eingerollt in seine Bettdecke und schnarchte leise vor sich hin. Der Tag war zu aufregend gewesen, er hatte lange gebraucht, bis er endlich eingeschlafen war. Zu allem Überfluss hatte ihm ein fürchterlicher Albtraum zugesetzt. Wieder hatte er das ABC-Geschwader gesehen, wieder hatte es ertrinkend im Watt gestanden. Da war ein Segelschiff dahergekommen, Hoffnung in letzter Not. Statt der Retter jedoch war ein Schwein über Bord gesprungen, hatte die Alten grunzend umkreist und war davon. Entsetzt war Karl-Dieter hochgeschreckt. Kann man sich etwas Schauerlicheres denken? Zum Glück hatte ihn ein gnädiger Engel wieder einschlafen lassen. Mütze sah ihn gerührt an. »Mein Lebensretter«, flüsterte er leise. Dann riss er sich seine Arbeiterkleidung vom Leib und legte sich behutsam neben ihn. Doch so rücksichtsvoll Mütze es auch anstellte, Karl-Dieter bekam es trotzdem mit. Er wachte immer auf, wenn Mütze kam, das ging schon seit Jahren so.

»Alles okay?«, murmelte er schlaftrunken.

»Alles okay«, flüsterte Mütze, »die Spione sitzen hinter Schloss und Riegel.«

»Gott sei Dank«, klang es erleichtert zurück, »ach, da ist noch etwas, was du wissen musst.«

»Was denn?«, gähnte Mütze.

»In Winnis Haus hat jemand mit einer Taschenlampe gefunzelt.«

* * *

Manchmal musste es eben auch ohne Schlaf gehen. War Napoleon nicht mit drei Stunden ausgekommen? Mann, Karl-Dieter! Warum hatte er das denn nicht gleich gesagt? Wahrscheinlich war es nun schon zu spät. Dennoch musste er hin und zwar sofort. Bestimmt war es Winni gewesen. War heimlich in sein eigenes Haus eingestiegen, um sich dort zu verstecken. Raffinierte Idee. Das Haus war von der Spusi versiegelt, wenn er's geschickt angestellt hatte, würde es keiner bemerkt haben. Deshalb hatte er auch kein Licht angemacht, sondern nur eine Taschenlampe benutzt. Ob er nur zum Schlafen zurückgekommen war? Oder aus einem anderen Grunde? Ob es mit der Funkanlage zusammenhing?

Die kleine Siedlung im Schatten der katholischen Inselkirche lag im festen Schlummer. Kein Licht, nirgends. Im Osten der Insel aber meinte Mütze, bereits den ersten Schimmer des neuen Tages zu vernehmen. In Winnis Haus einzusteigen, war keine Kunst. Die Spusi hatte Mütze den Schlüssel überlassen. Für alle Fälle. Behutsam ging Mütze durch den Flur, er kannte sich in dem Haus ja bereits aus. In der Küche war niemand und auch nicht in der Stube. Karl-Dieter hatte gemeint, das Licht sei im oberen Stockwerk zu sehen gewesen. Leise schlich Mütze die steile Holztreppe hinauf, als ein hässliches Geräusch ertönte. Mütze zog rasch den Fuß zurück. Eine Stiege hatte gemein zu quietschen begonnen. Er wartete einen Moment und lauschte in die Dunkelheit. Als sich nichts rührte, machte er einen großen Schritt und nahm zwei Stufen auf einmal. Von einem kleinen Podest führten drei Türen zu den Zimmern. Die erste führte zum Badezimmer, die zweite zur Funkerbude, der dritte Raum war das Schlafzimmer. Hier drückte Mütze vorsichtig die Klinke herunter und öffnete die Tür. Das Zimmer war leer.

* * *

Morgenstund hat Gold im Mund. Der Frühstücksraum der *Linde* war noch nicht geöffnet, nicht offiziell zumindest. Ramona, eine der hilfsbereiten Bedienungen, aber lachte, als sie Mütze sah. Natürlich könne er schon einen Kaffee bekommen. Auch Brot und Aufschnitt stehe bereit. Mütze setzte sich an einen Fensterplatz. Komisch, die Müdigkeit war schon wieder verflogen, obwohl er keine Minute geschlafen hatte. Wie gab's denn das? Der Mensch war eine komische Maschine.

Mütze frühstückte mit Appetit. Um Winni machte er sich keine Sorgen. Wo immer er steckte, sie würden ihn sich schnappen. Wo wollte er auch hin? Wenn er die Fähre besteigen wollte, würde man sie sofort informieren, ohnehin kannte er auf dem Festland wohl niemanden, und sich auf dem übersichtlichen Spiekeroog langfristig versteckt zu halten, erschien so gut wie unmöglich.

Wichtiger als Winni war es jetzt, den Mann mit dem Schlapphut zu ermitteln. Konnte es auf Spiekeroog tatsächlich unentdeckt bleiben, wenn sich jemand von einem Goldschatz ernährte?

»Sie wollen sich wohl den Sonnenaufgang ansehen?«, fragte ihn Ramona, als sie ihm das dampfende Rührei mit Speck servierte.

»Nein, nein«, lachte Mütze und strich sich kratzend über den Zwei-Tage-Bart, »ich will nur einen kleinen

Morgenbesuch machen. Können Sie mir sagen, wo genau Opa Knut wohnt? Sein Haus muss in der Nähe der Zeltkirche stehen.«

Im selben Moment klopfte es an die Scheibe. Ahsen.

Gemeinsam machten sich die Polizisten auf den Weg. Mütze war Ahsen dankbar, dass er sich zu dieser frühen Stunde bereits auf die Socken gemacht hatte. Er wäre auch alleine zu Opa Knut gegangen. Jemanden dabei zu haben, der schon lange auf Spiekeroog lebte, aber war in diesem Fall Gold wert. Festländern gegenüber gab sich nämlich manch Insulaner ziemlich reserviert. Ahsen klopfte auf seine Brusttasche, die sich auffällig wölbte.

»Hab noch einen Klaren dabei, den liebt Opa Knut.«

Mütze grinste. Alkohol löste die Zunge.

Zehn Minuten später standen sie vor dem kleinen Inselhäuschen, in dem Opa Knut wohnte. Während sich Mütze vergebens nach einer Klingel umsah, drückte Ahsen einfach die Klinke hinunter.

»Ein alter Insulaner schließt nie ab.«

Mütze nickte anerkennend. Paradiesische Zustände. Wann würde es wieder eine Welt geben, in der man auf Türschlösser verzichten konnte? Sie betraten den niedrigen Flur. Die Wände waren mit weißblauen Kacheln gefliest, der Boden bestand aus gebrannten Steinen. Ahsen ging voran und blieb vor der hinteren Flurtür stehen.

»Er verbringt die meiste Zeit im Bett«, flüsterte er Mütze zu und klopfte.

»Nur munter herein!«, rief eine heisere Stimme.

Wer will entscheiden, wer sich mehr erschrak, Opa Knut oder Ahsen? Als er Ahsen erblickte, warf sich der alte Herr mit einer hastigen Bewegung die Bettdecke über den nackten Leib.

»Verdammt, Ahsen! Was willst denn du hier? Ich erwarte Damenbesuch!«

»Mensch, entschuldige, Opa Knut«, stotterte Ahsen, »wir kommen später wieder.«

»Ach was«, erwiderte Opa Knut, der sich schon wieder gefasst hatte, »jetzt ist es ohnehin egal. Kommt rein und setzt euch zu mir.«

Zögernd trat Ahsen ins Zimmer, gefolgt von Mütze, dem Ahsens Rücken den Blick auf Opa Knuts Bett verwehrt hatte und der sich über Ahsens Verlegenheit wunderte. Er stellte sich kurz vor.

»Aha, hoher Besuch! Zwei Polizisten auf einmal!«, lachte Opa Knut.

Ahsen zog den Flachmann hervor. »Einen Klaren zum Frühstück?«

»Aber immer!«, sagte Opa Knut und richtete sich auf und nahm einen tüchtigen Schluck.

»Ahh«, schwärmte er zufrieden, wischte sich über den Mund und gab Ahsen den Flachmann zurück. »Was kann ich für euch tun?«

»Wir sind auf der Suche nach einem wichtigen

Zeugen«, sagte Mütze, »einen Insulaner, der zu unerklärlichem Reichtum gekommen sein muss. Kann durchaus schon ein Weilchen her sein.«

»Zu unerklärlichem Reichtum? Kann mich nicht entsinnen, dass bei uns jemand im Lotto gewonnen hätte. Sei so lieb, gib mir noch einen Schluck, Ahsen, vielleicht kommt mir's ja dann – ahh! – der ist gut, der ist wirklich gut, ein echtes Frühstückswässerchen, so wie früher. Als meine Grete noch lebte, Gott hab sie selig, hat's immer ein Schnäpschen vor dem Aufstehen gegeben. Aber deshalb seid ihr natürlich nicht gekommen. Was wolltet ihr noch wissen, einen Millionär sucht ihr?«

»Wie gesagt, nur als Zeugen. Es muss jemand sein, der viel Geld besitzt, ohne dafür gearbeitet zu haben.«

»Hihihi«, lachte der fidele Greis, »das müsste mir passieren. Krieg ich noch einen Schluck?«

Mütze sah Ahsen an. Das führte doch zu nichts. Doch Ahsen nickte nur unmerklich und zog noch mal seinen Flachmann hervor. Aller guten Dinge sind drei. Erneut setzte Opa Knut den Flachmann an und gluckernd rann der Rest des Fläschchens in seine Kehle. Darauf sah er Mütze mit listigen Äuglein an.

»Von einem Lottogewinn weiß ich nichts, aber es gibt da etwas, was fast genauso gut ist.«

»Und das wäre?«, fragte Mütze.

»Strandgut!« Opa Knut ließ seinen Kopf gegen den mit reichen Schnitzereien verzierten Bettrahmen sinken und schloss die Augen. »Manche entdecken ein

Stück Bernstein, manche fischen ein Fässchen Rum auf. Und dann findet einer den Hauptgewinn.«

»Wer? Welchen Hauptgewinn?« Mütze musste sich Mühe geben, nicht zu unwirsch zu klingen. Ungeduld, seine alte Schwäche.

»Gerüchte, nichts als Gerüchte«, sagte Opa Knut. Er öffnete die Augen wieder und sah zur Decke empor, an der ein Buddelschiff schwebte, das gleichzeitig als Lampe diente. »Es gab da mal ein Schiffsunglück, lange her, 1842 oder 1843 muss das gewesen sein. Mein Großvater hat's erlebt, als junger Mann. Die ganze Insel war voller Schiffbrüchiger, arme Leute, die alles verloren hatten. Hatten nach Amerika gewollt, wo ja das große Glück liegen soll. Die meisten kamen aus Bayern und aus Schwaben. In Bremerhaven hatten sie abgelegt, nagelneues Schiff, alles tipptopp und auf dem neuesten Stand. Dann kam ein fetter Nordwest, ein echter Monstersturm, drückte sie gegen unseren Strand. Alle Insulaner haben mit angepackt, haben gerettet, was noch zu retten war, Leute und Ladung. Auch bei meinem Großvater ist eine Familie einquartiert gewesen, hier in diesem Haus. Nette Leute, haben noch lange geschrieben, jedes Jahr zu Weihnachten, haben sich bedankt, für alles, was man für sie getan hat. Die Briefe müssen noch irgendwo liegen. Einige wenige aber haben sich bitter beklagt, haben uns Insulanern unterstellt, wir hätten sie beklaut, was natürlich Unsinn gewesen ist. Das einzige, was meinem Großvater aufgefallen ist, war die Sache mit Freddy.«

»Was war mit diesem Freddy?«

»Freddy Wintergras war ein Leichtmatrose, ein armer Hund, der gelegentlich auf einem Walfänger angeheuert und sich damit über Wasser gehalten hat. Kaum ein halbes Jahr nach dem Schiffsunglück aber hat er sich plötzlich ein großes Stück Land am Ostrand des Inseldorfes gekauft und sich dort ein stattliches Haus gebaut. Er hätte geerbt, soll er immer erzählt haben, eine alte Tante vom Festland. Doch von dieser alten Tante hatte vorher niemand je gehört. Gerüchte, wie gesagt, nichts als Gerüchte.«

»Und weiter?«

»Nichts weiter. Er war plötzlich in der Lage zu heiraten, bekam einen Sohn, den er ebenfalls Freddy nannte und auch dieser Sohn wurde wieder Vater eines Freddys. Mittlerweile gibt es den Freddy in der fünften Generation. Müssen sehr verliebt in den Namen gewesen sein.«

»Was macht dieser Freddy jetzt?«

»Das, was seine Väter und Vorväter auch getan haben.«

»Nämlich?«

»Nichts.«

»Wovon lebt er?«

»Von Luft und Liebe.«

»Du kennst ihn«, schaltete sich Ahsen ein, »Freddy hat uns neulich mit seinem Elektromobil zum Hafen gefahren.«

»Der Blondie, der so nach Rum gestunken hat?«

»Nach Rum-Aroma, nur die Lutschpastillen von *Fisherman's Friend.*«

»Aber das ist doch ein Lieferwagen gewesen. Lebt er nicht davon?«

»Ne, ne!« Ahsen musste grinsen. »Den Lieferwagen hat er sich nur zugelegt, um über die Insel düsen zu können. Privatleute bekommen nämlich keine Fahrlizenz, sie müssen wie alle zu Fuß gehen.«

»Das heißt, er ist überhaupt kein Lieferant?«

»Wie man's nimmt. Er liefert sich gewissermaßen selbst aus, zum Beispiel transportiert er sich von seiner Villa im Wäldchen zu seiner Yacht im Hafen.«

»Eine Yacht hat er auch?«

»Und was für eine, der schickste Kahn weit und breit. *Pecunia* heißt er.«

Pecunia – Knete! Na, das sagte ja schon alles. Mütze schnalzte mit der Zunge. Das also war dieser Freddy, dieser Schickimicki-Typ, der mit seinen blondierten Haaren und dem Goldkettchen besser nach Sylt als nach Spiekeroog passte, für den es keine gewöhnlichen Lutschbonbons taten, sondern nur eine Spezialanfertigung mit Rum-Aroma. Opa Knut war ein Schatz! Mütze war sicher: Nun waren sie auf der richtigen Fährte.

Er wollte sich gerade verabschieden, als die Tür aufging. Nora!

»Herrje«, rief Opa Knut, »tut mir leid, meine Süße, mir ist was dazwischengekommen.«

»Aber das macht doch nichts«, lachte Nora und

knöpfte ihre Bluse wieder zu, »du rührst dich schon wieder, Opa Knut, versprochen?«

»Und ob! Wenn sich was rührt.«

Als die Polizisten das Haus verließen, fiel Mützes Blick auf den Zettel mit dem Foto des ABC-Geschwaders. Mensch, wie hatte er das vergessen können? Die Beerdigung war bereits für heute angesetzt und er hatte Karl-Dieter doch hoch und heilig versprochen zu kommen. Zum Henker, das könnte knapp werden. Um zwei Uhr sollte man sich in dem Friedhofswäldchen einfinden, hatte Karl-Dieter auf sein kleines Plakat geschrieben. Wenn es irgendwie ging, würde er dabei sein, nahm sich Mütze fest vor. Das war er dem ABC-Geschwader schuldig, vor allem aber Karl-Dieter. Dann gingen sie los.

Die Villa von Freddy Wintergras lag im äußersten Osten des Dorfes versteckt in einem großen verwilderten Garten, untypisch für ein Spiekerooger Haus, die alle proper und einladend mit gepflegten Vorgärten an den Inselwegen lagen. Mütze hatte mit Ahsen diskutiert, wie sie weiter vorgehen sollten. An Freddys Tür zu schellen war unklug. Wusste er erst, dass sie ihm auf die Spur gekommen waren, würde er alles daransetzen, Beweismittel zu vernichten. Besser war's, er würde sich weiter in Sicherheit wiegen. Was Mütze Ahsen lieber verschwieg: Vielleicht war es möglich, Freddys Haus einen heimlichen Besuch abzustatten, wenn der Goldesel gerade mal unterwegs war. Mütze konnte diese halblegale Visite nur allein unternehmen, kannte er doch Ahsens Baltrumphobie nur zu gut. Er wollte Ahsen gerade zur Polizeistation zurückschicken, um die Villa allein zu observieren, als sich in dem Garten etwas tat. Zwischen den dichten Zweigen hindurch bemerkten sie, wie sich eine Person näherte. Rasch zog Mütze Ahsen hinter einen Busch, gerade noch rechtzeitig, um von Freddy nicht bemerkt zu werden, der sein Gartentörchen öffnete und dann auf einem Trampelpfad Richtung Süden marschierte.

»Ich werd' verrückt«, sagte Mütze, »hast du das gesehen?«

»Der Schlapphut«, sagte Ahsen tonlos.

»Ab hinterher!«

Der Trampelpfad führte an einer Reitschule vorbei zu einer Straße mit dem Namen *Achter'd Diek,* auf der Freddy Wintergras in westlicher Richtung abbog. Er ging mit dem Schritt eines Mannes, der nicht angesprochen werden wollte. Sein Schlapphut war einer der weit auskragenden Sorte. Zudem hatte er ihn tief in die Stirn gezogen und eine dicke Sonnenbrille aufgesetzt, selbst gute Bekannte würden ihn nicht erkennen. Auch folgte er dem *Achter'd Diek* nicht weiter Richtung Dorf, sondern ging, als die Straße einen Knick machte, über ein kurzes Wiesenstück geradeaus. Hier begann ein schmaler, selten begangener

Fußweg, der um die Richelwiesen herumführte. Dieser Weg verlief auf der Krone des niedrigen Deiches, der die Insel vom Watt trennte.

»Er will zum Hafen«, sagte Ahsen.

Eine andere Möglichkeit gab es nicht. Es gab keinen Abzweig vom Deich, bevor dieser den Hafen erreichte.

»Komm, wir nehmen den Weg durch das Dorf!«, sagte Mütze und rannte los.

Wenn er Recht hatte, wollte Freddy zu der Sitzbank, auf der ihn das ABC-Geschwader beobachtet hatte. Und wenn sie Glück hatten, würde er wieder eine Münze unter der Bank verstecken. Dafür aber musste er sich unbeobachtet glauben. Folgten sie ihm über den Deich und er drehte sich um, war die Chance vielleicht für immer vorbei, wusste Freddy doch, dass auch er ein Polizist war. Mütze trieb zur Eile. Durchtrainiert, wie er war, fiel ihm der Spurt nicht schwer, Ahsen kam kaum hinterher. In der *Norderloog* stoppte Mütze abrupt vor der *Linde* und bat Ahsen, einen kurzen Moment zu warten. Dann stürmte er hinauf aufs Zimmer.

Karl-Dieter war gerade dabei, aus frisch geschnittenen Heckenrosen kleine Sträußchen zu binden, und schaute ihn überrascht an.

»Das Opernglas, schnell!«, rief Mütze.

»Bis gleich auf der Beerdigung«, stammelte Karl-Dieter, doch da war sein Freund schon wieder aus dem Zimmer.

Die Polizisten liefen weiter, an der *Bunten Kuh* vorbei um die *Teetied* herum und weiter die *Wippspör* entlang Richtung Hafen. Kurz hinter dem Kiosk aber stoppten sie und setzten sich auf eine Bank. Mütze zückte das Opernglas und tat, als würde er die Flugkünste der Möwen bewundern, tatsächlich aber hatte er nur den Deich im Blick. Er stellte das Objektiv scharf. Da kam er auch schon, Freddy, und näherte sich der Bank.

»Setz dich nieder«, flüsterte Mütze beschwörend, »setz dich bloß nieder!«

Als wenn er Mützes Wunsch verstanden hätte, hielt Freddy tatsächlich an und machte es sich auf der Bank bequem.

»Und nun die Münze«, brummte Mütze.

Freddy aber schien nicht daran zu denken. Wie ein zufälliger Flaneur, der eine kleine Pause eingelegt hatte, um das Hafenleben zu betrachten, legte er einen Arm über die Banklehne und ließ seinen Blick bald hierhin, bald dorthin schweifen. Plötzlich aber griff er in die Tasche seiner Windjacke und zog etwas hervor. Dann beugte er sich nieder, als müsse er einen Schnürsenkel binden. Mütze aber konnte durch sein Opernglas deutlich erkennen, dass die Bewegung nicht den Schuhen galt.

»Siehst du was?«, fragte Ahsen aufgeregt.

»Er klebt was unter die Bank.«

Gleich darauf richtete sich Freddy wieder auf und schaute zum Hafen hinunter, in den gerade die *Spiekeroog I* einlief. Als die Fähre begleitet vom lustigen Winken der Urlauber den Anleger erreichte, erhob sich Freddy und spazierte weiter den Deich entlang, bog dann aber nicht links zum Hafen ab, sondern Richtung Dorf. Er kam direkt auf sie zu. In wenigen Minuten würde er ihre Bank erreicht haben.

»Und jetzt?«, fragte Ahsen nervös.

»Ein Fährgast wird kommen und zu der Bank gehen, den schnappst du dir. Aber Vorsicht! Nimm ihn erst fest, nachdem er sich die Goldmünze geholt hat.«

»Und Freddy?«

»Geh an ihm vorbei, als würdest du ihn in seiner Verkleidung nicht erkennen. Ich werd' mich um das Bürschchen kümmern. Wir treffen uns dann alle auf der Wache.«

Während Ahsen widerstrebend aufstand, ging Mütze zum Kiosk hinüber und tat, als interessiere er sich für die Tageszeitungen. Freddy war nicht mehr weit entfernt, er sollte keinen Verdacht schöpfen. Nun war Freddy auf seiner Höhe angelangt. Statt aber weiterzugehen, trat auch er an den Kiosk und an den Ständer mit den Zeitungen. Mütze drehte sich mit einer schnellen Bewegung zur Seite und fing an, lebhaft in den Frauenzeitschriften zu blättern. Seine Vorsicht war jedoch unbegründet, Freddy interessierte sich nicht die Bohne für das, was um ihn herum geschah. Statt sich eine Zeitung auszusuchen, blickte er in die Ferne und ließ die Deichkrone nicht aus den Augen. Auch Mütze schielte zum Deich hinüber. Hoffentlich versemmelte Ahsen nicht alles!

Die Karawane der frisch angereisten Inselgäste setzte ein. Vom Hafen aus klapperten sie mit ihren Rollkoffern Richtung Dorf, manche zogen Bollerwagen oder schoben Kinderwagen vor sich her, einige wenige überholten die Fußgänger mit ihren Rädern, Insulaner vermutlich. Aus der fröhlichen Prozession aber löste sich ein Mann, um über die Deichkrone zu gehen.

Mütze sah zu Freddy hinüber. Ohne seine Sonnenbrille abzusetzen hatte der Inseldandy seinen Blick unverwandt auf den Deich gerichtet, über den nun der einsame Fährgast spazierte, bis er zu der Bank kam, auf der keine Viertelstunde zuvor Freddy gesessen hatte. Jetzt hielt er an und setzte sich. Anders als Freddy aber vertrödelte er nicht seine Zeit damit, den Flaneur zu spielen, sondern langte gleich unter die Bank. Als er seine Hand wieder hervorzog, hielt er etwas gefasst, das er kurz musterte, um es sogleich in seiner Jacke verschwinden zu lassen. Im Gegenzug zog er etwas aus seiner Innentasche und klebte es unter die Bank. Er schien es eilig zu haben. Wollte er mit derselben Fähre wieder zurück?

Mit hastigen Schritten ging er die Deichkrone zurück Richtung Hafen, da kam ihm jemand entgegen und stellte sich ihm in den Weg. Ahsen. Das war das Zeichen für Mütze. Er trat neben Freddy und sagte leise aber eindringlich: »Mütze, Kriminalpolizei. Wir kennen uns ja bereits, Herr Wintergras. Ich muss Sie bitten, mich auf die Wache zu begleiten.«

Freddy wurde kreidebleich und holte tief Luft, als wolle er empört protestieren. Als er jedoch sah, was oben auf dem Deich geschah, spürte er, dass es klüger war, dem Kommissar nicht zu widersprechen. Ohne ein Wort zu sagen, folgte er Mütze durch das Dorf. Wie sie beim *Nanu-Nana* vorbeikamen, schien er sich wieder gefasst zu haben und blieb abrupt stehen: »Ich weiß nicht, was Sie wollen. Es muss sich um einen Irrtum handeln, ich hab nichts Unrechtes getan.«

»Das wird sich zeigen«, sagte Mütze nur knapp.

* * *

Karl-Dieter blieb überwältigt stehen, als er in dem kleinen Eichenwäldchen am *Tranpad* eintraf. Im Schatten der alten Bäume, deren Äste sich wie die Rippen eines Kirchengewölbes in der Luft aufspannten, warteten bereits an die fünfzig Menschen, Jung und Alt, Gäste und Insulaner. Mit einer solch stattlichen Zahl hätte Karl-Dieter nie gerechnet. Herzlich begrüßte ihn Friedreich Schwertfeger, der schwäbische Inselpfarrer, der sich über seinen schwarzen Talar mit dem traditionsreichen Beffchen der Lutheraner eine bunte Stola geworfen hatte. Auch dafür war Karl-Dieter ihm dankbar. Es sollte schließlich ein fröhliches Fest werden, eine Feier des Lebens und der Auferstehung. Unter den Gästen entdeckte er so manch vertrautes Gesicht.

Der Hafenmeister war gekommen, Werner Glucksmann, der Pensionswirt des *Buschwindröschens*, wie immer in seinem alten Jogginganzug mit den gewagten Rallyestreifen, und der Bayer vom Nachbarstrandkorb des ABC-Geschwaders. Ja, und auch Nora, die Inselhure, die wie eine Diva auf Karl-Dieter zustöckelte und ihm einen Kuss auf die Backe drückte. Karl-Dieter freute sich über die große Anteilnahme. Auch Ahsen und Mütze würden sicher noch kommen. Nur eines beunruhigte ihn.

»Wo sind die Särge?«, flüsterte er dem Pastor zu.

»Der Inselschreiner war eben noch bei mir«, beruhigte ihn der fromme Altachtundsechziger, »dahinten kommen sie schon!«

Karl-Dieter blickte die Eichenallee entlang. An ihrem Ende kamen acht Männer mit Frack und Zylindern geschritten, vier in der vorderen Reihe, vier dahinter, mit weißen Handschuhen die drei Särge zwischen sich tragend. Karl-Dieter war überwältigt. Das war ja großartig! Wie hatte Hauke das nur hingekriegt? Und da war der Schreiner ja auch selbst, der Sargträger vorne rechts. Er blinzelte Karl-Dieter mit einem Auge zu, als wollte er sagen: »Na, wie hab ich das gemacht?« Und tatsächlich, Karl-Dieter war platt!

In die Seitenwände der Särge waren Löcher gesägt, aus denen die Arme der Toten hingen. Auch wenn jede in ihrem eigenen Sarg ruhte, hielten sie sich doch weiter an den Händen gefasst. Was für ein wunderbarer Anblick! Durch das dichte Blattwerk der Eichen tanzten die Sonnenflecken, gemessen und würdevoll schritten die Sargträger zu der Versammlungsstätte, fröhlich wie junge Schulfreundinnen auf einem Ausflug schaukelten die Toten mit ihren Armen dazu.

Die Beerdigungsgäste, eben noch in angeregte Gespräche vertieft, verstummten überwältigt von dem Bild, das sich ihnen bot. Manch einer legte die Hände zusammen, andere zogen ehrfürchtig ihre Kopfbedeckung. Unwillkürlich bildeten sie einen Halbkreis, der sich zu dem Trauerzug hin öffnete, eine erhabene, ja ergreifende Stimmung entstand, der sich niemand entziehen konnte.

Doch was war das? Plötzlich und die Andacht aufs Übelste störend, entstand eine heftige Bewegung in den seitlichen Büschen. Ein Mann brach durch das Unterholz und lief auf die Beerdigungsgesellschaft zu, die ihn entgeistert anstarrte. Sein Schlapphut flatterte im Wind, das Gesicht war hinter einer großen Sonnenbrille verborgen. Ihm dicht auf den Fersen aber war ein zweiter Mann, Mütze!

Karl-Dieter erstarrte. Was ging da vor sich? Versteckte sich unter dem Schlapphut etwa der gesuchte Mörder? Der Fliehende nutzte den Moment der Verblüffung, um mitten durch den Pulk der Trauergäste zu stürmen, worauf Bewegung in die Gruppe kam und mancher lauthals »Frechheit!« rief und: »Unverschämt!« Mütze, der sich ebenfalls durch die Menschen drängte, geriet ins Stolpern und musste sich mit heftigem Körpereinsatz seinen Weg freikämpfen. Hierdurch gewann Wintergras einen kleinen Vorsprung und stürmte weiter, direkt auf den Trauerzug zu, der schon bis auf wenige Dutzend Meter herangekommen war. Statt jedoch zu versuchen, an der Seite der Sargträger vorbeizulaufen, rannte Freddy mitten auf die Särge zu. Das war ein Fehler. Zwar sprang er wie ein Hürdenläufer über den Arm des linken Sargträgers, erkannte aber das Hindernis nicht, das jetzt folgte, und blieb in den Armen von Agathe und Bertha hängen, die sich weiter eisern an den Händen hielten. Durch den Aufprall gerieten die Sargträger ins Schwanken, die Särge fielen polternd zu Boden und begruben den Stürzenden unter sich.

Eine große Konfusion brach aus, empörte Schreie ertönten. Doch da war auch schon Mütze zur Stelle. Gemeinsam mit Hauke, dem Schreiner, packte er die Beine des Flüchtenden und zog ihn unter den Särgen hervor. Der Kommissar drehte Wintergras entschlossen den Arm auf den Rücken, ein zweites Mal würde er ihm nicht entkommen. Dann bedankte er sich bei dem Inselschreiner und machte, dass er weiterkam, Freddy fest im Griff haltend. Karl-Dieter sah ihm hinterher, Erleichterung lag in seinem Blick und zugleich eine kleine Traurigkeit.

* * *

Mütze traf zeitgleich mit Ahsen auf der Wache ein. Der Mann, den Ahsen mit sich führte, mochte um die dreißig sein. Er trug einen Hipster-Bart der Marke Kaiser Wilhelm und sah mit seinem karierten Hemd und der ungesunden Hautfarbe aus wie ein kanadischer Holzfäller auf Entzug. Sein Ausweis war auf einen Tim Urschlechter in Bremen ausgestellt. Der flackernde Blick und das Zittern seiner Hände verrieten den Amateur. Schon auf dem Weg zur Wache hatte er alles zugegeben, ja, es war regelrecht aus ihm herausgeplatzt. Allerdings behauptete er, so etwas nie zuvor gemacht zu haben, er sei zum ersten Mal überhaupt auf Spiekeroog. Den Treffpunkt und die genauen Übergabemodalitäten habe ihm ein gewisser Käpt'n d'Oro per E-Mail im Darknet mitgeteilt.

»Käpt'n d'Oro, das sind dann wohl Sie, Herr Wintergras?«, stellte Mütze fest und zog den Polizeigriff an.

»Au! Lassen Sie das! Ich hab nichts zu verbergen. Ist es verboten, mit Münzen zu handeln?«

»Und warum dann das Darknet? Warum die mysteriöse Übergabe?«

»Ist doch meine Sache, welchen Vertriebsweg ich wähle.«

»Hier, das ist die Münze«, sagte Ahsen, einen gewissen Stolz in der Stimme.

Mütze hielt das Goldstück ans Licht. »LUDOVICTS I BAVARIAE REX«, stand auf der Vorderseite, »AUGUSTA NEMETUM – EX AURO RHENI MDCCCXXX« auf der Rückseite. »Ludwig, der Erste, König von Bayern – Speyer – aus dem Gold des Rheines«. Zweifelsohne die gleiche Münze, wie die, die das ABC-Geschwader abgepaust hatte.

In diesem Moment klopfte es, ach was, klopfte, ein regelrechtes Trommeln begann. Kein Zweifel, die Chinesen hämmerten zu dritt an die Zellentür. Irgendetwas deklamierten sie im Chor, was wie »Hang-li!« klang.

»Dreh doch bitte das Radio auf«, sagte Mütze zu Ahsen, der sofort an den Knöpfen drehte. Mick Jagger dröhnte: »You can't always get what you want.«

»Wo haben Sie die Münzen her, Herr Wintergras?«

Dass der Kommissar ihn konsequent mit dem Nachnamen ansprach, irritierte Freddy sichtlich. »Alte Erbstücke, was dagegen?«

»Erbstücke oder unterschlagenes Strandgut?«

»Hören Sie, ich hab die Münzen von meinem Vater und der hat sie von seinem Vater …«

»… und der hat sie von seinem Vater und der von seinem Vater, ich weiß. Und der hat sie von der gestrandeten *Johanne* geklaut.«

Freddy erbleichte. Woher wusste der Kommissar das? Das war ein altes, bestens gehütetes Familiengeheimnis.

»Zu Ihrem Pech aber, lieber Freddy, sind Ihnen drei alte Damen auf die Schliche gekommen. Sie haben Ihr Treiben beobachtet, da sind Sie in Panik geraten und haben die drei im Meer ertrinken lassen.«

»Ne, ne, ne, Herr Kommissar«, Wintergras wurde immer nervöser, »das lass ich mir nicht anhängen. Ich bin Geschäftsmann, aber doch kein Mörder!«

»Sie bestreiten, die drei Damen gekannt zu haben?«, sagte Mütze und hielt ihm das Kutschenfoto hin.

»Sind mir nie begegnet.«

»Tatsächlich nicht?«

»Nicht, dass ich wüsste.«

»Leider aber haben uns die Seniorinnen ein Schriftstück hinterlassen, das uns etwas anderes erzählt.«

»Sind Sie verrückt?«, brach es aus Wintergras heraus, »ich sagte doch, ich kenne die Omas nicht!«

»Und ich sagte, zu meinem aufrichtigen Bedauern haben wir ein höchst aufschlussreiches Schriftstück gefunden, einen Brief an mich, verfasst von den lieben Alten.«

Freddy blickte flehentlich zu Ahsen hinüber. »Sag doch was Ahsen, sag deinem Kollegen, dass ich ein unbescholtener Bürger bin, erzähl ihm, was ich alles für Spiekeroog getan habe, erzähl ihm von den Dünenklos!«

»Wo waren Sie am Sonntagmorgen zwischen sechs und neun?«, hakte Mütze nach.

»Sonntagmorgen zwischen sechs und neun? Wo soll ich Sonntagmorgen gewesen sein?«

»Das frage ich Sie!«

»Sonntagmorgen war ich zu Hause, wie jeder normale Mensch. Da werde ich noch geschlafen haben.«

»Allein?«

»Jawohl, allein! Ist das nun auch schon verboten?«

In der Zelle wurde es noch enger. Mit Freddy schob Ahsen zudem eine Packung Zwieback hinein, bevor er wieder zuschloss. Als er die Musik wieder ausmachte, hörte man ein Geräusch, das lebenserfahrene Leser vom Krümelmonster aus der Sesamstraße kennen. Die Chinesen hatten ja noch nicht gefrühstückt und ließen es nun krachen. Dem Hipster aus Bremen machte Mütze zur Auflage, sich zur Verfügung zu halten, dann ließen sie ihn wieder laufen.

»Wann kommen denn die Leute vom BKA?«, fragte Mütze.

»Müssten schon längst da sein«, sagte Ahsen.

»Mach doch bitte noch mal die Lalla lauter.«

Es war wie verhext. Die Zelle war voller Verbrecher. Sie hatten sowohl die Chinesen als auch Freddy Wintergras geschnappt, sie hatten einen gigantischen Spionageversuch vereitelt und einen historischen Diebstahl aufgeklärt. Und dennoch hatten sie immer noch keinen Beweis, um den Mörder des ABC-Geschwaders zu überführen. Mütze hätte Karl-Dieters Freundschaftsring darauf verwettet, dass es dieser Freddy war, aller Wahrscheinlichkeit zusammen mit Winni, dem Wattführer, von dem weiter jede Spur fehlte. Das ABC-Geschwader war hinter die schmutzigen Geschäfte des Inselgigolos gekommen. Wintergras hatte davon Wind bekommen und beschlossen, die drei beiseitezuschaffen und alles wie einen Unfall aussehen zu lassen.

So musste es gewesen sein. Aber Beweise? Fehlanzeige! Das Geld, das sie in Winnis Zigarrenkiste gefunden hatten, stammte es von Freddy? War das die Belohnung für den Mord im Watt gewesen?

Hoffentlich fanden sie Winni bald. Vielleicht würde er ja alles zugeben, jetzt, wo sie Freddy hatten. Wenn nicht, sahen sie alt aus. Einen Indizienprozess würden sie kaum gewinnen, nicht bei der derzeitigen Beweislage. Warum zum Henker hatten Regen und Wind aber auch das Kreuzworträtselheft zerreißen müssen?

* * *

Karl-Dieter hatte dem Freund noch eine Weile nachgeschaut, bis er am Ende des Eichenwäldchens verschwunden war, den Schlapphut fest im Griff. So hatte er sich Mützes Teilnahme an der Beerdigungsfeier nicht vorgestellt. Nun, dann musste es eben ohne den Freund gehen. Karl-Dieter hätte ein Buch darüber schreiben können, welche Pläne er schon über den Haufen hatte werfen müssen, weil irgendein Verbrecher zu jagen gewesen war. »Dienst ist Dienst und Schnaps ist Schnaps«, pflegte Mütze zu sagen, und natürlich hatte er Recht, wer verstand das besser als Karl-Dieter? Dennoch war er enttäuscht. Es wäre tausendmal schöner, bei einer Beerdigung nicht allein herumzustehen, sondern einen Partner an der Seite zu wissen. Doch alles Jammern half ja nichts, nun kam es darauf an, den verstorbenen Freudinnen eine würdevolle Feier zu bereiten.

Nachdem sich die Sargträger wieder sortiert hatten, griffen sie noch mal zu und trugen die Särge das letzte kurze Wegstück, um sie vor dem Inselpastor abzustellen. Das war für den friedensbewegten Pastor das Zeichen, seine Ansprache zu beginnen. In den Mittelpunkt seiner kurzen Predigt stellte er die Geschichte vom Propheten Jonas, dessen Schiff in einen furchtbaren Sturm geraten war, worauf er sich über Bord werfen ließ, um Gott zu besänftigen und die übrige Schiffsbesatzung zu retten. Auch die drei Toten hätten ihr Leben für ein höheres Ziel geopfert, auch für sie aber sei das Leben nicht zu Ende, nachdem die Wellen sie verschlungen hatten. Jonas sei zur Rettung der Walfisch geschickt worden, den drei Frauen aber Christus, um an einem anderen, besseren Ort ein anderes Leben in neuer Weise zu begrüßen. Damit übergab der schwäbische Inselpfarrer Karl-Dieter das Wort.

Karl-Dieter griff in seine Badetasche und legte auf jeden Sarg ein Heckenrosensträußchen nieder. Dann begann er zu erzählen, wie er das ABC-Geschwader kennengelernt hatte, erzählte von ihrem Leben im Ruhrpott, wie sie als junge Mädchen den Bombenhagel überlebt, wie sie nach dem Krieg die Trümmer von Bottrop beseitigt und zum Wirtschaftswunder beigetragen hatten. Dann griff er zum zweiten Mal in seine Badetasche und zog das Kreuzworträtselheft hervor: »Das Leben, ist es für viele von uns nicht oft ein Rätsel? So ist es vielleicht kein Zufall, dass das letzte Lebenszeichen, das wir von unseren Freundinnen besitzen, ein Rätselheft ist. In ihrem Strandkorb haben sie viele Stunden damit verbracht, diese Rätsel hier zu lösen. Drei Rätselfragen habe ich für unsere Feier ausgewählt, die drei Fragen möchte ich in den Mittelpunkt meiner kleinen Ansprache stellen. Als Erstes ist ein Begriff gesucht, auf den folgende Beschreibung zutrifft: Sympathiebeziehung mit zehn Buchstaben.«

Karl-Dieter machte eine kleine Kunstpause und ließ seinen Blick über die Trauergemeinde schweifen. Eine Dame meldete sich und sagte mit fragender Stimme: »Freundschaft?«

Karl-Dieter nickte und seine Augen begannen zu glänzen. »Zur Freundschaft waren unsere lieben Verstorbenen in hohem Maße begabt. Wie sie ihr ganzes Leben zusammengehalten haben, wie sie miteinander durch dick und dünn gegangen sind, wie sie sich auch im Alter nicht aus den Augen gelassen haben und eine für die andere einstand, das ist einzigartig. Selbst im Tod haben sie sich nicht losgelassen, und ich möchte an dieser Stelle herzlich einen Dank an unseren Inselschreiner aussprechen. Danke, lieber Hauke, dass sich die drei Freundinnen auch bei ihrer Beerdigung weiter die Hände reichen dürfen. Nun zum Rätsel Numero zwei. Gesucht wird ein Synonym für: Verantwortung übernehmen, ein Wort mit zwölf Buchstaben.«

Erneut ließ Karl-Dieter seinen Blick über die Zuhörer gleiten. Dieses Mal aber schien keinem eine Lösung einzufallen.

»Also gut«, sagte er und räusperte sich, »es ist nicht einfach, zugegeben. Gesucht wird das Wort Geradestehen. Ein seltsames Wort, nicht wahr? Eigentlich klingt es eher wie ein militärischer Befehl. Gerade stehen! Geradestehen tun Menschen, die Rückgrat beweisen und auch das haben unsere lieben Toten bewiesen. Sie haben sich nicht gescheut, dem Verbrechen die Stirn zu bieten, haben niemals akzeptiert, dass das Unrecht über das Recht siegt. Dafür haben sie gekämpft, ich weiß, wovon ich spreche. Unsere drei Freundinnen haben mit ihrer beherzten Art die Herzlosigkeit unserer Zeit zu besiegen versucht. Auch dafür gebührt ihnen unser Dank. – Nun zum dritten und letzten Rätsel. Gesucht wird ein Wort mit nur vier Buchstaben: Bedeckt die Erdüberfläche zu 71 Prozent.«

»Meer!«, erschallte es vielstimmig.

»Richtig! Agathe, Bertha und Cecilie haben das Meer über alles geliebt. Jedes Jahr haben sie ihren Urlaub auf Spiekeroog verbracht. Warum aber hat sie das Meer fasziniert, warum fasziniert es uns? Vielleicht liegt es daran, dass der Ursprung allen Lebens im Meer zu suchen ist und wir das Gefühl haben, zu unseren Wurzeln zurückzukehren, wenn wir zum Strand gehen. Vielleicht aber liegt es auch daran, dass das Meer für ein noch größeres Geheimnis steht, ein Geheimnis, das wir alle spüren, wenn wir die letzte Düne erreichen und das Meer in seiner ganzen Weite vor uns liegt. Ich rede vom Gefühl der Freiheit. Jedenfalls geht mir das so. Nirgends spüre ich die Freiheit so intensiv, wie beim Anblick des Meeres.« Er machte eine kleine Pause, um die Bedeutung seiner Worte wirken zu lassen.

»Das Leben unserer drei Freundinnen war nicht immer leicht, weiß Gott. Wie auch wir und vielleicht noch mehr als unsere heutigen Generationen waren sie in die Zwänge und Nöte des Lebens gepresst, in die Widrigkeiten des Alltags, die dem Menschen das Gefühl von Freiheit rauben können. Umso notweniger ist es, sich dieses grandiosen Gefühls immer wieder zu vergewissern, gibt es uns doch bereits hier auf Erden eine Idee von Ewigkeit und Unsterblichkeit. Am Meer zu sterben ist deshalb nichts Schlimmes. Im Gegenteil. Vielleicht hatte unsere Freundinnen schon früh eine Vorahnung ergriffen. So ist es ihr letzter Wunsch gewesen, auf Spiekeroog begraben zu werden. Diesen Freundschaftsdienst wollen wir ihnen nun erweisen. Begleiten wir sie zum Friedhof!«

Der Weg war nicht weit. In den Dünen war die extrabreite Grube schon ausgehoben, drei Sandberge lagen zu Kopfe der Gräber. In jedem der Hügel steckte eine bunte Plastikschaufel, eine gelbe, eine grüne und eine blaue. Selbst daran hatte Karl-Dieter gedacht. Alles sollte so heiter und spielerisch wie möglich aussehen. Die drei Särge synchron hinabzulassen war eine logistische Meisterleistung, welche mittels geschickt platzierter Stricke aber gut gelang. Alle, die wollten, griffen sich nun nacheinander eine der bunten Plastikschaufeln und warfen den Toten einen letzten sandigen Gruß hinterher. Als sich der letzte Gast vor der Grube verneigt hatte, ergriff Karl-Dieter erneut das Wort und lud alle ein, mit zum Strand zu kommen, dort würde ein kleiner Imbiss auf sie warten.

In diesem Moment aber trat ein Mann nach vorne, den Karl-Dieter von seinem Museumsbesuch kannte. Es war der graue Vollbart, der ihm die Adresse von Bertie Ooneplan verschafft hatte. Verlegen räusperte sich der Museumswärter, dann zog er hinter seinem Rücken eine Glocke hervor: »Diese Glocke bewahren wir im Museum auf. Sie gehörte zum Schiff *Johanne*, das unter tragischen Umständen vor über 150 Jahren vor Spiekeroog gestrandet ist. Ich will sie drei Mal erklingen lassen, als Zeichen unserer Anteilnahme. So wie die Insulaner damals beim Tod so vieler Menschen der *Johanne* getrauert haben, so nehmen wir heute Anteil am Ertrinkungstod unserer drei lieben Urlaubsgäste.« Bei diesen Worten hob er die Glocke und ließ sie drei Mal erklingen. Jedem, der es hörte, jagte es einen Schauer der Ergriffenheit über den Rücken.

Dann zog man gemeinsam los, an der Kurverwaltung, dem Schwimmdock und dem Trockendock vorbei den hügeligen Dünenweg entlang. Waren anfangs alle noch still und in sich gekehrt, stellte sich bald eine gelöste, ja ausgelassene Stimmung ein. Man redete miteinander, scherzte und lachte, genauso, wie es sich Karl-Dieter gewünscht hatte. Nach einer halben Stunde erreichte man bei herrlichstem Wetter den Badestrand. Die letzten Schönwetterwölkchen hatte der Wind vom Himmel gepustet, ungestört funkelte die Mittagssonne vom Firmament. Am Strandkorb des ABC-Geschwaders angekommen, bat Karl-Dieter noch einmal um einen Moment Ruhe.

»Nun ist die Zeit der Trauer endgültig vorbei. Als Zeichen dafür, entferne ich jetzt den Trauerflor vom Strandkorb der drei großartigen Frauen!«

Karl-Dieter machte einen großen Schritt, stieg in die Sandburg hinein und streckte sich, um den schwarzen Streifen seines T-Shirts loszubinden. In diesem Moment segelte eine Frisbeescheibe herbei und landete auf dem Dach des Strandkorbs. Verwundert sah sich Karl-Dieter um. Ein junger Mann im Dress des DLRG kam gerannt und entschuldigte sich.

»Alles gut«, sagte Karl-Dieter lächelnd, »das Büfett ist eröffnet!«

Auf diesen Satz hin kamen drei Kellnerinnen der *Linde* hinter den benachbarten Strandkörben hervor. Statt ihres Hoteldress' trugen sie Bikinis. Eine hielt ein Tablett mit perlenden Sektkelchen in der Hand, die zweite eines mit Gläsern voller O-Saft, die dritte eine Platte mit Krabbenbrötchen.

Karl-Dieter griff sich das erste Sektglas: »Auf unsere Freundinnen! Auf das Leben!«

Man ließ die Gläser klingen und biss mit Appetit in die saftigen Krabbenbrötchen. Manchem war es noch ein Anliegen, sich bei Karl-Dieter für die Feier zu bedanken, eine ältere Dame meinte, es sei die schönste Beerdigung ihres Lebens gewesen und ob Karl-Dieter nicht auch die ihre einmal übernehmen könne? Karl-Dieter aber wirkte plötzlich unkonzentriert. Lag es am Sekt oder an der heißen Sonne? Er entschuldigte sich einen Moment und ging zu dem jungen Rettungsschwimmer hinüber, der sich mit einem Freund weiter die Frisbeescheibe zuwarf.

»Entschuldigen Sie«, sagte Karl-Dieter, »wo ich Sie hier spielen sehe, ist Ihnen vielleicht einmal eine weiße Frisbeescheibe mit einem Totenkopf in der Mitte begegnet?«

»Na klar«, lachte der junge Mann, »haben Sie die Scheibe etwa gefunden? Die kann nur Bertie gehören.«

»Bertie?«

»Na, Berthold Ooneplan, dem Facility Manager vom *Haus Wolfgang*.«

»Danke«, sagte Karl-Dieter und wollte sich wieder auf den Weg zurück machen, als er plötzlich innehielt und sich gegen eine der Stangen lehnte, die den Badebereich kennzeichneten. In seinem Kopf summte es wild durcheinander. Bertie, Bertie Ooneplan, der Museumswärter und Hausmeister! Wenn das stimmte, wenn die Frisbeescheibe von diesem Bertie stammte, dann wussten sie nun, wer Winni, den Wattführer angeschwärzt hatte. Die Frage war, was wusste der Facility Manager noch? – Facility Manager! Warum musste die Jugend alles amerikanisieren? Hausmeister war doch auch ein schönes Wort! – Karl-Dieter kramte eilig sein Handy aus den Shorts. Immer noch kein Empfang. Es war zum Verzweifeln. Statt zum Strandkorb zurückzugehen, machte er sich auf den Weg zum Dorf. Er musste Mütze finden und zwar so schnell wie möglich.

* * *

Niemand wusste, wo der Hausmeister war. Die Köchin nicht und nicht die Frau an der Pforte. In der Früh sei er kurz gesehen worden, als er die Mülleimer an die Straße geschoben habe, dann sei er wieder weg, ohne etwas zu sagen. Er habe merkwürdig nervös gewirkt, »so ein Zwinkern um die Augen, wissen Sie«, hatte die Köchin gemeint, irgendetwas stimme nicht mit ihm. Als man ihn drauf angesprochen habe, aber habe er nur abgewinkt. Mütze und Karl-Dieter schellten an seiner Wohnung, einem niedrigen Anbau hinter dem eigentlichen Haupthaus. Niemand öffnete. Auch war nirgends ein Zettel mit einer Nachricht angebracht. Wo steckte Bertie Ooneplan? Ein Hausmeister musste doch stets erreichbar sein.

»Vielleicht hat er Dienst im Museum?«, meinte Mütze.

Doch im Inselmuseum saß eine Frau an der Kasse. Bertie? Sei erst übermorgen wieder dran. Nein, sie habe keine Ahnung, wo Bertie stecke. Sei er denn nicht im *Haus Wolfgang*?

Mütze knurrte der Magen. Auch Karl-Dieter spürte, wie er Kohldampf bekam. Ein Krabbenbrötchen war eben keine ausreichende Mahlzeit, nicht für einen Ruhrpottjungen. So kehrten sie im Capitänshaus ein, gleich neben dem Inselmuseum, in dem hübschen Vorgarten war noch ein Tisch frei. Mütze bestellte sich Rotbarsch mit Bratkartoffeln, dazu ein Jever, Karl-

Dieter einen bunten Marktsalat und ein stilles Mineralwasser. Mütze massierte sich die Gehörgänge, untrügliches Zeichen, dass er seine Synapsen neu verdrahtete. Die Sache wurde immer komplizierter. Welche Rolle spielte der Hausmeister? Warum die Botschaft auf der Frisbeescheibe? Trieb er ein falsches Spiel? Oder wollte er lediglich für Gerechtigkeit sorgen?

»Wieso aber hat er sich dann nicht direkt bei Ahsen gemeldet?«, gab Karl-Dieter zu bedenken und bestellte sich noch eine Extraportion Brot zum Salat.

»Vielleicht, um nicht als Judas dazustehen. Man verpfeift sich eben nicht. Nicht auf Spiekeroog. Wie heißt es noch so schön? Eine Möwe hackt der anderen kein Auge aus.«

»Warum dann aber seine plötzliche Nervosität?«

Das Essen wurde serviert, die Freunde machten sich hungrig darüber her. Für das nervöse Augenzucken gab es nur einen triftigen Grund: Winni. Der Wattführer musste sich weiter auf Spiekeroog befinden und machte nun Jagd auf Bertie. Wenn die Totenkopf-Frisbeescheibe so eindeutig Bertie gehörte, war dann nicht anzunehmen, dass auch Winni sie erkannt hatte, als sie ihm das Frisbee-Foto vor die Nase gehalten hatten? Und nun versuchte der Wattführer, Bertie zur Rede zu stellen, da brauchte man doch nur eins und eins zusammenzählen. Der tiefere und eigentliche Grund für Winnis Ärger aber war damit noch nicht geklärt. War er unschuldig, dann wollte er sich Bertie vorknöpfen, weil dieser ihm etwas in die Schuhe geschoben hatte. War Winni jedoch der Mörder, dann war Berties Nervosität noch verständlicher. Denn dann wollte Winni nur eines: ihn zum Schweigen bringen.

Mütze hatte gerade die letzte Bratkartoffel aufgespießt, als ein heftiges Klingeln ertönte. Alles drehte sich zur Straße um, auch Mütze. Es war Ahsen. Der Inselpolizist saß auf seinem Dienstrad und bahnte sich mit grimmiger Miene seinen Weg durch die Schlange, die sich vor dem Waffelgeschäft gebildet hatte. Als Ahsen Mütze erkannte, hielt er erleichtert an.

»Mensch, Mütze, dich suche ich! Du ahnst nicht, was passiert ist!«

»Setz dich zu uns und erzähl!«

»Freddy! Der Haftrichter hat Freddy freigelassen.«

Das war allerdings eine Nachricht! Mütze schaute Ahsen verdattert an. Wie konnte das sein? War der Amtsrichter des Wahnsinns? Sie hatten einen Gauner geschnappt und der Richter ließ ihn laufen?

»Kein dringender Tatverdacht für einen Raub im größeren Stil. Und schon gar kein Motiv für den Mord an den drei alten Damen«, flüsterte Ahsen, denn die Nachbartische sperrten schon die Ohren auf, »sieht angeblich auch der Staatsanwalt so.«

»Kein dringender Tatverdacht? Die merkwürdige Übergabe eines Goldtalers haben wir uns wohl eingebildet! Wenn nichts dabei wäre, hätte er den Taler über Ebay verkloppen können! Und er hat doch noch mehr davon!«

»Längst verjährt, meint der Haftrichter. Selbst wenn es die Kronjuwelen der Queen angeschwemmt hätte, nach so langer Zeit hat niemand mehr was zu befürchten.«

Mütze schaute wie ein Eichhörnchen, wenn es blitzt. Donnerlüttchen! Das war ja allerhand! Und das Kreuzworträtsel? Die abgepauste Münze? Das konnte doch wohl nicht wahr sein. Jetzt konnte dieser Wintergras in aller Ruhe drangehen, die letzten Spuren zu verwischen. Er hätte unbedingt in Haft bleiben müssen, hatte denn dieser Amtsrichter noch nie was von Verdunklungsgefahr gehört?

»Und die Chinesen?«, fragte er misstrauisch.

»Die sitzen weiter. Einen extra Topf Glasnudeln hab ich ihnen noch gekocht, wir können sie ja schlecht verhungern lassen. Hab ihnen die Nudeln aber fürchte ich etwas versalzen, glaube ich.«

»Gut so«, sagte Mütze mit grimmigem Lächeln, »wo aber bleibt das BKA?«

»Hat ein Fax geschickt. Sie kämen später. Irgendetwas müsse noch mit der Botschaft geklärt werden oder einem Ministerium.«

»Schon klar!« Mütze lachte bitter auf. Es war zum Mäusemelken. Die Sache wurde auf die politische Ebene gehoben, keiner wollte sich daran die Finger verbrennen. Er ahnte, was hinter den Kulissen los war. China hatte sicher längst interveniert und verlangte die Freilassung der drei Ganoven. Und nun herrschte das fröhlichste Chaos. Zwischen den Ämtern, Ministerien und Diensten warf man sich die Entscheidung wie eine heiße Kartoffel zu. Keiner hatte den Mut, die Sache an sich zu ziehen. Lieber überließ man die Spione weiter der Obhut eines Inselpolizisten. Nach dem Motto: Die Spionagegefahr war ja beseitigt, nun ging es nur noch darum, die drei Lauscher still und heimlich wieder loszuwerden. Dass die Bande zwei deutsche Polizisten im Wattenmeer ihrem Schicksal überlassen hatte, interessierte in der großen Politik natürlich keinen. Bloß keinen Ärger mit China! Könnte ja der Wirtschaft schaden.

Manchmal verfluchte Mütze seinen Job. Ständig hielt man seinen Kopf hin, um Verbrecher zu fangen, packte man sie dann endlich am Schlafittchen, wurden viel zu wenige ihrer gerechten Strafe zugeführt. Das Schwert der deutschen Justiz war so stumpf wie das eines Playmobilritters. Doch was half's, sich darüber zu echauffieren? Es ging jetzt schließlich um etwas Wichtigeres, es ging um einen Mordfall. Denn es schien doch klar, dass er die Alten auf dem Gewissen hatte, wahrscheinlich mit Winni zusammen. Vielleicht war Freddys überraschende Freilassung ja auch eine Chance, vielleicht würde er sich selbst verraten und sie würden endlich erfahren, was die drei im Watt gesucht hatten.

Sollten sie Wintergras erneut beschatten? Doch wie konnten sie das alles alleine schaffen? Sollten sie Verstärkung vom Festland anfordern? Winni lief weiter frei herum, Bertie verbarg sich in irgendeinem

Versteck und blinzelte nervös mit den Augen, und dieser arrogante Goldjunge ging fröhlich daran, seine Freiheit zu nutzen, um seine Schandtaten zu verdunkeln. Wo sollten sie anfangen? Die Hoffnung war gering, aber vielleicht ließ sich ja beim Staatsanwalt was erreichen. Mütze zog sein Handy hervor, ließ es aber fluchend wieder in die Tasche gleiten. Immer noch kein Netz. War es so schwer, eine durchtrennte Leitung wieder zusammenzulöten?

In diesem Moment ertönte eine muntere Dreitonhupe. Durch die Schlange der Wartenden der Waffelbäckerei bahnte sich ein kanariengelber Elektroflitzer seinen Weg. Am Steuer saß ein blondierter Mann mit Sonnenbrille. Wie er Mütze und Ahsen erkannte, hob er grüßend die Hand, drückte erneut fröhlich auf die Hupe und fuhr grinsend davon.

* * *

Es war Nacht geworden. Mütze saß bei Ahsen auf der Wache und malträtierte verdrossen die Spiralhalsmöwe. Sie warteten auf den Anruf vom *Haus Wolfgang*. Wann endlich rief die Pförtnerin an? Sie hatte ihnen doch versprochen, sich sogleich zu melden, wenn der Hausmeister zurückkam. Immer noch war das Handynetz von Spiekeroog lahmgelegt, so mussten sie wohl oder übel Ahsens alten Telefonapparat bewachen, der mit seinem hässlichen Grün so wunderbar mit der Resopalplatte des Dienstschreibtischs harmonierte.

Zu allem Überfluss machten nun auch noch die Chinesen Rabatz. Auf gebrochenem Englisch verlangten sie ihre Freilassung. »You have no right, to arrest us!«, riefen sie im Stakkato und hämmerten dazu rhythmisch an die Tür. Unverschämte Kerle! Es ging ja nicht nur um Spionage, es ging um versuchten Mord! Auch wenn man sie ohne Haftbefehl strenggenommen nicht länger einsperren durfte, würden sie den Teufel tun und sie laufen lassen. Die Dreckskerle hätten sie ersaufen lassen, ja, sie hatten ihnen noch hämisch zugewunken. Und nun wurden sie auch noch unverschämt! Mütze drehte die Musik in der Zelle auf volle Lautstärke, um das Protestgeschrei zu übertönen. Zu seiner Freude fand er einen Sender, auf dem Florian Silbereisen bekanntes Liedgut volkstümelnd vergewaltigte. Zwar war Folter verboten, aber in dieser subtilen Form schwer nachweisbar. Das Trommeln gegen die Tür brach augenblicklich ab. Kunststück, man konnte schlecht hämmern und sich gleichzeitig die Ohren zuhalten.

Die Wanduhr hinter Ahsens Schreibtisch rückte auf Mitternacht vor, als das Telefon läutete. Es war die Pförtnerin. Sie berichtete, Bertie Ooneplan sei vor fünf Minuten zurückgekehrt, habe seine Wohnung aber gleich wieder verlassen. – Wo er hin sei? – Das wisse sie nicht. – Mütze seufzte. Immerhin wussten sie jetzt, dass der Hausmeister noch am Leben und auf der Insel war. Wo aber wollte er hin? Er konnte doch schlecht in den Dünen übernachten. Erneut gab Mütze der Möwe eins auf den Schnabel. Nein, natürlich würde er nicht in den Dünen übernachten, Bertie konnte an einem anderen Ort unterschlüpfen.

»Komm Ahsen, lass uns auf Streife gehen!«

Im Museum war alles dunkel. Jedenfalls von außen. Die beiden Polizisten hatten ihren Posten im Schutze des Pavillons bezogen, der den Platz vor dem Rathaus zierte. Im Dorf herrschte vollkommene Stille, hin und wieder nur war das Krächzen einer Nachtmöwe zu hören. Alles schien bereits in den Betten zu liegen. Eine Straßenlaterne beleuchtete den Platz und die angrenzenden Gebäude.

»Da ist niemand«, sagte Ahsen, ohne das Museum aus den Augen zu lassen.

»Wart's ab«, flüsterte Mütze und sah auf die Uhr. Viertel nach zwölf.

Nach dem Anruf der Pförtnerin waren sie sogleich losgezogen. Das *Haus Wolfgang* lag ein gutes Stück vom Dorf entfernt. Selbst wenn man das Fahrrad nahm, brauchte man doch sicherlich zehn Minuten hierher. Kaum anzunehmen, dass dieser Ooneplan bereits im Museum war. Oder doch? War Ooneplan schon vor ihnen angekommen und hatte aus Vorsicht kein Licht angeschaltet? Vielleicht gab es einen Hintereingang. Oder kam er erst noch? Wie lange sollten sie hier warten? War es nicht besser, sich Zutritt zu verschaffen und nachzusehen? Mütze wollte den Posten schon verlassen, als sich etwas rührte. Ein Schatten tauchte hinter dem Rathaus auf und schlich zum Eingang des Museums.

»Zugriff?«, flüsterte Ahsen.

Doch Mütze legte nur einen Finger vor den Mund. Im Schein der Straßenlaterne konnten sie beobachten, wie die dunkle Gestalt ihre Nase an das kleine Fenster neben dem Eingang drückte. Dann huschte sie zur Eingangstür, harte, hässliche Geräusche erklangen. Kein Zweifel, da machte sich jemand an der Tür zu schaffen. Das war nicht der Hausmeister, der hatte doch einen Schlüssel, das war jemand anderes.

»Schnell!« Mütze sprang auf und rannte los, Ahsen hinterher. Die Museumstür stand offen, aus dem Haus drangen Männerstimmen, die sich anbrüllten. Mütze eilte voraus. Durch die Fenster fiel schwach das Licht der Laterne. Rasch durchschritten die beiden Polizisten den Kassenraum des Museums, liefen an den Vitrinen mit dem Seehasen, dem Insekt im Bernsteinblock und dem zähnefletschenden Krokodil vorbei, weiter zum nächsten Ausstellungsraum. Die Stimmen kamen aus dem oberen Stockwerk und wurden heftiger. »Du Schwein!«, rief da jemand, und »Das sollst du büßen!«, zugleich ertönte Gepolter und Getrampel. Kein Zweifel, dort war ein Kampf im Gange!

»Zugriff«, zischte Mütze Ahsen zu, dann hieb er auf einen Lichtschalter und stürmte die Treppe hinauf: »Polizei!«

Vom plötzlich aufflammenden Deckenlicht überrascht blinzelten sie zwei Männer an. Der eine hatte gerade ausgeholt, um mit einem Walfischknochen zuzuschlagen, der andere war auf den Boden gestürzt und hielt sich schützend die Arme über den Kopf. Der Mann auf dem Boden, das war Bertie Ooneplan, der mit dem Knochen aber, das war kein anderer als Winni, der Wattführer.

»Gut, dass Sie kommen«, rief der Hausmeister erregt, ohne die Arme vom Kopf zu nehmen, »der Verrückte hier will mich erschlagen!«

»Du hast es nicht anders verdient, du Verräter!«, brüllte der Wattführer, ließ den Walfischknochen aber widerwillig zu Boden gleiten.

»Lieber Verräter als Mörder!«

»Mörder? Ne, ne, Freundchen, so nich, so nich!«

»Ach nee? Wer hat sich denn damit gebrüstet, die drei Alten für'n Wucherpreis ins Watt zu führen?«

»Hab ich aber nich.«

»Und wie sind sie dann ertrunken?«

»Das frage ich dich, du Schwein. Vielleicht sind sie alleine gegangen, vielleicht aber ... ja vielleicht hast du sie ja auf dem Gewissen! Jawohl, du hast sie abgepasst, um selbst das Geschäft zu machen, und nun willst du mir den Mord unterjubeln.«

Mit wiederaufflammender Wut griff Winni nach dem Walfischknochen, so dass Mütze dazwischengehen musste: »Schluss jetzt! Mitkommen! Alle beide!«

* * *

»Kann er auch wirklich nichts hören?«

»Nur die Kunst von Florian Silbereisen!«

Bertie Ooneplan saß den Polizisten gegenüber am Schreibtisch, während Winfried Siebenkäs bei den Chinesen in der Zelle hockte. Der Wattführer war schnell wieder schweigsam geworden. Er verweigere jede Aussage, hatte er nur noch trotzig gemeint, dann hatten sie ihn eingesperrt. Der Hausmeister sah ziemlich fertig aus, sein rechtes Augenlid flatterte wie eine friesische Flagge im Sturmwind.

»Mensch, Ahsen, wie würdest du dich fühlen, wenn jemand mit einem Walfischknochen auf dich einprügelt? Seit Tagen ist er hinter mir her, bin ihm immer nur knapp entkommen. Der Kerl ist doch nicht ganz knusper!«

»Warum haben Sie sich denn nicht bei uns gemeldet?«, schaltete sich Mütze ein.

»Die Polizei, dein Freund und Helfer, schon klar«, lachte der Hausmeister mit unverhohlener Ironie. »Was glauben Sie, was Winni dann erst mit mir gemacht hätte?«

»Wenn wir ihn festgenommen hätten?«

»Festgenommen? Haben Sie ihn denn festgenommen, nachdem ich die Frisbeescheibe geworfen hatte?«

»Jetzt mal langsam und von vorne. Woher wussten Sie, dass Winni die alten Damen ins Watt führen wollte?«

Erneut warf der Hausmeister einen flackernden Blick zur Zellentür. Dann kratzte er sich nervös am Hals und begann zu erzählen, mit gesenkter Stimme und sehr hastig.

»Also, das war am letzten Samstag. Wir sind noch in *Sir George's Pub* gewesen, der Verrückte in der Zelle, Freddy und ich als letzte Gäste. Ist spät geworden, Freddy hat die Spendierhosen angehabt und eine Whiskeyrunde nach der anderen geschmissen. Dann hat der Verrückte gesagt, dass er jetzt gehen müsse, weil er in aller Früh drei Omas ins Watt führen würde. Hab noch gegrinst, ich Idiot, hatte ihm den Job doch verschafft, die drei Alten sind ja bei mir im Museum gewesen und haben nach der Nummer des Wattführers gefragt. Tags drauf dann der Schock, wie ich von den Toten höre, verstehen Sie, Herr Kommissar? Da hab ich mir natürlich alles zusammenreimen können. Obwohl, anfangs habe ich mir noch eingeredet, bestimmt ist alles nur ein Unfall gewesen, vielleicht hat Winni irgendeinen Fehler gemacht, und die drei Alten hatten ihm nicht schnell genug folgen können, auf dem Weg zurück aus dem Watt, was weiß denn ich. Nur: Warum hat Winni dann nicht Hilfe herbeigerufen? Nichts hat er unternommen, um die Alten zu retten, gar nichts. Ist das nicht verdächtig?«

»Und warum haben Sie sich nicht sofort bei uns gemeldet? Warum die Frisbeescheibe?«

»Bei uns verpfeift man sich eben nicht. Auf der anderen Seite, da ist ja ein furchtbares Verbrechen passiert, da muss man doch was tun, oder?«

»Und dieser Wintergras? Haben Sie sich mit ihm noch mal darüber unterhalten?«

»Mit Freddy? Ne, warum? Hab ihn nicht mehr gesehen, seit wir im Pub gewesen sind. Er ist mit Winni davon und ich mit dem Rad.«

»Herr Ooneplan, wo sind Sie letzten Sonntag in der Früh gewesen?«

»Im Bett, wo sonst?«, antwortete der Hausmeister verblüfft.

»Alleine.«

»Na klar, alleine. Oder habe Sie 'ne Frau für mich?«

Nachdem sie die Vernehmung beendet hatten, hatten sie den Hausmeister entlassen, ihm jedoch dringend eingeschärft, sich weiter zur Verfügung zu halten. Dann griff Mütze zum Telefon und wählte die Nummer des Staatsanwalts. Trotz der fortgeschrittenen Stunde war der Kommissar putzmunter und äußerst zufrieden mit sich und der Welt. Sie hatten nicht nur Winni dingfest gemacht, sie hatten auch einen wichtigen Zeugen ermitteln können.

Nun konnte es keinen begründeten Zweifel mehr geben, dass der Wattführer der Täter war. »MORD! ES WAR WA!« Das »WA« konnte nur Wattführer bedeuten. Alles sprach gegen ihn, besonders sein eigenes Verhalten. Welcher Unschuldige würde die Flucht ergreifen? Wer würde versuchen, einen Zeugen einzuschüchtern, noch dazu mit Hilfe eines Walfischknochens? Auch alles andere war mehr als verdächtig. Er hatte doch immer nur das eingestanden, was sie ihm hatten nachweisen können. Warum hatte er nicht gleich gesagt, dass ihn das ABC-Geschwader angeheuert hatte? Dann die seltsame Ausrede, das ABC-Geschwader sei nicht bei ihm erschienen. Blöd nur, dass sie von ihrem Pensionswirt gesehen worden waren, wie sie pünktlich zur vereinbarten Stunde aufgebrochen waren. Dann der Ertrinkungstod im Watt und die Botschaft auf den Hälsen. Alles fügte sich stimmig zu einem Bild.

Es gab im Grunde nur einen Punkt, der noch nicht geklärt war. Hatte Winni allein gehandelt oder im Auftrag? War es ein Mord aus Habgier? Wer wusste schon, was die Alten alles an Bargeld oder Schmuck dabeigehabt hatten. Oder war es ein Auftragsmord, hinter dem nur Freddy stecken konnte? Nach den Aussagen des Hausmeisters, die glaubhaft klangen, hatte Freddy die Pläne des ABC-Geschwaders im Pub genauestens mitbekommen. Musste ein Sechser im Lotto für ihn gewesen sein. So konnte er die lästigen Alten, die hinter seine Goldgeschäfte gekommen waren, ein für alle Mal loswerden. Wintergras hatte den Wattführer nach dem Pub-Besuch noch begleitet, hatte Ooneplan berichtet. Hatten sie dabei den Mord vereinbart? Wenn es sich so verhielt, waren sie als Ermittler darauf angewiesen, dass Winni sang. Ohne ihn würde es verflucht schwer werden, Freddy etwas nachzuweisen. Mit welch arrogantem Gehabe der Typ an ihnen vorbeigefahren war! Er musste sich verdammt sicher fühlen. Wie er sie angegrinst hatte! Aber zu diesem Zeitpunkt hatten sie Winni ja auch noch nicht erwischt. Jetzt sah die Sache anders aus. Wenn Freddy hinter dem Mord steckte, würde ihm bald fürchterlich die Düse gehen.

Es klingelte und klingelte, dann wurde doch noch abgehoben.

»Deichgreen?«, brummte es müde.

»Ja, hier Mütze, wir haben Neuigkeiten.«

Mütze hatte gerade begonnen, Deichgreen von der Verhaftung Winnis zu berichten, als ein heftiges Geräusch ertönte. Jemand hämmerte wie verrückt an die Zellentür. Es war Winni Siebenkäs. »Ich hab eine Aussage zu machen«, rief er, »macht auf, ich hab ein Alibi!«

Dieser Schafzüchter, dieser neuseeländische! Die Geschichte war doch oberfaul! Wütend stampfte Mütze zur *Linde* zurück. Es hatte eine Weile gedauert, bis sie die Telefonnummer von Richard Karlson ermittelt hatten. Winni kannte sie angeblich nicht, man würde sich ja nur per Funk unterhalten, so wie am letzten Sonntag zwischen 6.30 Uhr und 8 Uhr in der Früh, weshalb er darauf bestehe, freigelassen zu werden. Er könne ja schlecht drei alte Weiber durchs Watt führen und zugleich mit einem alten Freund schnacken. Als sie nach einigem Hin und Her den Schafzüchter schließlich an die Strippe bekommen hatten – die neuseeländischen Kollegen hatten bei der Beschaffung der Telefonnummer Amtshilfe geleistet –, hatte dieser jedes Wort bestätigt. Jawohl, sein alter Freund Winni habe ihn am letzten Sonntag angefunkt, jawohl, zwischen 6.30 Uhr und 8 Uhr deutscher Zeit. Worüber man denn so gesprochen hätte? Na, was es auf Spiekeroog so Neues gebe, schließlich sei das seine alte Heimat gewesen, bevor er auf Schiffskoch gemacht und in Neuseeland hängen geblieben sei.

Exakt diese Version hatte Winni zuvor erzählt, etwas zu exakt die gleiche Version! Denn wenn ein Alibi stank, dann eines, das zu perfekt war. Mütze war sicher, Winni hatte seinen alten Kumpel nachträglich angefunkt und ihn um das Alibi gebeten. Als Karl-Dieter zum Watt war, um nach ihm und Ahsen zu sehen, war ihm doch Licht in Winnis Haus aufgefallen. Jetzt war klar, warum. Winni war bei sich selbst eingestiegen, um diesen Schafzüchter, diesen Karlson zu erwischen. Er hatte seine Funkanlage angeworfen und sich ein Alibi verschafft. Wenn es doch einen Weg gäbe, das angebliche Gespräch zu widerlegen. Wurden die Daten von Funkgesprächen nicht irgendwo registriert? Zumindest heimlich?

Mütze beschloss, gleich morgen beim BND nachzufragen. Winni hatte er wieder zu den Chinesen in die Zelle gesperrt, trotz seiner lautstarken Proteste und Drohungen mit einer Dienstaufsichtsbeschwerde. Beim Wort »Dienstaufsichtsbeschwerde« hatte Ahsen wieder begonnen, an den Nägeln zu knabbern. Ob man nicht zumindest Deichgreen fragen müsse, hatte er gemeint. – Deichgreen? Pustekuchen! Das Alibi war doch dünner als ein Möwenschiss. Winni blieb, wo er war. Das nahm Mütze auf seine Kappe. Sollten sie dem Kerl etwa noch mehr Gelegenheiten geben, an seiner Unschuld zu stricken?

Freitag

Seit dem Tod des ABC-Geschwaders schlief Karl-Dieter schlecht. Noch schlechter aber schlief er in dieser Nacht, weil Mütze noch nicht an seiner Seite schnarchte. Heftige Träume quälten ihn, einer scheußlicher als der andere. Wieder tauchten seine Freundinnen vor ihm auf, dieses Mal standen sie in einem Meer, auf dem unzählige Teelichter schwammen, wieder stieg das Wasser, wieder weiteten sich die Augen der drei voller Panik, wieder fingen sie an zu schreien. »Karl-Dieter, räche uns!«, riefen sie, bis die Wellen über ihren violetten Dauerwellen zusammenschlugen. Nun blubberte es nur noch zwischen den schwimmenden Kerzen. Zuletzt waren einzig und allein die welken Fäuste zu sehen. Die Hände fest aneinanderklammert reckten die Ertrinkenden ihr Arme aus dem Wasser, bis auch diese von der Flut verschlungen wurden und nur noch die Teelichter auf den schwarzen Wogen tanzten. Karl-Dieter wollte seinen Freundinnen zur Hilfe eilen, wollte sich ins Meer stürzen, wurde aber von starken Händen gepackt, die ihn daran hinderten. Wer hielt ihn nur fest? Heftig schlug Karl-Dieter um sich, wollte sich befreien, bis er endlich wach wurde und begriff, dass es Mütze war. Schweißnass richtete er sich im Bett auf.

»Mein Gott, was hast du denn?«, fragte Mütze.

»Du glaubst nicht, was ich geträumt habe«, keuchte Karl-Dieter.

Die Freunde setzen sich an den schmalen Schreibtisch, Mütze hatte die Zahnputzbecher mit Wasser gefüllt. »Komm, trink einen Schluck, dann geht's dir besser!«

Nur langsam wurde Karl-Dieter richtig wach. Mütze berichtete ihm kurz, was in der Nacht noch alles passiert war und dass sie sich den Wattführer geschnappt hatten. Karl-Dieter nahm einen weiteren Schluck Wasser und schüttelte langsam den Kopf. Der Traum ging ihm nicht aus dem Kopf. So entschlossen seine Freundinnen stets auf Verbrecherjagd gegangen waren, so vorsichtig waren sie doch zugleich gewesen. Zeigte das nicht die Sache mit dem Kreuzworträtsel? Sie waren immer auf Nummer sicher gegangen, hatten ein Sicherheitsnetz gespannt, bevor sie sich aufs Trapez wagten.

»Was hättest du gemacht, wenn du an Stelle des ABC-Geschwaders gewesen wärest, den sicheren Tod vor Augen?«

»Weiß nicht«, sagte Mütze. Er spürte, wie ihn die Müdigkeit überfiel.

»Ich meine, würdest du warten, bis dir das Wasser bis zum Hals steht, und dann erst beginnen, eine Botschaft zu hinterlassen?«

»Du meinst, die drei haben uns noch eine weitere Nachricht geschrieben?«

»Kann doch sein! Aber wie? Und womit? Was hatten sie schon im Watt dabei? Vielleicht eine Trinkflasche? Genau! Vielleicht haben sie uns eine Flaschenpost geschrieben!«

»Glaub ich nicht.«

»Wieso nicht?«

»Was würdest du machen, wenn du der Mörder wärest? Dem ABC-Geschwader zu ihrer Trinkflasche noch Papier und Bleistift reichen? Der Mörder wird seinen Opfern alle Flaschen abgenommen haben.«

»Und wenn es keine Flasche war? Wenn sie die Nachricht woanders versteckt haben?«

»Wo denn? Die Rechtsmediziner haben sich die Leichen gründlich vorgenommen, sie haben nichts gefunden.«

Karl-Dieter schauderte es bei der Vorstellung, wie sich die Ärzte durch die Leiber seiner Freundinnen gewühlt hatten. Was für ein scheußlicher Beruf war doch der des Rechtsmediziners! Zum Glück hatten sie zumindest die Hände in Ruhe gelassen, hatten den Freundschaftsbund der drei Freundinnen nicht zerstört. Wie Hauke nur auf die geniale Lösung mit den seitlichen Sargöffnungen gekommen war! So ruhten die drei, wie sie es sich gewünscht hatten: auf dem stillen Dünenfriedhof von Spiekeroog, sich weiter bei den Händen haltend.

»Auch der Täter scheint daran geglaubt zu haben, dass ihn die Alten noch verraten könnten«, sagte Mütze, »wäre er sonst in die Gepäckhalle eingestiegen?«

Karl-Dieter musste mit Schaudern an den Bericht des Inselpastors über den Untergang der *Johanne* denken. Die meisten der angeschwemmten Toten waren nackt gewesen. Die raue Nordsee, das Salzwasser und die Brandung scheinen alle Kleidungsstücke in Kürze aufzulösen. Vielleicht hatte der Mörder darauf gehofft, dass dies auch beim ABC-Geschwader geschieht. Selbst wenn sie noch eine Botschaft auf ein Stück Papier geschrieben und in die Tasche gesteckt hätten, hätte er dieses kaum fürchten müssen, das Meer machte seine Arbeit gründlich, darauf konnte man sich verlassen. Dann aber waren die Leichen überraschend schnell geborgen worden, zu schnell für den Geschmack des Täters. Er hatte es mit der Angst zu tun bekommen. Hatte sich vielleicht noch eine Spur erhalten, die ihn verriet? Lieber wollte er auf Nummer sicher gehen, deshalb war er in die Leichenhalle eingebrochen.

»Wo er von dir heldenhaft vertrieben wurde«, sagte Mütze.

»Ach, hör auf! Wenn ich mich nicht so tölpelhaft angestellt hätte, dann hätten wir den Mörder längst.«

Karl-Dieter schloss die Augen. Wieder sah er die Alten vor sich, wie sie riefen. »Karl-Dieter, räche uns!«, wieder sah er sie ihre verschränkten Hände aus dem Wasser halten.

»Die Hände«, stieß Karl-Dieter hervor, »was, wenn die Lösung des Rätsels in den Händen steckt?«

* * *

Ahsen protestierte. Dieses Mal protestierte er sogar ganz energisch für seine Verhältnisse. Nein, da mache er nicht mit! Das übertrete nicht nur die Grenzen des guten Geschmacks, ein solches Vorgehen sei auch illegal. Niemand dürfe ohne staatsanwaltschaftliche Anordnung die Leichenruhe stören und ein Grab öffnen.

»Ahsen, nimm Vernunft an! Wir öffnen doch nicht die Särge. Wir lassen den Toten ihre Ruhe, ganz bestimmt. Es geht doch nur um die Hände zwischen den Särgen.«

»Das kannste alleine machen!«

Sie mussten sich beeilen. Die Nacht neigte sich ihrem Ende entgegen, bald würde es zu dämmern beginnen. Karl-Dieter hatte sich geweigert mitzukommen, auch wenn der Gedanke doch von ihm stammte. So musste Mütze allein buddeln, während Ahsen mit seiner Diensttaschenlampe schweigend die Gräber beleuchtete. Immer noch war der Inselpolizist gegen die Aktion und drückte das durch sein grimmiges Gesicht auch deutlich aus. Hoffentlich beobachtete sie niemand! Der Friedhof lag zum Glück abseits des Dorfes, mit einem zufälligen Bettflüchtling war nicht zu rechnen. Mütze kam gut voran. In Sand gräbt es sich leichter als in fetter Friedhofserde. Mütze hatte sich dafür entschieden, zwischen den Särgen von Agathe und Bertha zu beginnen. Als er eine gewisse Tiefe erreicht hatte, grub er langsamer, um mit dem Spaten nicht die Hände der Toten zu verletzen. Nach einer guten Viertelstunde hatte er das Gefühl, die richtige Tiefe erreicht zu haben. Mit einer entschlossenen Bewegung rammte er den Spaten seitlich in den Sand und legte sich flach auf den Boden neben die frisch ausgehobene Grube, um mit den Händen den Rest zu erledigen. Und tatsächlich! Er hatte die Position gut erraten.

»Leuchte mal hierher«, rief er Ahsen zu.

Im Schein der Taschenlampe tauchte ein nacktes Ärmchen auf, wenige Augenblicke später hatte Mütze die Hände von Agathe und Bertha freigelegt. Vorsichtig begann er, die faltigen Finger voneinander zu lösen, was glücklicherweise nicht viel Kraft kostete. Ob die Leichenstarre nach einer gewissen Zeit wieder verschwindet? Als Mütze den Mittelfinger von Agathe geradebog, passierte es: Ein kleiner Gegenstand löste sich aus den Händen der Toten und fiel auf den Sand. Mütze fischte einen Plastikhandschuh aus seiner Jeans und hob den Gegenstand auf. Es war eine kleine Dose mit dem Aufdruck *Fisherman's Friend*.

»Rum-Aroma«, sagte Mütze und hielt Ahsen die Dose hin.

»Freddy!«, stammelte Ahsen.

* * *

Wenn es nach Mütze gegangen wäre, wären sie sofort losgelaufen. Ahsen zuliebe aber schüttete er den Spalt zwischen den Gräbern wieder zu und klopfte den Sand hastig wieder fest. Dann machten sie sich auf den Weg. Im Osten kündete bereits ein heller Schimmer vom neuen Tag, als sie am Rande des Dorfes das verwunschene Grundstück von Freddy Wintergras erreichten.

»Psst!«, machte Mütze und zog Ahsen mit sich in die Knie.

In dem verwilderten Garten der Villa blitzte etwas auf. Der Strahl einer kleinen Lampe wanderte über den Boden hin und her, um schließlich bei einer windschiefen Krüppeleiche innezuhalten. Angestrengt versuchten die beiden Polizisten, Näheres zu erkennen, was schwierig war, denn der Zaun der Villa war mit dichtem Blattwerk überwuchert. Das musste Wintergras sein. Es sah so aus, als würde er die Taschenlampe – oder war es ein angeschaltetes Handy? – nun an einem Stecken befestigen, den er neben sich in den Boden rammte, so dass er wie ein kleiner Flutlichtmast wirkte. Der Strahl war weiter auf den Wurzelbereich der Eiche gerichtet. Schemenhaft konnten die Polizisten erkennen, wie die Gestalt zu graben begann. Nicht lange und es ertönte ein Geräusch, als ob der Spaten eine Kiste getroffen hätte, dumpf und hohl. Mütze kniff die Augen zusammen. Undeutlich sah er, wie sich die Gestalt zu Boden kniete und sich an der Kiste zu schaffen machte.

»Zugriff!«, flüsterte er Ahsen zu.

Freddy Wintergras leistete keinen Widerstand. Zu überrascht war er vom Auftauchen der Polizei. Sicherheitshalber band Mütze ihn mit einem Gürtel am Handgelenk von Ahsen fest, der sich das widerwillig gefallen ließ. Dann erst kümmerte sich Mütze um die Kiste. Der massive Holzdeckel war mit Eisenblech beschlagen und ließ sich nur schwer öffnen. Im Lichte von Wintergras' Smartphone glänzte es wie in Onkel Dagoberts Swimmingpool: Goldstücke über Goldstücke! Mütze griff sich eine Münze und hielt sie ans Licht: »LUDOVICTS I BAVARIAE REX«, las er und auf der Rückseite »AUGUSTA NEMETUM – EX AURO RHENI MDCCCXXX« Der Schatz der *Johanne*! Es gab ihn tatsächlich. Das ABC-Geschwader hatte richtig kombiniert, Freddy Wintergras' früher Vorfahr musste die Goldkiste am Strand gefunden oder aus dem Schiffswrack gestohlen haben, wie auch immer, jedenfalls hatte er mit diesem Schatz den Reichtum seiner Familie begründet. Gerüchte hatte es anscheinend schon immer darum gegeben, niemand aber hat den Wintergräsern die Tat nachweisen können. Bis das ABC-Geschwader gekommen war! Nicht ohne Genugtuung hielt Mütze Freddy die Dose *Fisherman's Friend* unter die Nase.

»Diese alten Hexen«, zischte Freddy, »ich hätte sie nackt ausziehen sollen!«

* * *

Gemütlich saßen die Freunde auf der Veranda der *Linde* zusammen, Mütze und Karl-Dieter und auch Ahsen, und ließen sich das Frühstück schmecken. Sie hatten auch Winni dazu eingeladen, als sie ihn aus der Zelle befreit hatten, als kleine Entschuldigung gewissermaßen, der Wattführer aber hatte verschnupft abgelehnt. Er pflege nicht in der Gesellschaft von Freiheitsberaubern zu essen, hatte er nur gebrummt und war davon. Dabei hätte er doch dankbar sein müssen, dass es ihnen gelungen war, den wahren Täter zu entlarven. Was konnten sie denn dafür, dass dieser Freddy alles getan hatte, ihm die Schuld in die Schuhe zu schieben?

»Der Fund seiner Lutschpastillendose hatte den Gauner dermaßen aus der Fassung gebracht, dass er noch im Garten seiner Villa alles gestanden hatte, die ganze furchtbare Geschichte. Eine kleine Rückblende gefällig?«

»Aber natürlich! Erzähl!«

Und Mütze begann zu erzählen

Sonntagmorgen, kurz vor sechs. Ein dichter Seenebel lag über der Insel, als sich Freddy Wintergras dick in Ölzeug vermummt und mit einer tief in die Stirn gezogenen Mütze in der Nähe von Winnis Haus versteckt hielt. Hier musste das ABC-Geschwader vorbeikommen. Und tatsächlich! Bald tauchten aus dem Dunst drei Frauen auf. Schnell trat der verkleidete Blondschopf ihnen entgegen.

»Moin, moin, die Damen, wollen Sie zu mir? Winni Siebenkäs, mein Name. Ich bin Ihnen ein Stück entgegenkommen!«

»Fein!«, riefen die Damen, »Dann mal los!«

Das ABC-Geschwader hatte Wintergras bislang nur von der Ferne gesehen und schöpfte keinen Verdacht. So zog man zu viert Richtung Watt.

»Was genau wollen die Damen denn sehen?«, fragte der vermeintliche Wattführer, natürlich nur zum Schein, hatte er die falsche Fährte ja selbst gelegt.

»Möglichst nah an die Fahrrinne heran«, sagte das ABC-Geschwader, »zur dritten Birke bitte!«

Die Birken waren ein Phänomen. In der hochtechnisierten Welt, die auch vor der Schifffahrt nicht Halt gemacht hatte, wirkten sie wie ein Relikt aus grauer Vorzeit. Statt mit Betonpfosten oder Stangen aus Stahl hatte man sich für Pricken als Fahrbahnmarkierung entschieden, für schlanke, junge Birken, an deren Stamm man unten ein Stahlseil mit Betonanker gebunden hatte. Fuhr man mit der Fähre von Neuharlingersiel nach Spiekeroog, wurde der Weg nicht nur von Schwimmbojen, sondern in manchen Teilen auch von der Birkenallee gesäumt. Karl-Dieter hatte die Bäume stets bewundert. Manche waren sogar wieder ausgetrieben, zartes Grün regte sich in ihrer windzerzausten Krone. Wie war das möglich? Ohne Wurzel, dazu in dem lebensfeindlichen Salzwasser?

»Zur dritten Birke? Da muss ich um Vorsicht bitten, meine Damen, dahinter beginnt sogleich die Fahrrinne, da geht's steil bergab. Wir wollen doch alle wieder heil nach Hause kommen.«

»Keine Sorge, lieber Winni«, kicherte das ABC-Geschwader, wobei sie ihre bunten Spaten in die Höhe hoben, »nur eine kleine Probegrabung.«

Wintergras kannte sich aus im Watt. Wie die meisten Insulaner, wusste er genau, wo die wichtigsten Priele liefen und an welchen Stellen der Schlick tückisch tief war. So wählte er den Weg, in ein Gebiet, das zwar bei Tiefststand relativ hoch und ungefährlich aussah, das aber von der anflutenden See schnell umschlossen wurde, so dass man in kürzester Zeit ringsherum von Wasser umgeben war. Eine Wattinsel ohne Weg zurück, die rasch vom Meer verschlungen wurde. Der Seenebel kam Freddy entgegen, so konnte die Täuschung noch besser gelingen. Bald aber musste er feststellen, dass er das ABC-Geschwader unterschätzt hatte. Misstrauisch zogen sie einen Kompass aus der Tasche.

»Stopp mal, Winni, unseren Berechnungen zufolge liegt die dritte Birke in östlicher Richtung, wir aber gehen Richtung Süd-West.«

»Meine Damen, bei aller Hochachtung, bin ich der Wattführer oder wollen Sie die Führung übernehmen? Im Watt ist der direkte Weg oft nicht der richtige, es ist wie bei einer Wanderung im Gebirge, da gilt es Pässe und geheime Pfade zu kennen. Will man nicht im Abgrund landen, sollte man seinem Führer vertrauen.«

Immer wieder sah Freddy heimlich auf die Uhr. Es galt das richtige Zeitfenster abzupassen, um die Falle zuschnappen zu lassen, das ihm selbst aber noch genügend Zeit ließ, ohne zu großes Risiko zurück zur Insel zu gelangen.

»Wollen wir denn nicht nach Wattwürmern graben?«, fragte er das ABC-Geschwader und versuchte, leutselig zu klingen.

»Würmer? Igitt!«, riefen die Alten, »mit Würmern werden wir früh genug Bekanntschaft schließen.«

Wie Recht ihr habt, dachte sich der falsche Wattführer und drehte seinen Kopf weg, um das diabolische Lächeln zu verbergen, das ihm dabei übers Gesicht huschte. Sein Plan war perfekt. Die Strömung der aufkommenden Flut war immens. Mit großer Geschwindigkeit würde sie die Körper der drei Alten hinaus ins offene Meer spülen, ein willkommener Imbiss für Möwen und Fische. Niemand würde die drei je wiedersehen und selbst wenn, wer würde schon vermuten, dass er sie bewusst in den Tod getrieben hatte?

Über 150 Jahre war niemand hinter das Geheimnis ihrer Familie gekommen, hatte sie sich mit Hilfe des unglaublichen Glücksfundes Ansehen und Reichtum erworben. Wenn es einen ungekrönten Inselkönig gab, dann war das immer ein Freddy Wintergras gewesen. Wurde für ein Projekt Geld benötigt, eine neue Gegenstromanlage für das Schwimmdock, ein neues Spielgerät für den Inselkindergarten oder einen neuen Steg für den Yachthafen, man brauchte bloß bei der Villa

Wintergras anklopfen und die Sache wurde erledigt. Auf welche Weise die Familie ihr Geld verdiente, danach fragte keiner. Es hieß, die Wintergräser seien kluge Geschäftsmänner, mit einer Erbschaft, hätten sie erfolgreich gewirtschaftet und in Handelsunternehmen investiert. Der Name Wintergras hatte den hellsten Klang auf Spiekeroog, niemals durfte dieser Name beschmutzt werden, auch und erst recht nicht von diesen alten Schnüfflerinnen.

Dass ihm die drei Alten hinter den ausgefuchsten Trick mit der Sitzbank gekommen waren, hätte er nie erfahren, hätte sein junger Geschäftspartner vom Festland nicht vom Hafen aus bemerkt, dass ihm die drei nachgegangen waren, nachdem er das Geld abgeholt hatte. Er war seinem Partner so dankbar, denn er selbst hatte das gar nicht mitbekommen! Dann hatte er sie gesehen. Vor seinem Gartenzaun hatten sie spioniert, dachten wohl, er sei so blöd, und merke nichts und führe sie direkt zu seinem Schatz. Stattdessen hatte er sich hingesetzt, Papier über einer Flamme gebräunt und eine Schatzkarte darauf gezeichnet mit einem Pfeil auf die dritte Pricke im Watt. Die Karte hatte er dann in eine Zigarrenkiste gesteckt und im Garten vergraben, nicht zu weit weg vom Gartenzaun, wo das Geschwader lauerte. Und dann war es gekommen, wie er es vorhergesehen hatte: Sie wollten an den Schatz, der vermeintlich im Watt vergraben war. Und dazu brauchten sie Winni. Der erzählte ihm im angetrunkenen Zustand immer alles. Er hatte die

Alten nur noch abpassen müssen. Dass es nebelig war, umso besser.

Immer tiefer führte er die drei Hobbydetektivinnen ins Watt hinein. Mal blubberte es aus dem Schlick, als wenn geheime Luftblasen aus der Tiefe stiegen, mal zappelte ein Fisch in einer Pfütze, mal schlüpfte ein Einsiedlerkrebs ängstlich in seine Muschel, mal kringelten sich Schlickwürstchen zu kleinen Haufen. Nebel und Wattwüste verschwommen zu einem unscharf-düsteren Bild.

Die Laune der drei Bottroper Seniorinnen war trotz der Nebelsuppe bestens. Was würden Mütze und Karl-Dieter sagen, wenn sie ihnen die Goldstücke präsentierten! Das nannte man saubere Ermittlungsarbeit. Die Entlarvung des Goldmünzenhandels, die Observierung des Verdächtigen, die Entdeckung der Schatzkarte ... Nun fehlte zur Vollendung des Puzzles nur noch die Entdeckung der Goldtruhe. Wenn das Ding zu schwer sein sollte, um es komplett zu bergen und mit Hilfe des Wattführers an Land zu schleppen, würden sie zumindest einen Teil der Beute in ihrem Rucksack als Beweismittel sichern. Damit wollten sie Mütze und Karl-Dieter beim Frühstück überraschen! Auf diesen Moment freuten sie sich wie drei junge Lachmöwen nach dem Schlüpfen. Gut, dass sie schon vor einer Woche angereist waren, die beste Entscheidung ihres Lebens. Und dass sie so viel Geld in neue Ferngläser investiert hatten. Sonst hätten sie den Trick mit der Sitzbank am Hafendeich wohl nie mitbekommen.

»So, jetzt geht's nach Osten«, sagte Freddy, als sie an einen Priel gelangten, in dem das Wasser schon wieder zu steigen begann, »Vorsicht bitte, hier müssen wir durch! Geben Sie mir Ihren Rucksack und Ihre Spaten, meine Damen, dann tun Sie sich leichter …«

»Und dann?«, fragte Karl-Dieter atemlos.

»Dann hat er sie durch den Priel hindurchgeführt, zu einer kleinen Sandbank im Watt, die schon völlig von dem aufsteigenden Wasser umflutet gewesen ist, und ist im Nebel verschwunden.«

»So ein Schwein!«

Ein Mann in grauem Zweireiher trat an ihren Tisch. »Man hat mir gesagt, dass ich Herrn Ahsen hier finde, den Inselpolizisten.«

»Das bin ich!«

»Ich muss Sie bitten, mitzukommen.«

»Wohin?«

»Das erkläre ich Ihnen später.« Der Mann zückte seinen Ausweis: »Müller, BKA.«

Ahsen erbleichte und murmelte: »Abteilung ST – Polizeilicher Staatsschutz … aber natürlich, ich führe Sie sofort zur Wache!«

So kam es, dass Mütze und Karl-Dieter allein beim Frühstück saßen. Mütze hatte einen Bärenhunger und lud sich einen ganzen Berg auf seinen Teller, um nicht so oft am Büfett anzustehen. Außerdem bestellte er der Spiegeleier drei mit einer Extraportion Speck.

Auch Karl-Dieter griff ganz gegen seine sonstigen Gewohnheiten kräftig zu. Es gab kein besseres Heilmittel für ein angegriffenes Nervenkostüm als ein gut gefüllter Magen. »Karl-Dieter, räche uns!« – So erleichtert er darüber war, dass es ihnen gelungen war, den Mörder seiner Freundinnen zu schnappen, so sehr zweifelte er einmal mehr am Menschen an sich. Konnte das denn wirklich wahr sein? Dass man drei liebenswerte Damen, die niemandem niemals auch nur ein Härchen gekrümmt hatten, kaltblütig im Watt ertrinken ließ? Nur, damit niemand erfuhr, wie man zu Reichtum gekommen war?

»Vergiss nicht, Wintergras war der ungekrönte Inselkönig«, sagte Mütze und durchstieß entschlossen ein Schinkenstück, »welcher König tritt schon freiwillig ab?«

Karl-Dieter schüttelte den Kopf und rührte in seinem Obstimbiss, der aus frischen Melonen, Fluganananas und reichlicher Joghurtkrönung bestand. Wie verliebt musste ein Mensch in sich sein, um ein solches Verbrechen zu begehen? Er begriff es einfach nicht.

»Hätte er den Schatz denn nicht behalten dürfen, nach so vielen Jahren?«

»Keine Ahnung«, sagte Mütze, »aber selbst wenn: Sein Ruf auf der Insel wäre dahin gewesen.«

Sein Ruf! Karl-Dieter rollte mit den Augen. Ja, das war es wohl, worauf es ankam. Auf den Ruf. Was auch immer hinter der Fassade steckte, war egal, wichtig allein war, dass sie von vorn sauber aussah. »Die Würde des Menschen ist unantastbar«, mit was für einem wunderbaren Satz begann doch das Grundgesetz. Aber seinen Freundinnen war sie nicht bis zum Schluss gewährt worden. So würdevoll das Leben des ABC-Geschwaders auch gewesen war, so würdelos hatten sie sterben müssen, und auf den letzten Eindruck kam es doch an. Mit der Trauerfeier hatten sie die verloren gegangene Würde wiederhergestellt, deshalb war die Feier so wichtig gewesen. Und dass die Frisbeescheibe auf dem Strandkorb der drei Toten zuletzt den entscheidenden Hinweis erbracht hatte, war vielleicht kein Zufall gewesen, sondern Ausdruck einer höheren Gerechtigkeit.

Von solchen Gedanken sanft getröstet, begann Karl-Dieter, sich mit einem repräsentativen Querschnitt der Käsetheke zu beschäftigen. So fiel ihm nicht auf, dass Mütze immer wieder verstohlen zur Uhr sah.

Ein Tuten vom Hafen kündigte sie an, die erste Fähre des neuen Tages. Jetzt würde die Überraschung nicht mehr lange auf sich warten lassen. Mütze hatte sich so hingesetzt, dass sein Blick in Richtung *Bunte Kuh* ging. Dort mussten die neu angekommenen Inselgäste vorbei. Ob er Niko noch erkennen würde? Ein Jahr war ja im Grunde nichts, ob jemand 54 oder 55 war, wer erkannte den Unterschied? Im zarten Kindesalter aber konnten zwölf Monate Welten bedeuten. Mütze setzte sich aufrecht hin, der Strom der Neuankömmlinge setzte ein. War er das nicht, der Kleine dort im Buggy? Jawohl, doch, das musste er sein, das war Niko! Den

Buggy schob doch Irina, seine Mutter. Jetzt entdeckte Irina auch Mütze und winkte ihm fröhlich zu.

»Was hältst du von einer kleinen Überraschung, Knuffi?«, fragte Mütze grinsend.

»Von einer Überraschung? Was für eine Überraschung?«

»Na, dann sieh dich mal um!«

Ein ungläubiges Staunen ging über Karl-Dieters Gesicht. Dann machte sein Herz einen Sprung. Niko! Wie war das möglich? Da endlich löste er sich aus seiner Erstarrung und lief den beiden entgegen. Glucksend lachte Niko als ihn Karl-Dieter auf den Arm nahm, und Karl-Dieter fiel in das Lachen ein und wirbelte den Jungen im Kreis umher.

Auch Mütze, der harte Kommissar, war gerührt. Das gab's doch nicht, Niko schien sich tatsächlich zu erinnern! Mit Irina hatte er erst am Morgen telefoniert und was er nicht zu hoffen gewagt, hatte geklappt: Irina hatte sich von Jever sogleich auf den Weg gemacht, um die erste Fähre zu erwischen. Mütze lehnte sich lächelnd zurück. Diesen Tag sollte Karl-Dieter mit seinem kleinen Schützling verbringen und sogar noch einen zweiten, wenn Irina zustimmte. Und dass sie zustimmen würde, da war sich Mütze sicher, schließlich hatte Karl-Dieter dem Jungen im letzten Jahr das Leben gerettet.

So fand eine ereignisreiche Woche ihr Ende. Ahsen war heilfroh, dass die Zelle auf seiner Wache endlich wieder bezugsfrei war, und griff entschlossen zum Putzeimer. Das BKA hatte die drei Chinesen mit nach Hamburg genommen. In einem Sonderbereich des Flughafens wurden sie gegen drei Deutsche ausgetauscht, die man in China wegen angeblicher Wirtschaftsspionage festgenommen hatte. Die Unterwasserwanze vor Spiekeroog hatten Taucher im Auftrag des BKA aus dem Wattenmeer gefischt und zur weiteren Überprüfung zum BND nach Berlin gebracht. Erste Untersuchungen zeigten, dass mit ihr unglaubliche Datenmengen abgeschöpft werden konnten.

»Mehr als 40 Megabytes in einer Femtosekunde!«, erklärte Mütze Karl-Dieter.

»Femtosekunde?«

»Sämtliche Asterixbände, hunderttausend Milliarden Mal pro Sekunde durch den Äther nach China gefunkt.«

»Beim Teutates!«

Auch Freddy Wintergras saß nicht mehr auf Spiekeroog ein. Ihm sollte in Oldenburg der Prozess gemacht werden, wo man ihn in Untersuchungshaft genommen hatte. Trotz seines Geständnisses glaubten viele Spiekerooger nach wie vor an seine Unschuld. Ein solch ehrenwerter Mann, der sogar Händetrockner für die Dünenklos spendete, sollte ein eiskalter Mörder sein? Niemals!

Die Kiste mit den restlichen Goldmünzen, die Freddy Wintergras noch rechtzeitig an einen sichereren Platz hatte bringen wollen, war vorerst beschlagnahmt worden. Wem das Gold zustand, dem Land Bayern als Rechtsnachfolger des bayerischen Königreichs, der Gemeinde von Spiekeroog oder doch Freddy Wintergras als Nachfahr des Finders, musste rechtlich noch geklärt werden. Geklärt aber hatte Mütze mit Hilfe seines Ko-Ermittlers Google bereits, was es mit der Inschrift auf der Münze auf sich hatte. Aus dem Sand des Rheins war tatsächlich einmal erfolgreich Gold gewaschen worden, bereits die alten Kelten hatten sich daran bedient. Als man sich 1831 daran machte, den Rhein zu begradigen, hatte man in Speyer, das zur damals bayerischen Pfalz gehörte, immerhin fünf Kilogramm Gold abgeliefert und zu Münzen gegossen.

Viele glückliche Menschen gab es auf Spiekeroog, zumal an solch einem herrlichen Sommertag wie diesem Freitag, der glücklichste Mensch aber war zweifelsohne Karl-Dieter. Während Mütze noch den lästigen Papierkram erledigte und danach heimlich Hauke, den Inselschreiner, besuchte, um bei ihm eine Sitzbank in Auftrag zu geben, deren Rückenlehne die drei großen Buchstaben A, B und C zierten, verbrachte Karl-Dieter den ganzen herrlichen Tag mit Niko am Strand. Bis ihm die Knie wund wurden, spielte er Pferdchen für den Kleinen, ließ ihn auf seinem Rücken reiten und wieherte durch den Sand, dass es eine Freude war. Als Niko schließlich müde wurde, legte Karl-Dieter ihn in seinen Strandkorb und deckte ihn zärtlich mit seinem Badetuch zu. Träumerisch sah er zum Meer hinaus. Wie war das möglich? Wie konnte es sein, dass er sich trotz des Verbrechens an seinen Freundinnen so glücklich fühlte? Dafür konnte es nur eine Erklärung geben: Die beste Antwort auf den Tod war doch das Leben.

Die Textpassagen über den Untergang der »Johanne«, verfasst von Pastor Johann August Hieronymus Doden, finden sich im Spiekerooger Kirchenbuch von 1854. In voller Länge nachgelesen werden können sie neben vielen weiteren interessanten Aspekten zur verdienstvollen Geschichte der Seenotrettung in der Broschüre »Schiffstragödie vor Spiekeroog – Die Strandung des Auswanderungsschiffes Johanne am 6. November 1854« (Johannes Meyer-Deepen, Kurverwaltung Spiekeroog, 3. überarbeitete und erweiterte Auflage 2009) Lediglich die Geschichte über den sagenhaften Goldschatz ist eine Zutat des Autors.

Vom selben Autor

Der Tod der Meerjungfrau
Spiekeroog-Krimi
ISBN 978-3-95475-009-2
Paperback, 183 Seiten

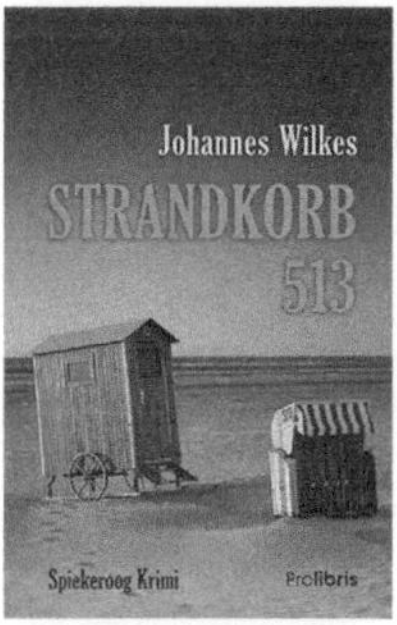

Strandkorb 513
Spiekeroog-Krimi
ISBN 978-3-95475-126-6
Paperback, 252 Seiten

Ein Terrorist im Gepäck
Erlangen-Krimi
ISBN 978-3-95475-074-0
Paperback, 182 Seiten

Inselkrimis im Prolibris Verlag

Volker Streiter, Mörderische Nachsaison
Amrum-Krimi
Paperback, 214 Seiten, ISBN 978-3-935263-95-5

Volker Streiter, Grab ohne Meerblick
Amrum-Krimi
Paperback, 261 Seiten, ISBN 978-3-95475-007-8

Antje Friedrichs, Letzte Lesung Langeoog
Paperback, 181 Seiten, ISBN 978-3-935263-00-9

Klara G. Mini, Badezeiten
Langeoog-Krimi
Paperback, 222 Seiten, ISBN 978-3-935263-64-1

Antje Friedrichs, Letztes Bad auf Norderney
Paperback, 204 Seiten, ISBN 978-3-935263-17-7

Irene Scharenberg, Tödliches Bad
Norderney-Krimi
Paperback, 238 Seiten, ISBN 978-3-95475-167-9

Birgit C. Wolgarten und Marie Claire Frey
Der Zorn des Schwarzen Engels
Rügen Krimi
Paperback, 211 Seiten, ISBN 978-3-95475-078-8